KB239213

무사 곽우 1

참마도 新무협 판타지 소설

초판 1쇄 찍은 날 § 2008년 6월 23일
초판 1쇄 펴낸 날 § 2008년 6월 26일

지은이 § 참마도
펴낸이 § 서경석

편집장 § 문혜영
편집책임 § 유경화
편집 § 정서진 · 최하나

펴낸곳 § 도서출판 청어람
등록번호 § 제1081-1-89호
등록일자 § 1999. 5. 31
어람번호 § 제2-1514호

주소 § 경기도 부천시 원미구 심곡1동 350-1 남성B/D 3F (우) 420-011
전화 § 032-656-4452 팩스 § 032-656-4453
http://www.chungeoram.com
E-mail § eoram99@chol.com

ⓒ 참마도, 2008

ISBN 978-89-251-1363-0 04810
ISBN 978-89-251-1362-3 (세트)

故士 廓優
武俠
무사
1
참마도 新무협 판타지 소설
FANTASTIC ORIENTAL HEROES
청어람

目次

꿈을 그린다는 것은 언제나 즐거운 일입니다. 그런 의미에서 본다면 항상 꿈을 꾸고 그 꿈을 그려내고 담아내기 위해 노력할 수 있는 여건이 되는 저는 행운아라고 말할 수 있겠지요.

나아가 그 꿈을 다른 사람에게까지 보여줄 수 있으니 이거야말로 행운 중의 행운이라고 생각합니다. 하나 다른 한편으로는 그 꿈의 모습을 다른 사람에게 보여준다는 것 자체만으로도 얼굴이 화끈거리기도 합니다. 아직은 부족하다는 것을 너무도 진하게 깨닫고 있으니까요.

그러나 이 모든 감정을 다 버리고라도 한 가지 이유 때문에 글을 씁니다. 무협이란 두 글자 안에서 그냥 즐기는 사람들을 상상하기 때문입니다. 주인공과 같이 웃고 즐기는 그러한 모습을 보고자 이렇게 오늘도 자판을 두들깁니다.

보시는 모든 분들이 힘들지 않으셨으면 합니다. 답답한 세상 속에서 보기도 싫은 일도 많고 듣고 싶지 않은 일들도 있겠지만 적어도 이 책 속에서만큼은 잠시나마 그러한 일들을 잊을 수 있게 되기를 바랍니다.

언제나 센스있는 압박을 가하는 청어람의 유경화 씨에게 감사드리며 이야기를 시작해 볼까 합니다. 더운 여름 독자제현 여러분의 건강을 기원합니다.

序

“어디 모셔두었더냐?”

“큭… 재주있으면 어디 한번 찾아봐라. 혹시 아나. 용왕님께서 어여삐 여겨…….”

“닥쳐라!”

퍼어억!

한 사내가 뒤로 튕겨 나가고 있었다. 결박당한 채 입고 있는 옷에선 피가 점점이 묻어 있었는데 사내의 피인지, 아니면 다른 사람의 피인지는 구분되지 않았다.

나이는 약 삼십대 후반 정도로 보였는데 그의 두 눈은 원독에 가득 차 있었다. 흡사 불구대천의 원수를 보는 듯한 표정이었는데 사내의 눈앞에 있는 사람은 정반대의 표정을 짓고 있었다.

"그만. 괜히 흥분할 것 없다."

"하지만 자 당주님, 이러다 소주님께서 변이라도 당하신다
면……."

말을 하던 사내는 차마 말을 잇지 못하겠다는 듯 어금니를
꽉 깨물었다. 그러자 자 당주라 불린 사람이 입을 열었다.

"흑선의 무리에게 휘둘릴 것 없다. 차분히 더 살피면 될 일
이다. 우리가 이 배를 친 것은 가장 적절한 시간이었고, 소주를
빼돌릴 상황은 되지 않는다. 어서 찾아봐라."

끼이이이!

기이한 소리가 들리며 선채가 크게 흔들리고 있었다. 사람
들은 왠지 불안한 모습을 보이고 있었는데, 그러자 결박당해
있는 사내의 눈길이 사나워졌다.

역시 삼십대 후반으로 보이는 나이였지만 자 당주의 모습은
결박당한 사내와는 많이 달랐다. 꽉 다물려진 입술은 고집스
러워 보이지만 사악해 보이진 않았는데, 결박당한 사내가 입
을 열었다.

"크큭… 좋아, 조금만 더 있으면 배가 가라앉겠구나. 네놈들
장영해(長永海)의 놈들도 같이 끌고 간다면 더욱더 좋은 일이
겠지. 특히 너, 용해당(龍海堂)의 자운산(慈雲算)이라면 말이
다. 크하하하!"

"닥쳐라, 이놈! 어디서 감히!"

퍼어억!

곁에 있던 한 무사가 참지 못하고 주먹을 내려쳐 사내의 턱을 돌렸지만 사내는 웃음을 멈추지 않았다. 소리는 나지 않았지만 진득한 비웃음을 가득 담고 있었던 것이다.

"이 죽일 놈! 정말 죽고……."

"잠깐!"

다시금 손을 든 사내를 제지하며 자운산이 소리쳤다. 그러자 모두의 눈길이 그를 향했는데 자운산은 다른 곳을 보고 있었다.

"당주님, 무슨 일이십……."

"쉿!"

손가락을 입에 대며 자운산이 눈을 번뜩이자 그와 함께 같이 번뜩이는 사람이 있었다. 바로 결박당해 있는 사내였다.

"뭐가 어떻다고… 컥!"

"……."

손대지 말라고 하던 자운산이 바로 발을 날려 사내의 목을 밟고 있었다. 그러면서 귀를 쫑긋거리던 순간이었다.

"물러서라! 어서!"

쉬이이잇!

자운산의 손이 움직이고 있었다. 등 뒤에 메고 있던 장창을 뽑아 올린 그는 바로 갑판을 내려치고 있었다. 그러자 갑판 깊숙이 그의 장창이 박혔다.

콰아악!

"하압… 찻!"

꽈지지지직!

자운산의 손이 휘저어진 순간 한 치가 넘는 갑판이 통째로 뜯겨 나가고 있었다. 그리고 그 갑판이 부서져 나간 곳에서 한 아이가 보였다.

"자… 자 당주님."

"소주!"

자운산은 손을 뻗어 아이의 옷을 잡았다. 이미 그의 허리 부근은 물이 차오르고 있었는데, 그만이 아니라 여러 아이들이 작은 공간 안에 가득 차 있었다.

"뭣들 하느냐? 어서 끌어올려라! 모두!"

"예, 당주님!"

그의 목소리에 사람들의 손길이 분주해졌다. 순식간에 대여섯 명의 아이들이 끌어올려졌는데, 아이들이 있던 공간은 배를 만들 때 목적이 있는 공간으로 만들어진 것이 아닌 듯했다. 아니, 이런 흑선이라면 반드시 있는 공간이기도 했다.

문제는 그 공간이 어디인가 하는 것이었는데 그것을 소리로 해결한 것이었다. 자운산은 소주가 내는 작은 소리를 들었고, 그래서 구출한 것이었다.

"무사하셨군요. 다행히 공간이 깊지 않아 구할 수 있었습니다."

자운산은 안도의 한숨을 쉬며 소주에게 입을 열었다. 소주란 아이는 온몸이 젖은 채 사람들에게 이끌려 가고 있었는데 문득 그의 고개가 돌려지며 그가 소리쳤다.

“무슨 말을! 아녜요! 자 당주님, 안에 한 명 더 있어요! 그 아이가 우릴 구해주느라 발판 역할을 한 거예요! 어서요! 당주님, 어서요!”

“……!”

자운산은 빠르게 손을 뻗었다. 그리곤 방금 아이가 있던 공간에 손을 밀어 넣자 물컹한 것이 만져지자 힘껏 손을 끌어올렸다.

촤아아아아아!

허공에 물이 튀며 한 아이가 모습을 드러내고 있었다. 양손에 판자 하나를 꽉 쥔 채 허공으로 떠오른 아이를 보며 자운산은 알 수 있었다. 이 아이가 판자를 대어 발판 역할을 해줌으로써 여러 아이들을 살렸음을 말이다.

“쿨럭… 컥… 쿨럭!”

아이는 잔기침을 하며 물을 토해내고 있었다. 정말로 이 아이가 아니었다면 소주는 살지 못했을 터이다. 운이 좋아도 너무나 좋은 상황인 것이다.

“아이야, 정신이 드느냐?”

“쿨럭! 네. 쿨럭… 쿨럭……!”

파리한 안색으로 보아 조금만 더 지체했더라면 큰일이 날 상황이라는 것을 짐작하긴 어렵지 않았다. 말을 하는 것을 보니 고비는 넘긴 것 같았는데, 그러자 이번엔 자운산의 눈이 분주하게 움직였다.

“……”

팔다리가 길쭉하고 두툼한 것이 꽤나 힘이 좋아 보이는 아이였다. 이제 열 살 정도. 구출된 소주와 비슷해 보이는 나이지만 골격은 비교가 되지 않을 정도였다.

"녀석, 네가 아이들의 발을 받쳐 주었구나. 왜 그랬더냐?"

배가 서서히 가라앉고 있었지만 자운산은 전혀 개의치 않고 있었다. 어느새 같이 왔던 수하들은 본선으로 움직이고 있는 상황이었다.

"제가 힘이… 제일 세니까요. 키도 제일 크고… 쿨럭!"

"…뭐?"

뜻밖의 대답에 자운산은 고개를 갸웃했다. 그는 다른 생각을 하고 있었다. 소주가 거래를 하거나 조건을 걸었다고 말이다. 한데 그것이 아닌 듯 보였다.

"자칫하면 넌 죽을 수도 있었다. 그걸 알면서 한 것이더냐?"

자운산은 다시 부드럽게 입을 열었다. 그러자 아이는 쭈뼛거리더니 허리를 숙이며 갑판에 앉았다.

"솔직히 그런 거… 생각 안 해봤어요. 그냥 한 것이라……."

"…그냥?"

자운산은 아이의 말을 되뇌었다. 그냥이라……. 하긴 물어본 자신이 바보였다. 이유가 있어야 움직이는 자신의 생활이 남도 그렇게 할 것이라는 생각으로 변질되도록 만들었던 것이다.

그냥 한 것이 정답이었다. 순간의 선택, 그 선택의 순간에서 많은 사람들이 여러 선택을 한다. 그중 대부분 이유 따윈 생각하지 않는다. 찰나의 순간에 선택이 이루어지는 순간이 더 많으니 말이다.

그 순간에 어떤 선택을 하는가에 따라 세상은 달라지게 된다. 의인과 협사, 모사꾼과 악인이 극명하게 드러나게 된다. 물론 그들의 선택에 이유 따윈 없었다.

이 아이의 선택은 협의(俠義)를 택한 것으로 볼 수 있었다. 죽음이 닥친 상황에서 자신이 아닌 남을 선택하는 그. 솔직히 남들에게 말하면 믿지 못할 소리였다. 어쩌면 같은 상황에서 다른 사람들은 작은 아이를 발밑에 깔아뭉개며 서 있을 수도 있었던 것이다.

"아이야, 네 이름이 무엇이냐?"

"…쿨럭……."

자운산은 고개를 끄덕이며 입을 열었고, 그러자 아이는 기침을 하며 자운산을 바라보았다. 잠시 주저하던 아이는 이내 입을 열었다.

"우… 곽우(廓優)라고 합니다, 어르신."

"곽우… 곽우라……."

곽우라는 이름을 곱씹어보던 자운산은 싱긋 웃으며 아이를 일으켰다. 그는 아이를 부축하며 배를 떠나기 시작했는데 문득 그의 눈길이 결박당한 사내를 향했다.

그리곤 그의 손이 다시 움직였다. 그러자 장창이 허공을 빠르게 갈랐다.

파아아앗!

“……!”

쥐눈을 한 사내가 부릅뜬 눈으로 바꾸고 있었다. 목이 달아나는 것 대신 꽁꽁 묶인 결박이 풀린 것인데, 그의 귓가로 자운산의 목소리가 들려왔다.

“내 짐작이 맞는다면 네놈은 흑선단의 조구(趙究)란 자이겠지. 당장 죽여도 시원치 않지만 오늘은 참아주마. 그 어느 때보다 기쁜 날이니 네 운이 좋음을 즐겨라.”

“…….”

조구는 눈을 동그랗게 떴다. 하나 정말로 자운산은 그냥 가고 있었다. 옆구리에 곽우라는 아이를 낀 채로 허공을 날아 본선으로 가고 있었던 것이다.

문득 조구의 눈이 한곳으로 향했다. 그가 가고 있는 본선, 그 본선의 돛에 새겨진 문양. 승천하는 용이 새겨진 문양이었다.

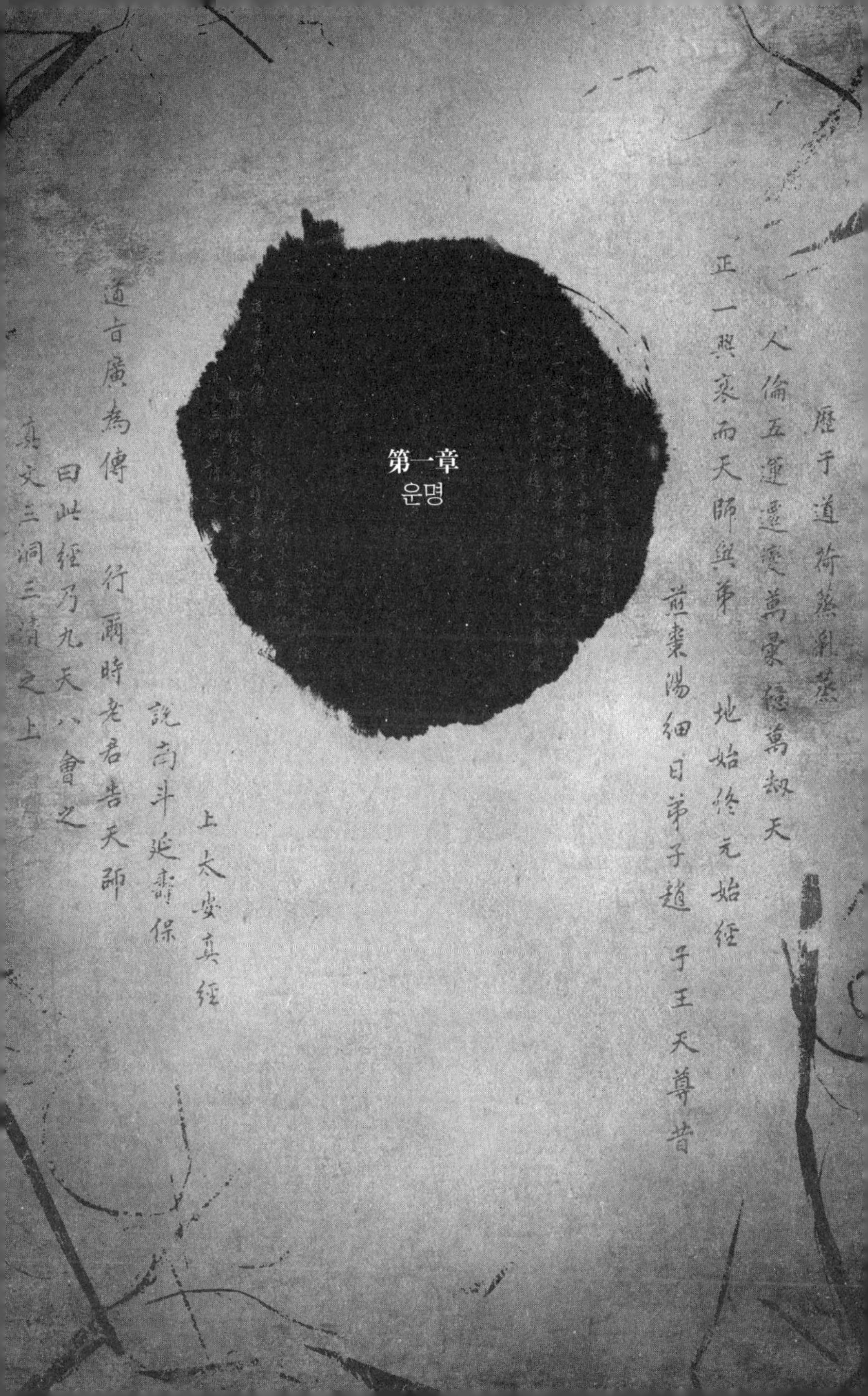

第一章

운명

1

"우와아!"

절로 탄성이 나오는 광경이었다. 저 멀리 태양이 보이고 그 태양의 이글거림이 땅에 흐르고 있었다. 아니, 땅처럼 맞닿은 곳으로 흘려진다는 것이 옳은 표현일 터이다.

말갛게 떠오르는 태양, 그 아래 드넓은 대양의 번뜩임이 예사롭게 보이지 않는 곳이었다. 그 보석 같은 광경에 소년은 탄성을 지르고 있었다.

"그리고 보니 호아는 바다가 처음이구나. 그리도 좋으냐?"

"그럼 당연하지! 누님이야 많이 봤는지 몰라도 난 처음인데! 우와아아아! 배다, 배!"

호아라 불린 소년은 즐거운 탄성을 연신 터뜨리고 있었다.

초롱초롱한 눈을 반짝이며 마차의 창문에 얼굴을 내민 채 이곳저곳의 광경을 보기 바빴는데, 그러자 또 다른 여인의 음성이 들려왔다.

"너도 참, 이곳에 수많은 배가 있는 것은 당연한 거야. 상해에 이만 한 배가 없다면 그게 더 이상한 것이지. 오호호!"

"그러는 추국 누님도 배 처음 보잖아. 아니야?"

호아는 뿌루퉁한 얼굴을 한 채 말대답을 했지만 목소리만 골난 목소리였지 눈은 전혀 아니었다. 초롱초롱 반짝이며 창밖의 풍경에 집중하고 있었던 것이다.

"곧 그 배를 실컷 타게 될 터이니 너무 보채지 말거라. 장강을 따라 움직이기로 한 것 같던데, 그렇지 않아요, 언니?"

"그래, 오하야. 마님께서 이미 조치를 취하셨다고 연락이 왔으니 아마 배가 정해지는 며칠간만 이곳에 있다가 움직이게 될 것 같아."

추국은 싱긋 웃으며 입을 열었다. 오하라 불린 사람과 그리 많은 나이 차이도 없어 보였는데 두 여인 다 이십대 초반 정도로 보였다.

물론 두 여인의 외모가 아주 뛰어난 것은 아니었다. 하나 왠지 두 여인의 모습에선 단아함이 절로 흘러나오고 있는 것이, 아무래도 꽤나 지체있는 집안 사람들인 듯했다.

"우아! 얼른 타보고 싶다! 꽤 오래 타지요, 누님?"

"호호! 그래, 호아야. 적어도 보름 이상은 타게 될 것이라고 하더구나. 파양호까지 간다고 하니."

여인은 차분한 목소리로 대답해 주었고, 호아는 이를 드러내며 환하게 웃어주고는 바로 다시 고개를 돌렸다. 열두 살의 아이에게 보이는 지금 세상은 그 어떤 말을 하더라도 주의를 돌릴 수 있을 것 같지 않았다.

"아무리 마님이지만 이번엔 정말 신중하신 것 같군. 육로를 이용해도 충분할 것 같은데 뱃길이라……."

"어머님께서 생각이 있으신 것이겠지요. 언제 어머님께서 틀린 결정을 내리시는 것을 본 적이 있던가요?"

"호호호, 그야 당연하지. 마님께서 틀렸다는 것이 아니라 그만큼 신중한 결정을 내리시는 것 같아서 말이야. 당대의 여협이신 화인당(花刃儻)께서 어찌 틀린 결정을 내리시겠어?"

"후, 언니 입심은 점점 더 화려해지는군요. 어머님께서 무공이 늘기를 바라시지 입심이 늘기를 바라지는 않으실 텐데……."

"오호홋, 그게 생각보다 쉽지가 않아서 말이야."

추국은 화려한 웃음을 머금으며 입을 열었다. 아가씨라 불리는 여인은 그저 웃었는데, 하긴 이런 반응이 낯설지가 않았다. 그녀 역시 조금 이상하게 생각하는 중이었던 것이다.

지금 그녀의 가문은 통째로 이사하는 중이었다. 아니, 더 쉽게 말하면 분가한다는 것이 옳은 이야기였는데 그녀의 부친이 관직에 올랐기 때문이다.

강서성 남창(南昌)의 부사(副司)에 오르면서 강소성에 있던 할아버님 댁에서 이사를 하게 된 것이다. 물론 집안의 경사이니 어른들께선 축하 일색이었지만 왠지 그의 아내는 그다지 기쁜 표정이 아니었다.

물론 그것은 남편이 관직에 올라서가 아니었다. 조금은 머리 아픈 상황이 벌어졌기 때문인데, 바로 그녀의 친가 때문이었다.

그녀는 무림인이었다. 그것도 상당한 명성을 가진 여인으로, 결혼하면서 금분세수를 하다시피 한 상황이었다. 하나 세상은 그녀를 잊지 않고 그녀에게 화인당이라는 별호를 주었다.

그렇게 좋게 끝나면 모두가 좋은 세상이지만 문제는 역시나 그녀의 친가였다. 친가에선 아직도 그녀가 지금의 남편을 만난 것을 그리 좋아하지 않았다. 나름대로 그 싹이 보이는 무림인이 어린 나이에 강호를 등졌으니 좋아할 리가 없었던 것이다.

게다가 아직도 그녀의 가문은 남편을 탐탁지 않게 여겼다. 뭐 그거야 솔직히 무시하고 살면 되지만 지금 현 상황은 그렇지가 못했다. 지금 그녀의 외가 쪽은 여기저기 적을 만들고 있는 상황이었던 것이다.

공교롭게도 그녀의 외가가 있는 곳 역시 강서성 남창인지라 그들의 움직임은 외가에게 힘을 보태는 것으로 보이는 것이 사실이었다. 자연스럽게 그녀의 가족이 표적이 되어버린 것이다.

물론 남편이 관부의 사람이 되었으니 함부로 할 수는 없었지만 그래도 세상일은 몰랐다. 그래서 육로를 버리고 해로를 택했다고 들었던 것이다.

"마차의 속력이 확 줄어드는 것을 보니 다 온 모양인데?"

"아……."

다가닥! 다각!

히이이힝!

상념을 접은 채 그녀는 고개를 돌렸다. 오후의 햇살이 따갑게 내리쬐는 세상은 여전했고, 그 세상을 호기심 어린 눈으로 바라보는 어린 동생도 여전했다. 이어 그녀의 귓가에 긴 말울음 소리가 들려오더니 이내 그들이 탄 마차가 멈추었다.

털컥!

"어서 와라, 오하야. 여행은 괜찮았느냐?"

"오랜만이군요, 장 총관님. 그간 별일 없으셨지요?"

마차의 문이 열리며 한 노인이 나타나자 그녀는 반갑게 웃으며 입을 열었다. 그러자 노인 역시 주름이 가득 진 노안을 일그러뜨리며 웃었는데, 그는 바로 그녀의 집안일을 모두 책임지는 총관으로 장운(長云)이라는 이름을 가지고 있었다.

그러나 여타의 총관과 아가씨의 관계를 생각하면 잘못된 것이었다. 이 두 사람 사이의 대화는 아가씨인 오하가 아니라 총관인 장운이 하대를 하는 듯했는데 그건 그럴만한 사정이 있었다. 말이 좋아 총관이지 호법이나 다름없는 사람이었던 것이다.

게다가 벌써 삼십여 년째 집안일을 도맡아 해온 사람이라 절대로 남처럼 느껴지지 않은 것이다. 웃음이 얼굴에 아주 박혀 버린 듯 깊은 골이 자연스럽게 만들어진 그의 얼굴을 보며 여인은 마차에서 내렸다.

오하는 자신도 모르게 미간을 찌푸렸다. 마차 안에서 본 햇살과 나와서 직접 받는 햇살은 정말 다른 것이었다. 바닷가의 햇살은 그냥 내륙에서 받는 햇살과는 다르다는 이야기를 들어 보았지만 막상 얼굴로 받아보니 그 차이가 너무도 확연했다. 아직 중천에 뜬 것도 아닌데 노출된 부분이 타는 듯한 느낌이 들었던 것이다.

"허허허, 소저가 바로 화인당의 따님이시군요. 정말 화인당의 젊은 시절과 똑같습니다. 굳이 누가 연 소저인지 묻지 않아도 될 정도군요."

"……."

같은 늙수그레한 음성이지만 이번 음성은 상당히 힘이 실려 있는지라 그녀는 고개를 돌렸다. 그러자 낯선 사람 한 명이 서 있는 게 보였다.

"아, 이런 늙은 정신을 봤나. 오하야, 여긴 이곳 장영해에서 나오신 분이니라. 인사드리거라."

"자인손(磁仁遜)이라 합니다. 처음 뵙습니다."

"아, 위명이 자자한 장영해의 용사를 뵙는군요. 연오하(然悟蕸)라고 합니다."

연오하는 작은 웃음과 함께 고개를 살짝 숙였다. 그러자 스스로를 자인손이라 밝힌 노인은 인자한 웃음과 함께 입을 열었다.

　"허허, 고운 용모만큼이나 아름다우신 말씀이십니다. 아직 배가 준비되지 않았으니 이곳에서 조금 계셔야 될 것 같습니다. 잠시 묵게 되실 곳을 마련하는 동안 조금 둘러보십시오. 아무래도 바다는 처음 보시는 것 같으니. 허허허."

　허허롭게 웃으며 자인손이 말을 하자 연오하는 살짝 얼굴이 붉어졌다. 그건 다름 아닌 호아, 연호랑(然好浪) 때문이었는데, 인사는커녕 지금 여기저기 뽀르르 돌아다니며 구경하기 바빴기 때문이다.

　추국도 지금 그 옆에서 연호랑을 챙기기에 여념이 없었다. 인사고 뭐고 할 상황이 아니었는데 자인손의 눈길은 바로 그 연호랑에게 가 있었던 것이다.

　음머!

　"우워어어!"

　연호랑은 펄쩍 뛰며 뒤로 물러났다. 가까이서 이토록 큰 소를 본 적이 없었는데 정말 집채만 하다는 말이 실감나고 있었다.

　눈알이 자신의 주먹만 한 소가 무려 백여 마리 넘게 보이는 광경은 정말 놀랍다는 말로 다 표현할 수 없을 만큼 감동이었다. 처음 보는 이 화려한 광경에 그는 정신을 놓고 있었고, 그러자 옆에서 추국의 음성이 들려왔다.

　"아후, 호랑아! 그만 좀 해. 사람들이 다 너만 보잖아. 어서

와, 그냥.”

아닌 게 아니라, 일하는 사람들 모두 큰 웃음을 지은 채 연
호랑을 바라보고 있었다. 하지만 연호랑은 전혀 개의치 않은
채 두 눈을 반짝이며 이곳저곳을 돌아다닐 뿐이었다.

“우와, 이건 진짜 크다! 와아아아!”

아마도 이곳 상해를 중간 거점으로 해서 내륙으로 들어가는
소 떼인 듯했는데 연호랑은 어느 틈에 소 사이로 들어가 이것
저것을 바라보다 정말 큰 소 한 마리를 본 듯했다. 그는 장탄
성과 함께 뽀르르 달려가 소 앞에 섰다.

보통 소보다도 팔뚝 하나 정도는 더 큰 키를 지닌 소였다.
뿔도 날카로운 것이 보통 소와는 너무도 달라 보이자 연호랑
은 아무 생각 없이 그 소의 코를 만지려 했다.

“어어, 이봐, 꼬마야! 안 돼, 그 소는!”

“에?”

어디선가 다급한 음성이 들렸다고 생각하는 순간이었다. 그
의 눈앞에서 거대한 소리가 귀청이 쩌렁할 정도로 울렸다.

우워워워!

“……!”

말도 아니면서 마치 말처럼 앞발을 들어 올리자 연호랑은
기겁했다. 호랑은 재빨리 뒤로 물러섰지만 이미 거대한 소의
앞발은 내려쳐지고 있었다.

“우아악!”

호랑은 너무나 놀라 피할 생각도 하지 못한 채 그저 괴성만

질러대었지만 그건 더 커다란 소를 자극할 뿐이었다. 소의 앞
발은 작디작은 호랑의 머리를 향해 그대로 내려쳐지고 있었는
데, 그때였다.

"감히 미물이… 물러나랏!"

퍼어엉!

크엉!

가죽 북이 터지는 소리와 함께 커다란 황소는 뒤로 튕겨지
듯 물러나고 있었다. 연호랑의 몸은 어느새 추국의 품에 들어
가 있었고 추국은 한 손으로 연호랑의 몸을 안아 든 채 너무도
가뿐하게 신형을 뒤편으로 훌쩍 옮기고 있었다.

"괜찮아? 그러게 조심하라니까."

"우와, 진짜 무서웠다. 황소가 날뛰다니."

십년감수했다는 표정을 지으며 연호랑은 가슴을 쓸어 내렸
고 추국은 싱긋 웃을 뿐이었다. 사실 추국은 무공이 상당한 편
이었고, 그랬기에 이렇게 의외의 상황도 잘 대처할 수 있었던
것이다.

"응?"

그런데 이 상황은 조금 다른 상황이었다. 의외 중에 의외랄
까? 그녀의 눈이 다시금 날카롭게 빛나는가 싶더니 왼손에 다
시금 내력을 가득 담기 시작했다.

우우우웅!

두두두두두!

전방에서 그야말로 미친 듯이 소가 달려들고 있었다. 그 엄

청난 압도감에 추국은 눈을 살짝 크게 떴지만 그것보다 이 소가 멀쩡히 달려오는 것이 더 놀랄 일이었다. 먼저 쳐낸 장력의 크기가 두 치 두께의 대문도 부서질 정도의 위력이었으니 말이다.

아니, 다시 일어난 것도 웃기는 일이었지만 그보다 더 희한한 일은 이 소가 다시 덤벼들고 있다는 것이었다. 사람에 대한 두려움, 아니, 무공에 대한 두려움이 없다는 것인데 이는 다른 의미로 해석될 수 있었다.

추국의 공격이 거의 먹혀들지 않았다는 뜻이다. 그래서 지금 추국은 온 내력을 끌어 올리고 있었다. 이 한 방에 아주 소를 죽일 심산으로 말이다.

"호아야! 추국 언니!"

뒤편에서 연오하의 목소리가 들려오지만 추국은 눈도 돌리지 않았다. 자칫하면 이 소의 뿔에 자신과 연호랑 둘이 모두 죽게 될 순간이니 말이다.

"추, 추국 누님!"

연호랑의 두려운 듯한 목소리가 들려왔지만 그녀는 아무런 말도 없이 눈만 빛내고 있었다. 한데 그 순간이었다.

"……!"

갑자기 어두운 그림자가 그녀를 덮치고 있었다. 물론 누군가 그의 뒤에서 덤벼든 것이 아니라 말 그대로 하늘에 커다란 뭔가가 기울여지더니 자신이 온통 그 그림자에 가려진 것인데, 그건 누군가의 신형이었다.

딱 보기에도 머리 두 개는 더 커 보이는 사내였다. 어깨가 얼마나 넓은지 한눈에 들어오지도 못할 정도였는데 추국은 날카롭게 소리쳤다.

"비켜요, 당신! 뭐 하는……."

채 그녀가 다 말을 맺기도 전이었다. 그는 그녀의 말에도 아랑곳없이 앞으로 힘차게 달려나가더니 양손을 좌우로 크게 벌리고 있었다. 바로 자신의 앞을 막아섰던 사내였던 것이다.

순간 그녀의 눈에 그 사내의 옆구리로 뭔가가 비죽 튀어 나오고 있는 것이 보였다. 생각할 것도 없이 그건 바로 날카로운 소의 뿔이었다.

퍼어어어억!

"학!"

연호랑은 소리조차 제대로 못 지르며 눈을 질끈 감았다. 그것이 사내의 몸을 뚫고 나온 것인지, 아니면 옆구리를 스치듯이 나온 건지는 알 수 없지만 그저 고개를 조아릴 뿐이었다. 처참한 광경을 볼 만한 마음의 준비가 되지 않았던 것이다.

지이이익!

한데 뭔가 바닥에 끌리는 소리가 잠깐 들린 듯하더니 이내 아무런 소리도 들리지 않자 연호랑은 눈을 살짝 떴다. 그의 눈에 제일 먼저 들어온 것은 자신을 안고 있는 추국의 얼굴이었다.

그녀는 두 눈을 부릅뜬 채 입을 살짝 벌리고 있었다. 마치 뭔가 믿기지 않는 것을 봤다는 듯한 표정이었는데 연호랑은 자신도 모르게 그녀의 시선을 쫓았다.

"……."

한 사내의 등이 보이고 있었다. 옆구리 어림에 황소의 뿔이 비죽 나와 있었고, 그 주위에 붉은 선혈이 보였지만 그리 많이 흐르지는 않고 있었다.

아마도 뚫어버린 게 아니라 살짝 스친 듯했다. 사내는 그렇게 상체로 소의 머리를 누르며 양손을 움직여 소의 두터운 목을 꽉 쥐고 있었다.

"끄으응!"

우어엉!

소의 소리인지 아니면 사람 소리인지 분간도 할 수 없는 기묘한 상황에서 사내와 소는 팽팽한 힘겨루기를 하고 있었다. 연호랑은 자신이 처한 상황도 잊고 고개를 내밀어 조금 더 사내의 몸을 바라보았다.

우두두둑!

근육이라 부르기도 민망한 사내의 몸이었다. 드러난 상박의 크기가 자신의 머리보다도 더 큰 우람한 사내였다. 천민들이나 입는 싸구려 마로 된 낡은 옷을 입은 채 어깨부터 잘라낸 민소매 옷을 입은 사내였다.

다리도 두터워 그런지 꽉 끼는 옷이었다. 무릎까지 훌렁 말려 올라간 바짓단 아래로는 역시나 사람의 장딴지라고는 생각하기 힘들 만큼 커다란 장딴지가 보였다.

얼굴이야 소 등에 파묻고 있는 형국이니 도저히 알 길이 없었지만 한 가지 확실한 것은 타지 사람은 아닌 듯 보인다는 점이었다. 검게 그을린 피부는 이곳 항구 쪽에서 상당한 시간을 보냈음을 알게 했던 것이다.

"이놈! 그쯤 하고 순순히 굴엇!"

우어어어엉!

꽤나 낮은 목소리가 들려오는 듯하더니 이내 또다시 황소가 움직이고 있었다. 하지만 사내는 더 이상 소가 멋대로 구는 것을 용서하지 않겠다는 듯 꽉 쥔 손에 힘을 풀지 않고 있었다.

다각다각! 푸르르릉!

소가 갑자기 성질이 온화해져 그냥 있는 것은 아닐 터이다. 지금도 움찔거리는 것이 뭔가 수를 내려는 것 같았는데 그걸 사내가 막고 있었다. 진정 무서울 정도로 강대한 힘을 가진 사내였던 것이다.

푸룽푸룽! 컥!

드디어 사람들이 바라던 순간이 다가왔다. 황소가 무릎을 꿇으며 신형은 누인 것이있는데, 그러자 사내의 움직임이 변하고 있었다. 재빨리 손을 옮겨 양손으로 뿔을 잡은 채 내리눌렀던 것이다.

"뭣들 하십니까? 아저씨, 빨리요!"

"어? 어, 그, 그래!"

그가 소리치자 여기저기서 사람들이 나와 밧줄로 소를 묶기 시작했다. 소는 삽시간에 꽁꽁 묶였고, 적어도 십여 명의 장정들이 움직이지 못하게 잡아당기는 형국이 되었다. 그러자 한 사내가 소리쳤다.

"이놈! 이 우악스러운 놈! 어여 이리로 와! 못된 놈 같으니라고!"

찰싹!

우어어엉!

회초리로 엉덩이를 때리며 소를 몰고 가는 사내의 얼굴엔 함박웃음이 지어지고 있었다. 아마도 별다른 일이 없었음을 다행으로 생각하는 얼굴이었는데 그건 그 사람의 생각이었다.

"거기 서요! 아무리 미물이라고 하나 사람을 상하게 하려는 놈이오! 내 그냥 둘 수 없으니 당장 서세요!"

추국의 목소리였다. 그녀의 음성엔 내력까지 깃들어 있어 상당히 멀리까지 퍼져 나가고 있었으니 당연히 주위의 모든 사람들이 그녀의 목소리를 들을 수 있었다.

그리고 그 목소리를 들은 사람들은 하나같이 그리 좋은 얼굴들이 아니었다. 모두의 얼굴에 조금은 험악한 빛이 감돌 때였다.

"강서성의 부사로 취임하시는 분의 자제 분이올시다! 이 일을 알게 되신다면 내가 생각하는 것 이상으로 화가 닥칠 것이오! 어서 그 미물을 이리 데려오지 못할까!"

"……"

강서성의 부사라는 말에 모두의 신형이 흠칫 멎었다. 특히

소를 끌고 가는 사람의 얼굴은 사색에 가까웠는데, 그때였다.

"에후, 아저씨. 어서 가세요. 배는 반 시진 후에 출발합니다. 이리 헐겁게 굴다간 손녀 약값도 못 건져요."

"…아니… 그게……."

"아, 어서요! 여기 이 소들이 가만있는 게 안 보여요? 대장을 가둬야 부하들이 움직이죠. 하하하하!"

상황에 어울리지도 않는 낭랑한 웃음을 지으며 한 사내가 손을 휘젓고 있었다. 그러자 소를 몰고 있던 사내는 요리조리 눈치를 보더니 비칠거리며 움직이기 시작했고, 추국의 눈썹은 하늘로 치솟아오르고 있었다. 이건 눈앞에서 사람을 대놓고 무시하는 꼴이니 말이다.

"어디서 굴러먹던 놈이 감히 본녀의 행차를 가로막느냐! 네 놈이 정말 경을 치고 싶어 환장한 것이……."

"어디 계시오?"

"…뭐?"

추국은 날카로운 목소리를 내려다 이내 말을 돌렸다. 밑도 끝도 없는 질문에 잠시 말을 접은 것인데, 그러자 사내의 목소리가 들려왔다.

"부사대인 말이외다. 내 직접 만나 뵙고 상황을 말씀드리겠소. 강소성 제일의 투우(鬪牛)가 한 여인의 손에 죽게 되었으니 어찌 가만있을 수 있소이까?"

"뭐, 뭐라고?"

추국은 황당하다는 얼굴을 하며 소리쳤다. 이자의 말대로라

면 이 아이보다 저 소가 더 귀중하다는 것인데 그건 있을 수 없
는 일이었다. 그리고 그 감정은 자연스럽게 표정으로 나타났
는데, 그러자 사내의 목소리가 다시 들려왔다.

"내 말은 다친 사람 하나 없지 않느냐는 것이오. 사실 저 흑
우는 이 고장의 자랑거리입니다. 저 소를 가진 사람은 이 상해
토박이로 장씨라는 사람입니다. 삼 년째 계속되는 가뭄에 일
찌감치 농사는 실패하고 지금은 저 소 한 마리에 의지해 살고
있는 사람입니다."

"……."

"자식도 다 죽고 남은 사람이라곤 손녀뿐입니다. 한데 그 손
녀도 병에 걸려 급히 돈이 필요하다더군요. 이 강소성을 휩쓴
소를 팔려고 배에 싣는 사람의 마음도 좀 헤아려 주십시오. 제
가 부사대인을 만나고 싶다는 것은 그 이야기를 하려는 것입
니다."

"이자가 정말……!"

추국은 기어이 손을 쓰려고 내력을 키워 올렸으나 결국 그
녀는 손을 쓸 수가 없었다. 그건 사내가 그녀를 향해 몸을 돌
렸기 때문이다.

젊었다. 삼, 사십대의 장한일 것으로 생각했건만 의외로 사
내의 얼굴은 어린 모습이 보이고 있었다. 피부가 검게 그을려
나이가 좀 있어 보인다 해도 이십대 후반은 절대로 안 넘어 보
이는 얼굴이었던 것이다.

여기 많이 보이는 사람들처럼 그는 머리를 대충 질끈 묶어

뒤로 넘긴 상태였다. 흑단같이 검은 머리카락과 그 머리카락에 견주어 뒤지지 않는 그의 피부는 강해 보이는 남자의 전형적인 표상처럼 보였다.

얼굴 또한 사각형에 가까운 턱을 지녔고 전체적으로 눈, 코, 입의 윤곽이 뚜렷했다. 솔직히 잘생긴 미남형의 얼굴과는 거리가 있지만 호남이라 말할 수는 있는 얼굴이었던 것이다.

특히 마음에 남는 것은 그 눈이었다. 덩치가 크니 무섭게 보일 수도 있건만 그의 눈은 매우 따듯해 보였다. 새하얀 눈알에 뚜렷한 검은 눈동자는 그의 모습을 마치 그림에서나 볼 수 있는 사람처럼 만들어주고 있었다.

"오냐, 네놈이 무엇을 믿고 그토록 방자하게 구는지 한번 보자. 내 오늘 너를……."

"그만 해요, 추국 언니. 잘못은 우리에게 있어요. 공자 말대로 아무도 다친 사람이 없으니 그만 해요."

"하지만… 오하야."

추국은 어이없다는 듯한 표정을 지었다. 그러나 연오하는 어느새 다가와 굳은 얼굴로 말했다.

"이 공자께서 틀린 말을 한 것이 있나요? 게다가 이 공자는 지금 우리와 싸우자는 것이 아니잖아요. 다만 사정을 좀 봐달라는 것인데 그것조차 안 된다는 것은 저도 좀 이해할 수가 없군요."

"아니… 그게……."

"언니를 나무라는 것이 아니에요. 다만 이 공자님의 말을 들어보니 저 장씨라는 사람이 딱하기 그지없어서 그래요. 인의를 행하는 것이 바로 강호인이라 들었건만 언니 역시 한 사람의 강호인 아니에요? 저 넓은 바다와 같은 도량을 여인이라고 가질 수 없다는 것은 아니라고 생각하지만 언니 생각은 좀 다른가 보죠?"

"아이고, 알겠습니다, 알겠어요. 내가 잘못했다. 됐지?"

추국은 머리를 세차게 흔들며 소리쳤다. 분명 그녀가 언니이긴 해도 전혀 닮은 구석이 없는 것을 보니 아마 일반적인 자매의 관계는 아닌 듯싶었다. 하나 친구처럼 부르다가도 또 달래고 어르는 서로의 모습을 보니 보통 이상의 친밀한 두 사람 사이를 미루어 짐작할 수 있었다. 그러자 사내의 목소리가 들려왔다.

"아하하하, 그럼 이렇게 일은 마무리된 것이군요. 나머지는 소저의 화만 풀면 되는 것이구요. 그렇죠?"

"뭐요?"

추국은 머리를 한 대 맞은 기분이었다. 사내는 지금까지 말 잘해온 연오하에게 말을 하는 것이 아니었다. 바로 자신에게 이야기하는 것이다.

"뭐, 이놈이 가진 것이 그리 특출난 것도 없고… 있는 거라곤 유난이 튼튼한 이 몸밖에 없으니……."

"……."

"쿵, 때리쇼! 딱 보니 무림인 같아 내 한 대만 맞아주겠소."

"뭐, 뭐라고?"

갑자기 그녀의 앞에 왼 무릎을 꿇으며 사내가 말하자 추국은 황당한 얼굴이었다. 이건 전혀 생각해 보지도 못한 상황이었던 것이다.

그녀는 뭘 어찌할지 몰라 시선만 움직이고 있었다. 연오하와 호랑, 그리고 장 총관까지 계속 시선을 돌렸지만 어찌할 바를 몰라 멍하게 서 있었는데, 그때였다.

"젊은이, 한데 왜 딱 한 대인가? 아무리 무림인이라도 한 방에 자네를 떨구긴 힘들 것 같은데?"

말을 한 사람은 바로 장 총관이었다. 그는 벙글거리며 이 상황을 재미있게 즐기고 있는 듯했는데, 그러자 사내의 입술이 열렸다.

"아, 그건 말입니다, 어르신."

뭔가를 말하려다 그는 잠시 눈을 돌려 추국의 얼굴을 보았다. 마침 추국 역시 사내의 입술을 주시하고 있었는지라 두 사람의 눈은 자연스럽게 마주치게 되었다. 하나 사내의 눈은 이내 추국의 손으로 다시 움직여지고 있었다.

"이 소저, 아까 흑우를 한 방에 물러서게 만들더라구요. 에… 눈으로 봤으니 몸은 사려야지요. 저도 살아야 하지 않겠습니까?"

"뭣? 어허… 허허허… 허허허허!"

장 총관은 참으로 시원하게 웃기 시작했다. 오후의 바닷가를 헤치며 그의 목소리는 멀리 퍼져 나가기 시작했고, 그러자 여기저기에서 같은 웃음이 들려왔다.

"뭐, 뭐 이런 무도한 자가! 닥치고 저리 가지 못해욧!"

목덜미까지 빨갛게 물들이며 추국은 소리쳤지만 사내의 말처럼 때리지는 않았다. 그녀는 슬그머니 신형을 움직여 연오하의 뒤로 왔고, 그러자 연오하가 웃으며 입을 열었다.

"언니도 힘들어할 때가 있군요. 공자님, 그만 농을 거두고 일어나시지요. 제 언니가 성정이 좀 화끈하긴 하나 그리 큰 예를 받을 사람은 아닙니다."

분위기를 한순간에 농지거리로 만드는 그녀였다. 사내는 그 모습에 고개를 끄덕이며 일어서려다 문득 자신의 눈앞에 또렷한 눈망울을 굴리는 아이가 있음을 알았다.

"연호랑이에욧!"

"…응?"

이번엔 사내의 눈이 커지고 있었다. 대관절 이 아이가 무슨 말을 하려는지 짐작이 되질 않았는데, 이어 아이의 목소리가 들려왔다.

"저… 여기 좀 구경하고 싶어요. 근데 좀 무서운 것도 사실이에요. 아저씨, 저 좀 여기 구경시켜 주시지 않으실래요?"

"어라? 요 녀석 보게."

아주 재미있는 현상을 겪고 있다는 듯 사내는 연호랑의 얼굴을 바라보았다. 연호랑도 지지 않고 사내의 눈을 빤히 쳐다보았고 서로 간에 어색한 침묵이 흐르는 듯하더니 이내 사내의 목소리가 들려왔다.

"너, 내가 무섭지 않으냐? 아까 소도 물리치는 거 봤잖아?"

“그거야 날 구하기 위해서 그런 건데 왜 무서워요? 안 그래요, 아저씨?”

“엉? 와하하하하! 그렇구나, 그래! 하하하!”

사내는 앙천대소를 터뜨렸다. 그러다 갑자기 손을 뻗어 아이의 허리를 끌어안더니 이내 어깨로 손을 가져갔다.

“어, 어, 왜 이래요?”

“구경하고 싶다며? 진짜 구경은 지금부터야. 웃차!”

사내는 그대로 일어서고 있었다. 무릎과 허리를 편 채 상체를 꼿꼿이 세우자 연호랑은 어느새 사내의 오른 어깨 위에 타고 있었다.

“우아아아아아아!”

연호랑은 커다란 소리를 질렀다. 이런 광경이 있을 거라고는 생각지도 못한 그다. 지금 그의 눈엔 세상의 모든 정경이 한꺼번에 들어오고 있었던 것이다.

“최고에요, 아저씨! 최고!”

사내의 머리를 꼭 껴안으며 연호랑은 소리쳤다. 그러자 사내의 음성이 연호랑의 귀에 들려왔다.

“아저씨라니? 뇬석아, 아직 결혼도 안 한 사람이다. 내 이름은 우, 곽우(廓優)라고 한다.”

“아, 그래요? 그럼 우 형! 됐죠, 우 형?”

“뭐? 하하하! 그래, 좋아! 우 형 좋다! 가자!”

“이야아아아아!”

성큼성큼 한 걸음씩 옮길 때마다 연호랑의 입에선 감탄사가 흘러나오고 있었다. 그렇게 두 사람은 정박해 있는 배 쪽으로 움직이고 있었다.

"싱거운 사내네요. 나 참, 우가 뭐야, 우가. 자기도 소라는 거야, 뭐야?"

"풋."

추국의 목소리에 연오하는 소매를 들어 입술을 가리며 웃었다. 생각해 보니 그런 뜻도 되는 상황이었다.

"우, 곽우라……. 좋기만 한 이름인 걸 왜 그래요?"

그 이름을 되뇌이며 연오하는 웃었다. 그러나 왠지 그녀의 기억엔 그가 힘이 좋았다는 것이 기억되지 않고 전혀 다른 것이 기억 속에 박히고 있었다.

그의 웃음이었다. 시원하게 웃는 그의 입술 사이로 새하얀 치아가 함박 드러나는 광경이 눈에 들어오고 있었다. 지금까지 많은 사람을 봤지만 그처럼 시원하게 웃는 사람은 처음이었다. 적어도 그녀에게는 말이다.

2

"먼 길… 좋은 여행이셨기를 바랍니다. 허허허."

"환대에 감사드립니다, 해주(海主)님. 아마도 저희를 의탁하신 부모님께서도 지금의 저희가 받는 대우를 보신다면 감사해하실 것입니다."

연오하가 공손한 태도로 입을 열자 노년의 사내는 흡족한 표정을 지었다. 해주라 불리는 사내는 관에서나 볼만한 태사의에 몸을 실은 채 술을 즐기는 중이었다.

아니, 대청에 작은 술자리가 열리고 있었다. 꽤나 많은 사람들이 자리에 모여 있었는데, 연오하는 무엇보다 저 상석 위에 걸린 휘장이 제일 먼저 눈에 들어왔다.

승천하는 용이 아로새겨져 있는 휘장으로 사방 이 장이 넘는 커다란 보자기가 허공에 걸려 있었는데, 그것이야말로 이곳의 상징이었다. 휘장에 같이 새겨져 있는 세 글자는 이곳의 이름이었던 것이다.

장영해.

십만 리 장강을 터전으로 살아가는 사내들의 집단이었다. 거친 장강의 물살을 헤치며 교역을 하고 그 이문으로 살아가던 하나의 상인 집단이 바로 장영해였다.

하나 세월이 흐르고 지금의 해주가 들어서면서 장영해는 변했다. 그저 하나의 상인 집단에서 무인 집단으로 변모하기 시작했고, 지금의 해주는 그걸 가능하게 했다. 저 태사의에 앉은 백발의 노인, 장웅(長雄)이라는 별호를 가진 오각(吳覺)이란 이름의 노인이 바로 삭금의 해주였던 것이다.

"별말씀을. 저희의 일은 지금부터입니다. 자당께서 신신당부를 하셨지요. 가솔 분들을 남창까지 안전하게 모셔달라고 말입니다. 허허허."

사람 좋은 웃음과 함께 오각은 술잔을 들어 입에 가져갔다. 그가 말하는 자당이란 바로 연오하의 어머니, 화인당 사희(砂

熙)를 이야기하는 것으로 연오하는 그저 살포시 웃음으로 답을 대신할 뿐이었다.

"마님께서 말씀하실 때 저도 옆에 있었으니 이는 확실한 사실입니다. 아가씨, 적어도 한 달 반 이상 배를 타고 가야 한다고 말씀하셨지요. 그리 준비하시면 될 것입니다."

"한 달 반, 약 오십여 일… 동안 말입니까, 총관님?"

한 달 반이라는 말에 연오하의 미간에 살짝 주름이 그려지고 있었다. 그녀는 왠지 꺼리는 듯한 표정을 짓고 있었는데 그건 지극히 정상적인 반응이었다. 배를 탄 적이 없는 사람이 한 달 반이나 배 안에 있다는 것은 보통 힘든 일이 아닌 것이다.

"빠르게 간다면 그 정도 걸릴 것입니다. 그보다 더 시일이 걸릴 수도 있지요. 하나 염려 마십시오. 아버님과 자당께서 어떤 관계이신지는 모르지만 충분히 가까운 사이임을 알 수 있으니 이 일에 만전을 기할 것입니다."

"……."

갑자기 들려오는 젊은 목소리에 그녀는 눈을 돌렸다. 장웅오각의 목소리가 아니라 그 옆에 앉아 있는 한 젊은이가 입을 연 것인데, 그녀는 잠시 그의 모습을 살폈다.

멋들어진 영웅건을 질끈 동여맨 사내였다. 왠지 영웅건 한가운데 박혀 있는 붉은 호박이 예사롭지 않게 느껴지는 사내였는데 전체적인 얼굴 형상은 오각을 비슷하게 닮은 것이 상당히 미남형이라 할 수 있었다.

쭉 뻗은 검미에 오뚝한 콧날, 거기에 살짝 얇은 입술을 지닌 사내였다. 그 옆에 있는 장웅 오각의 젊었을 때 모습이라곤 상상하기 힘들 정도로 잘생긴 청년은 싱긋 웃으며 다시금 입을 열었다.

"아하, 이런이런, 제 소개부터 해야 하는 것을. 오진영(吳進營)이라 합니다. 이렇게 정신이 없어서야……."

"허허허, 미욱하나마 내 아들 녀석이라오. 잘 부탁하외다. 아마 이 녀석도 이번 호송의 책임자 중 한 축을 맡게 될 것이오."

오각의 목소리에 연오하 일행은 모두 눈을 돌려 오진영을 바라보았다. 오진영은 역시나 화사한 미소를 머금은 채 중인들을 둘러보았는데, 문득 장운의 목소리가 허공에 울렸다.

"호랑이는 고양이를 낳지 않는다더니 정말 멋진 아드님을 두셨습니다. 이거 그냥 말로 축하드릴 일이 아닐 듯싶군요. 이장 모가 한 잔 올립니다. 아울러 오 공자에게도 앞으로 잘 부탁드리겠습니다."

"허허, 그저 망둥이처럼 날뛰는 것만 좋아하는 놈이라오. 오히려 이 오 모가 부탁드리는 바이오."

"무슨 말씀을. 장 총관께서 보통 분이 아니라는 것은 조금만 세상을 깊게 보는 사람이면 다 알고 있는 사실입니다. 오히려 제가 부탁드립니다."

의도한 것이든 아니면 의도하지 않았던 간에 분위기는 화기애애하게 변하고 있었는데, 그때였다. 연오하가 일어나 살짝 고개를 숙이며 입을 열었다.

"생각보다 꽤 시간이 늦은 것 같습니다. 즐거운 이야기에 시간 가는 줄을 몰랐군요. 무례가 되지 않는다면 소녀는 그만 물러가도 되겠는지요?"

"어허, 이런 결례가. 양가집 규수를 데려다 놓고 무림의 상례로 대했군요. 이 늙은이의 결례입니다. 물론입니다, 연 소저. 허허허."

그만 돌아가 쉬겠다는 그녀의 목소리에 오각은 인자한 웃음과 함께 손을 저었다. 그러자 연오하 일행은 자리에서 일어나 공손히 허리를 숙이곤 신형을 돌렸다. 들어올 때처럼 나갈 때도 조용히 사라지는 사람들이었다.

"참으로 조용한 사람들이군요. 몸에 예절이 배인 사람들 같습니다. 뭐, 해가 될 것은 없겠지만 소주께서 같이 가신다니 조금 적적하시겠습니다."

그녀의 일행이 떠난 후 작은 목소리 하나가 허공에 떠올랐다. 꽤나 나이가 있는 여인의 목소리로 약간 살집이 있어 통통한 형상의 여인이지만 인상은 상당히 후덕한 것이 젊었을 적엔 상당한 미인이었던 듯했다.

이제 삼십대 중반 정도? 여인은 입가에 술잔을 가져가고 있었는데 그녀의 귓가로 이번엔 오각의 목소리가 들려왔다.

"양 당주의 생각이 그렇다면 거의 틀림이 없겠지. 아마도 저 아이들은 정말 그냥 움직이고 있을 뿐이야. 물론 그 옆에 있는 두 명은 다르지만."

"두 명이라니요? 아버님, 그 옆에 있는 언니라 불리던 여인하고 장 총관이란 노인 말씀이십니까? 그리 특별한 것이 없어 보이는 사람들인 듯합니다만……."

오진영은 고개를 갸웃거리며 입을 열었다. 분명히 지금 이야기를 들어보면 시비와 총관을 두고 이렇듯 이야기하는 것 같았으나 그가 보기엔 그리 대단한 사람들 같지는 않았던 것이다.

말씀 많이 들었다는 이야기는 그저 겉치레 인사였을 뿐이다. 실은 잘 모르는 사람들이라 의례적으로 대한 것뿐이었지만 오각은 달랐다.

"쯧쯧, 넌 그래서 아직 어린 것이다. 그 두 사람의 출신이 대검문(大劍門)이란 것을 알면 그리 쉽게 생각하지 못할 것이니라."

"…그 두 사람이 대검문 사람이란 말씀이십니까?"

오진영은 눈을 크게 뜨며 되물었다. 물론 의뢰인인 화인당 사회가 바로 대검문에서 총애를 받던 사람이라는 것을 잘 알고 있었다. 그런데 그 여인과 총관도 그곳 출신이라는 것은 사실 의외였던 것이다.

"그냥 대검문 출신이 아니지요. 언니라 했던 추국이라는 아이는 실은 대검문의 차기 육화(六花) 중 한 명이었습니다. 사실 오하의 언니라기보다 그녀는 호위 역할이 옳을 것입니다. 언젠가 화인당 사회가 그 아이를 일컬어 자신의 큰애와 같다는 말을 할 정도이니 어느 정도로 생각하는지 잘 알 수 있지요. 실질적인 사회의 첫딸이나 마찬가지입니다."

"……."

"게다가 그 옆에 있는 장 총관 그 사람은 더욱더 무서운 사람입니다. 대검문의 장로급 인사였다는 것이 소문입니다. 물론 그 무공 또한 장로급에 걸맞게 강하다고 하더군요. 쉽게 볼 사람들이 아닙니다."

"정말입니까?"

믿기지가 않는다는 듯 말을 던진 양 당주를 향해 오진영은 눈을 동글게 만들며 질문했다. 양 당주는 그저 싱긋 웃을 뿐 가타부타 더 이상 말이 없었는데, 문득 오진영은 다시 떠오르는 의문이 있었다.

"그럼 정말 말이 안 되는군요. 그 정도로 대단하다면 어째서 저희의 도움이 필요한지 말입니다. 본 해의 무공이 그리 경시할 수준은 아니다 하더라도 적어도 대검문에 비할 바는 아니라고 생각됩니다. 물론 문도 수야 저희가 더 많지만."

"녀석, 화인당 사희가 아직도 대검문과 돈독한 관계를 유지한다면 그리 되겠지. 하나 지금의 사회는 그렇지가 않다. 무림에서 발 뺀 지 이십 년이 넘은 상황이야."

오진영의 말에 오각은 건과 하나를 입에 넣으며 말했다. 그러자 오진영은 오각을 바라보았고, 오각은 다시 말을 이었다.

"대검문의 무공은 강하지. 그러나 그 타협할 줄 모르는 불같은 성정 때문에 적이 많다. 그리고 그 적들이 지금 뭉쳐 대검문을 향하고 있지. 이런 상황에 한때 대검문의 후계자로 여겨졌던 사람이 대검문이 있는 강서성으로 움직이고 있다. 그럼 적들이 어떻게 생각할까?"

"……."

대답을 바라고 한 질문이지만 굳이 그 대답을 할 필요는 없었다. 그들은 반드시 대검문으로 사희가 들어서는 것을 막고야 말 것이다. 조금이라도 그들의 힘을 분산시켜야 하니 말이다.

"한데 웃기는 것은 대검문도, 그리고 사희도 서로 다시 볼 생각을 안 하고 있다는 것이다. 사희가 움직이는 것은 전적으로 그의 남편인 연혁진이 관직에 올랐기 때문이지. 그런데 그것이 공교롭게도 강서성이 부임지이니 참으로 웃긴 인연이지."

"허."

말을 들으며 오진영은 살짝 놀라워했다. 그 말대로라면 이것은 기구한 인연이라고밖에 할 수가 없었는데, 사희란 사람이 어쩌면 고스란히 피해자가 될 수 있는 상황이었던 것이다.

그저 남편이 부임하게 될 곳으로 이사 가는 것뿐인데도 목숨을 위협받게 된다니 이보다 더 황당한 일은 없을 터였다. 참으로 굴곡이 많은 인생을 사는 여인인 것이다.

"더욱이 요즘 대검문을 위협하는 곳은 흑도 방파 전체라고 해도 과언이 아니다. 소문에 의하면 흑련(黑聯)의 주요 표적이 되었다는 이야기가 있으니 쉽지 않은 상황이야. 그러니 차라리 물길이 낫다고 보는 것이지. 아직 물에선 우리를 따라올 자가 없으니."

"그렇군요. 그나저나 흑련이라니… 놀랍습니다. 그 단체가 실존하는 증거가 아직 없다고 들었습니다만……."

고개를 끄덕이며 오진영은 입을 열었고, 그러자 오각과 양 당주는 웃었다. 그 웃음은 비웃음이 아닌 그저 즐겁다는 웃음이었다. 나이 어린 손자를 가르치는 노인의 웃음이랄까?

"흑련은 분명히 존재한다. 다들 아직은 조용히 있는 것이지……. 아직 세상은 네가 모르는 것이 많다. 그만 물러가 보거라. 이제 나도 쉬어야겠구나."

"아, 예, 아버님. 그럼 소자는 이만……."

연회는 끝이 났다는 듯 오각은 손을 휘저었고, 그러자 오진영을 위시한 사람들 모두가 대청을 떠나기 시작했다. 순식간에 대청은 텅 비게 되었고 남은 사람이라곤 그와 양 당주뿐이었다.

"할 말이 있는가, 양 당주?"

"그저 궁금한 것이 있을 뿐입니다, 해주님."

심드렁한 오각의 말에 양 당주는 생긋 웃는 얼굴로 말했다. 그녀에겐 어떻게 해도 화날 일이 없었는데 하도 많이 봐서 그런지 오각은 그 미소에도 별 반응이 없었다.

"재무를 맡고 있는 이 양화련입니다. 정체불명의 돈이 좀 많이 들어왔더군요. 그것도 정확하게 세 군데서 말입니다. 한데 그중 두 군데는 제가 짐작할 수 있을 것 같습니다."

"음? 짐작할 수 있다고? 어디 한번 우리 살림을 맡고 계신 봉해당주의 식견을 들어볼 수 있을까나?"

순식간에 흥미롭다는 얼굴을 만들며 오각은 양화련의 얼굴을 바라보았다. 그러자 양화련은 살포시 수줍은 미소를 머금으며 말을 이었다.

"호호, 틀림없이 한 군데는 화인당 사회이겠지요. 그녀가 내놓은 돈이 황금 오십 냥입니다. 제가 알기로 연가의 돈이 그리 많지 않은 것으로 보아 그간 가지고 있던 자신의 모든 것을 팔아 마련한 듯싶습니다. 하나 그녀는 돈보다도 그 사람 자체의 명성을 보아 일을 수락해야 하는 것이지요. 그래서 그녀의 돈을 받으신 것이고요."

"그리고?"

"그리고 또 한 군데는 황금 백오십 냥 정도. 분명 대검문일 것입니다. 비록 화인당이 그쪽과 연을 끊었다 하더라고 그쪽에선 마음이 쓰일 것입니다. 또 성정이 불같기는 해도 정이 많고 대쪽 같은 대검문의 특성이 그럴 것이고요. 아닙니까?"

"역시… 둘 다 틀림이 없네. 화인당과 대검문 둘 다 나에게 돈을 보내며 저 아이들을 부탁했지. 나로선 충분히 이득이 남는 장사이니 수락하지 않을 수가 없지."

순순히 그녀의 판단을 시인하는 오각을 보며 양화련은 놀라움을 감추지 않았다. 설마하니 대검문이 아직도 사회를 생각하고 있을 것이라곤 생각하지 못했던 것이다.

대검문의 사회가 금분세수나 마찬가지로 강호를 떠난 것은 호사가들의 좋은 소재였다. 그녀는 막 피어나는 이십대 초반에 한 남자를 따라 강호를 떠났다. 그의 남편이 된 연혁진이란 사람으로, 연혁진은 그때 관직은커녕 그저 초야에 묻혀 사는 선비였던 것이다.

당연히 대검문에서는 극렬히 반대했다. 물론 그녀의 의견을 존중해야겠지만 이건 좀 경우가 달랐던 것이 대검문에서 사희의 존재는 정말 후계자 급에 가까운 것이었던 것이다.

대검문은 말 그대로 큰 대검을 사용한다. 그것도 고검(古劍) 이상의 두께를 가진 대검을 사용하는데 여인의 몸으로 이런 대검을 자유자재로 사용한다는 것은 놀라운 일이었다. 그건 바로 여인의 내력이 어마어마하다는 것을 반증하는 것이었다.

적어도 소림 장문의 내력에 버금갈 것이란 우스갯소리가 있을 정도로 사희의 무공은 대단했다. 그런데 그러한 사람이 무림을 떠난다니 당연히 대검문에선 그녀에게 배신감을 느끼고도 남을 일인 것이다.

그런데 대검문에서 그녀의 안위를 걱정한다라……. 참으로 기이한 일이었다. 그녀가 알기로 자신들의 앞가림하기도 벅찰 텐데 말이다.

“그럼 이제 남은 삼백 냥의 소재가 문제군요. 짐작은 할 수 있지만 그것이 쉽지가 않습니다, 해주님. 이건 어디서 나온 것입니까?”

“자네의 짐작대로라면 어떻게 할 것인가?”

“제 생각이 어디를 지목할지 아십니까?”

그녀는 조용히 입술을 열었다. 물론 미소는 여전히 머금고 있었지만 그 미소는 많이 옅어져 있었다. 그녀는 살짝 떨리는 입술을 열어 말했다.

“흑련… 맞습니까?”

“…….”

그녀의 말에 오각은 아무런 말을 하지 않은 채 그저 이젠 흥미로운 얼굴을 만들 뿐이었다. 잠시 뭔가를 생각하는 듯하던 그는 고개를 끄덕이며 말했다.

“맞네, 양 당주. 흑련에서 온 돈일세. 조건은 이번 항로와 출항 일자를 가르쳐 달라는 것이지.”

“…설마 그대로 하실 것입니까?”

오각의 말에 양화련은 얼굴을 굳히며 입을 열었다. 사실이라면 보통 문제가 아니었다. 이것이 알려지면 장영해는 심각한 도덕적 타격을 입을 수도 있는 문제인 것이다.

“이보게, 양 당주. 설마하니 내가 황금 삼백 냥에 내 모든 것을 다 넘길 것 같은가?”

굳은 얼굴로 말하는 오각을 보니 그는 분명한 반대 의사를 표방하고 있었다. 양화련은 그럴 줄 알았다는 듯 고개를 끄덕이며 말을 이었다.

“그렇다면 돌려보내도록 하겠습니다. 그 돈을 가지고 있어 봐야 좋을 것이…….”

“보낸디면 그건 흑련과 등을 돌리겠다는 뜻이겠지. 그리 쉽게 보낼 돈이 아닐세.”

“…….”

양화련은 그제야 사태의 심각성을 알 수 있었다. 여차하면 흑련이 장영해를 칠 수도 있는 상황인 것이다. 이건 보통 일이 아니었다.

"하면 해주께선 어떤 생각을 하신 것입니까?"

이도 안 되고 저도 안 되는 상황인지라 양화련은 눈을 좁히며 물어왔다. 그러자 오각은 결심한 듯 무거운 음성을 흘려내었다.

"책임자가 자인손에서 내 아들놈으로 바뀐 것도 그 때문이지. 난 그놈들이 원하는 정보를 줄 것이네. 아울러 내가 정보를 주었다는 것을 아들놈에게 알릴 것이야."

"예?"

조금은 의외의 대답에 양화련의 얼굴에서 웃음이 걷혔다. 잘못 처신한다면 강호에서 이들을 보는 시각 자체가 달라질 수 있었다. 상선의 호위로 먹고사는 이들에게 그건 치명적인 타격인 것이다.

"어차피 우리가 움직이면 저들의 눈을 벗어날 수는 없겠지. 삼백 냥은 출항 일자를 알려달라기보단 말을 들으라는 표시일 것이야. 그대로 말을 듣는 척은 해야겠지."

"……."

"대신 그 삼백 냥으로 가장 튼튼한 배를 사게나. 웬만한 일에는 까딱없는 놈으로 준비해 주게. 그 배를 타고 반드시 저 아이들을 호송할 수 있게끔 말일세."

"해주님."

양화련은 진심으로 감탄했다. 눈앞에 있는 이 사내의 배짱에 말이다. 이 사내는 말은 쉽게 하고 있지만 모든 것을 내건 것이나 다름없었다.

그 말대로 하는 것이 확실히 지금의 형세에선 최선이었지만 성공률은 현저히 떨어지는 이야기였다. 천하의 흑련이 노린다면 그 누구도 살아남을 수 없었던 것이다.

그런 사지에 자신의 아들을 밀어 넣고 있는 것이다. 만일의 상황에 세상의 비판으로부터 피하기 위한 안전장치나 다름없었다.

"양 당주, 난 내 아들을 잃고 싶지 않네."

"……."

"다시 한 번 부탁하지만 부디 세상에서 가장 튼튼한 배를 구해주게. 조금 시일이 걸리더라도 말일세. 그리고 그 삼백 냥에서 하나도 남기지 말아야 할 것이야."

"알겠습니다, 해주님. 명을 따르지요."

이제야 오각의 마음을 알겠다는 듯 그녀는 차분히 입을 열었다. 확실히 이것이 최선이었다. 더 이상 어떻게 할 도리는 없었던 것이다.

"자 당주가 힘을 써주시면 더욱더 좋은 일이 될 것 같습니다만, 혹 말씀해 보셨습니까?"

"음?"

다시금 들려온 양화련의 목소리에 오각은 눈을 살짝 치켜떴다. 그러다 피식 웃으며 양화련에게 말했다.

"무슨 말을 하는 건가. 지금 자 당주가 손 놓고 쉬고 있을 것이라 생각하나?"

"……."

"솔직히 이야기하자면 화인당 사회가 나를 믿고 아이들을 맡긴 게 아닐세. 바로 자 당주를 믿고 맡긴 것이지. 내가 알기로 사희와 자 당주는 꽤 친한 사이로 알고 있으니."

"아, 그렇군요. 그렇다면 저도 한시름 놓겠습니다. 자 당주
의 성격으로 보아 그냥 보내진 않을 사람 같으니……."

오각은 고개를 끄덕였다. 그녀의 말처럼 자 당주는 가만히
있을 사람이 아니었다. 절대로 말이다.

오늘날 이 장영해를 일구어낸 사람이 바로 그였다. 살림을
담당하는 양화련과 대외적인 문제를 해결하는 그는 이 장영해
의 이대 실력자인 것이다.

"그래, 절대 그냥 있을 사람이 아니지. 허허허."

왠지 건조하게 들리는 웃음이었다.

"용해당(龍海黨)과 봉해당(鳳海黨)이라고요? 거 참, 이름도
희한하네."

"허허, 그러나 그 희한한 이름들이 오늘날의 장영해를 만든
것이란다. 모든 수적을 물리치고 이 장강의 운송에 있어 패자
가 된 것은 전적으로 그 두 당의 당주들이 해낸 것이지."

추국은 입술을 삐죽 내밀었다. 지금 배정된 숙소로 돌아가
는 길에 이런저런 이야기를 나누고 있었던 것인데 역시나 이
야기의 소재는 이곳 장영해에 관한 것이었다.

"솔직히 전 이해가 가지 않아요. 아까 그 해주란 사람은 몰
라도 소주란 자의 무공은 제 아래로 보이던데 누가 누굴 지켜
주겠다는 것인지. 나 참, 진짜 여기가 그토록 강한 곳이에요?
마님께서 오하와 호랑의 안위를 맡길 정도로요?"

추국은 여전히 믿지 못하겠다는 표정이었고, 장 총관은 고개를 끄덕였다. 확실히 아까 대청에서 본 사람들의 면면으로 본다면 충분히 그러고도 남을 것이다.

"그래, 무공으로 따지자면 여기 사람들은 그리 높지 않을 수도 있단다. 구대문파에 비한다면 거의 한 가문의 무공 정도로 치부될 수 있는 정도겠다. 굳이 여기 무사들의 평균을 이야기하자면 말이다."

"그런데 우리를 맡긴다고요? 총관님, 지금 그게 말이 된다고 생각하시는 거예요?"

도무지 앞뒤가 맞지 않는 이야기에 추국은 발끈했다. 그렇다면 왜 이곳에 자신들의 목숨을 맡긴다는 것인지 이해가 가질 않았는데, 장 총관은 그런 추국을 향해 웃으며 말을 건네었다.

"만일 그것이 뭍에서라면 그렇다는 것이다. 그러나 이들은 장강에서 살아온 사람들이다. 물에서라면 이들은 구대문파도 두렵지 않은 사람들이다. 마님께선 그 점을 높이 사신 것이야."

"설마요."

추국은 한쪽으론 수긍이 가면서도 고개를 가로저었다. 아무리 물이라지만 고수라면 이야기가 달라진다. 등평도수(登萍渡水)까지야 아니더라도 물을 건너는 고수들을 간간이 볼 수 있으니 말이다.

그런 사람들이 있다면 물이라고 그리 큰 제약이 아니었다.

한마디로 여기 사람들은 도움이 되지 않는다는 뜻이었다.

"아무래도 넌 물을 너무 업수이 여기는 것 같구나. 그럼 그 고수들이 왜 물에서의 싸움을 꺼리겠느냐? 그토록 무공이 강해 물에서도 제약이 없다면 말이다."

"……."

장 총관의 목소리에 추국은 아무런 말도 할 수가 없었다. 확실히 그건 장 총관의 말이 맞았다. 무림인들이 물을 꺼리는 것은 잘 알려진 상식이었던 것이다.

그냥 물을 건너는 것과 물에 올라가서 싸우는 것은 전혀 다른 이야기였다. 그런 의미에서 본다면 사희의 생각은 옳았다. 최소한 이 장강에서 장영해는 소림이 부럽지 않은 사람들이었던 것이다.

"더욱이 네 어머니가 이 장영해에 우리를 기탁한 것은 해주를 보고 그런 것이 아니란다. 이곳엔 그보다 더욱더 믿을 만한 사람이 있다."

"그런 분이 계십니까? 혹시 아까 그 여자 분이신가요? 봉해당주라는?"

대청에서 봤던 사람들 중 가장 인상이 남는 사람이 바로 그녀였다. 연오하는 대뜸 그녀를 떠올리며 물어본 것인데 장 총관은 고개를 좌우로 저었다.

"아니. 친구는 그곳에 없었단다. 젊은 시절 일신의 무공만으로 소림의 십팔나한과 동수를 이루었던 친구이지. 일설에는 소림의 장문인과 겨루어 동수를 이룬 적도 있다고 하지만 그

거야 소문이니 알 수 없는 일이고."

"여기에 그런 고수가 있다고요?"

믿을 수 없다는 듯 추국이 입을 열자 장 총관은 고개를 끄덕였다. 그는 한 전각의 대문을 지나자마자 손을 들어 앞을 가리키며 입을 열었다.

"그래, 바로 저 친구란다. 이곳의 용해당주이며 과거 네 어머니와 막역한 사이이신 분이지. 인사드리거라, 오하야. 자운산 대협이다."

"……."

연오하는 눈을 들어 앞을 바라보았다. 이제 완연한 어둠으로 물들어가는 하늘 아래 두 사람이 서 있었다. 꼿꼿이 허리를 편 채 각기 장창으로 보이는 병기를 들고서 자신들을 기다리고 있었던 것이다.

"연오하라고 합니다."

연오하는 최대한 공손한 표정으로 허리를 숙였다. 누가 보면 조금은 과도하다고 생각될 정도로 고개를 숙였지만 상대를 보면 충분히 그럴 만했다. 눈앞에서 자신들을 기다린 사내의 기도는 무공을 하지 못하는 그녀가 봐도 느껴질 정도로 여태껏 봤던 그 누구보다도 대단했던 것이다.

"허허, 어서들 오시오. 자운산이라고 하오이다."

"먼저 뵈었었지요? 이분은 제 형님이라오. 시끄러운 것을 싫어하는 성격이시라 아까 대청엔 안 나가셨지요."

두 명의 노인이 서 있었지만 두 사람 다 허리가 꼿꼿한 것이 절대 노인으로 보이지 않는 사람들이었다. 한 사람은 이곳에 도착하자마자 본 자인손이라 밝힌 사람이었고, 처음 보는 이가 바로 자운산이란 사람이었다.

희끗한 백발이 인상적인 사람으로 백발만 아니면 사십대의 장한이라 해도 믿을 수 있을 정도로 젊어 보였다. 단정한 흑색 무복을 차려입은 채 한 손에는 어디서나 볼 수 있는 장창을 들고 있는 사내였다.

그 장창을 본 순간 추국의 머릿속에 뭔가가 스쳐 지나가고 있었다. 그러고 보니 그 옆에 있는 자인손 역시 장창을 가지고 있었던 것이다.

"이제 보니 등평창호(等坪槍號) 자운산 대협에 일회창사(一回槍士) 자인손 대협이셨군요. 눈이 있어도 알아보지 못함을 용서하십시오."

추국은 포권을 말아 쥐며 공손히 예를 취했고, 그러자 자운산이라 불린 사람은 조용히 웃었다. 그는 한쪽 무릎을 꿇은 추국의 손을 잡아 일으키며 말했다.

"어인 말씀을……. 화인당께서 말씀하시기를, 자신에게는 두 딸과 한 명의 아들이 있다 했소이다. 그중 한 아이가 남달리 무공에 욕심이 있다 하더니 욕심 정도가 아니구려. 일류고수를 상회하는 실력이라……."

"…과찬이십니다."

추국은 가슴이 덜컹하는 느낌이 들었다. 한눈에 그의 무공 수위를 알아보는 것을 보니 상대는 고수였다.

아니, 그보다 추국의 머릿속에 들어 있는 별호가 눈앞에 있다는 것이 더 놀라운 일이었다. 아마도 이 장영해에서 최고수는 바로 이 두 사람일 터이다.

"과연 젊을 때의 화인당의 모습을 빼어 닮았구나. 허허, 내 그동안 세월이 이리도 흐른 것을 몰랐건만 자네를 보니 알겠구나."

"어인 말씀이십니까. 제 눈에는 아직도 정정한 분이 눈앞에 계시옵니다."

"허허, 확실히 말재주는 다르구나. 젊었을 때의 화인당이면 이리 이야기하지 않았을 텐데."

옛일을 생각하는 듯 그는 잠시 고개를 하늘로 들어 올렸다. 어스름한 하늘 사이로 하나둘씩 보이는 말간 별들을 보니 잠시 후면 해가 사라질 것 같았다. 자운산은 고개를 끄덕이며 말을 이었다.

"자당께선 자네들의 신병을 부탁했고 난 약속을 했네. 해서 내 오늘 그 약속을 확인시켜 주기 위해 왔네."

"자네가 같이 가준다면 이 늙은이도 마음을 놓을 수 있겠지. 고맙네."

장 총관은 노안 가득 주름을 만들며 입을 열었다. 그러자 자운산은 그를 향해 다시 입을 열었다.

"호위할 무인이라면 솔직히 더 이상 필요하지 않겠지요. 저 아가씨에 일위검(一位劍) 장운 대협이라면 말입니다. 전 배에 타지 않습니다."

“네?”

장 총관을 비롯한 일행은 자운산의 목소리에 눈을 크게 떴다. 혹시 잘못 들은 것이 아닌가 하는 생각이 들었지만 그는 잘못 말한 것이 아니었다.

“일단 그 배에는 이 친구가 탈 것입니다. 그건 이미 알고 계실 테지요?”

“아, 네. 그건 알고 있습니다. 그리고 소주란 사람도 탑승할 것처럼 이야기하던데…….”

자운산은 고개를 끄덕였다. 그가 말하는 이 친구란 바로 자신의 아우 자인손이었다. 그리고 소주 오진영이 탑승하는 것은 이미 알고 있는 일이니 별로 놀랄 일은 없었다.

“저보다 더 쓸 만한 사람이 있어 그자를 보내려고 합니다. 아직 조금 부족한 면이 있기는 하지만 훨씬 더 좋을 것입니다.”

“…….”

왠지 자신이 직접 움직이는 것을 꺼려 하는 듯한 모습에 연오하 일행은 눈을 살짝 좁혔다. 그러자 이번엔 자인손의 목소리가 들려왔다.

“허허, 마침 저기 오는구먼. 어서 오너라, 이 녀석아.”

자인손의 목소리에 모두의 고개가 움직였다. 그곳엔 어스름한 저녁 하늘을 배경으로 한 사내의 그림자가 보이고 있었다. 한데 그 사내의 등엔 뭔가 달려 있었다.

아니, 뭔가가 아니라 사람이었다. 그리고 그 사람은 그녀들이 아주 잘 알고 있는 사람이었다.

"호아야."

널찍한 뒷등에 기대어 자는 사람은 바로 연호랑이었다. 쌔근거리며 자고 있는 아이를 추국은 재빨리 안아 들자 그제야 메고 온 사내의 입술이 열렸다.

"오셨습니까, 사부님. 워낙 왕성한 호기심을 지닌 아이라 좀 시간이 걸렸습니다."

"그래, 잘했다, 우아야."

넉넉한 웃음과 함께 그가 가리킨 사람은 바로 곽우였다. 그 커다란 몸으로 밤공기를 가르며 나타난 것이다.

"이 녀석이 여러분과 같이 가게 될 것입니다. 허허, 뭣들 하느냐. 어서 인사부터 하거라."

"예, 사부님."

곽우는 공손한 모습으로 신형을 돌렸고, 이내 자신을 보는 연오하 일행에게 입을 열었다.

"이미 한 번 뵈었지만 다시 인사드리지요. 곽우라고 합니다. 사부님의 명을 받들어 여러분을 파양호까지 모실 것입니다. 잘 부탁드립니다."

시원하게 웃으며 곽우가 입을 열었다. 그러자 왠지 모르지만 연오하는 가슴이 시원해지는 것을 느낄 수 있었다. 그저 한 사내의 웃음을 봤을 뿐인데 말이다.

"연오하, 다시 인사드립니다. 저희야말로 잘 부탁드립니다."

이번엔 연오하도 방긋 웃으며 입을 열었다. 그리고 그 웃음은 얼마 전 대청에서 보여준 웃음이 아니었다. 진심이 담겨져 있는 따뜻한 웃음이었던 것이다.

第二章
오우도

1

　아무리 봐도 고수라곤 생각할 수가 없었다. 굳이 따지자면 이 사내보단 저 옆에 있는 훤칠하게 생긴 사람이 더 고수라고 분명하게 말할 수 있었다.

　물론 저 두 사람보다 고수는 따로 있었다. 저 덩치 커다란 곽우의 스승 자인손 말이다.

　"아무리 봐도 그냥 우리끼리 가는 게 나을 듯해요, 총관님. 이건 뭐 애들 데리고 가는 것도 아니고."

　"헛헛, 그럼 지금 준비된 배를 버리고 가자고? 우리의 호송을 위해 장영해가 쓴 돈이 얼만지 알면서 그러느냐? 물경 금 삼백 냥이 넘는 거금이다. 그 성의를 봐서라도 그냥 조용히 있거라."

남들이 본다면 그야말로 정다운 조손 간의 모습이었다. 볕이 잘 드는 마루 아래 나란히 앉아 세상을 보는 듯이 보였으니 말이다.

그러나 당연하게도 추국과 장운은 조손 관계가 아니었고, 두 사람의 눈길 역시 한곳에 딱 머물러 있었다. 바로 곽우와 오진영에게 말이다.

곽우와 오진영은 서로 초식을 교환하면서 무공 연마를 하는 듯했다. 보통 무공 연마라면 비밀스러운 장소에서 조용히 하는 것이 상례지만 이 두 사람은 그렇지 않았다. 아니, 그럴 이유가 없어 보였다.

초식이라는 것이 말하기 민망할 정도로 단순했다. 뭐, 횡소천군이라는 말조차도 이 두 사람에겐 고급스러운 표현이었다. 이건 그냥 서로 치고받는 수준을 넘지 못했던 것이다. 아니, 차라리 치고받는 것이라면 보기라도 좋았다.

두 사람은 서로 몸만 살짝살짝 움직이며 발을 구르는 것이 전부였다. 저게 무슨 무공 연마가 되는지 전혀 알 수가 없는 추국으로선 황당할 따름이었다.

"에후, 노는 꼴들 하고는. 그나저나 총관님, 진짜 우리 위험한 거 맞아요? 아무리 봐도 그냥 가도 별일 없을 것 같습니다만."

"보이는 것이 조용하니 마음까지 조용하다, 이거냐? 딴 건 몰라도 너희들이 위험한 것은 확실하다. 이미 흑련에서 너희들을 잡기 위해 사람들을 보냈다는 말이 있더구나."

"흑련에서요? 아니, 도대체 왜 우리를 가지고 난리치려고 하나요? 우리가 흑련에게 무슨 해를 끼쳤나요?"

도무지 이해할 수 없다는 듯 추국은 눈을 동그랗게 뜨며 물어왔다. 그녀의 입장에서는 너무도 당연한 일이지만 사실 궁금한 것은 그녀뿐만이 아니었다.

"그건 저도 솔직히 궁금합니다. 어머님께서 대검문 출신이라는 것 하나만으로 저희를 핍박하는 것이 이상합니다. 제아무리 흑도라 하지만 이건 좀 너무하다 싶습니다."

"왔느냐?"

연오하였다. 아마도 방에 있다가 이 두 사람의 대화가 궁금하여 나온 듯한데, 그러자 연오하는 싱긋 웃으며 입을 열었다.

"방 안에 있다 보니 두 분의 대화가 들리더군요. 마침 궁금하기도 해서 나온 것입니다. 해서 묻는 것입니다만… 총관님."

"……"

연오하의 말에 장 총관은 그저 웃을 뿐이었다. 그는 연오하의 다음 말을 기다리고 있는 듯했는데, 연오하의 말은 계속되었다.

"어머님께서 아무래도 본격적으로 대검문의 편을 드신 것이 아닌가 생각됩니다. 그렇지 않습니까?"

"허허."

장 총관은 웃었다. 물론 그 웃음은 많은 것을 내포하고 있었고 역시나 긍정의 의미를 담고 있는 웃음이었다. 부인을 하지 않으니 긍정이나 다름없었던 것이다.

"저도 어느 정도는 짐작하는 바가 있으니 하는 말입니다. 총

관님, 이제 그만 사실을 말해주세요. 작금의 상황이 어찌 되는
것인지 말입니다."

　연오하는 정말로 어느 정도 다 알고 있다는 듯한 표정을 짓
자 장 총관은 씁쓸한 미소를 머금었다. 하긴 이런 상황 속에
서 그 정도 추측을 하지 못한다면 그게 더 바보 같은 일이었
다.

　"네 말이 맞구나, 오하야. 네 어머니는 지금 대검문을 돕기
로 마음을 굳힌 것 같다. 물론 대검문은 아가씨께서 돕는 것을
모르지만 말이다. 아무리 미워도 혈족이 아니냐?"

　"…역시 그렇군요."

　그녀는 차분한 목소리로 입을 열었다. 역시나 짐작했던 바
다. 그녀의 어머니인 화인당 사희는 대검문을 돕고 있었던 것
이다.

　"하면 총관님, 아무래도 그에 관한 지식이 좀 필요할 것 같
습니다. 현재 강호에 관한 것들을 좀 들었으면 해요. 그래 주
실 수 있겠습니까?"

　"그래, 그러자꾸나. 이젠 비밀도 아니니 들려주마."

　장 총관은 일단 머릿속을 정리하기 시작했다. 그리곤 지금
그들을 둘러싸고 휘도는 형국에 대하여 이야기하기 시작했다.

　가장 중요한 것은 지금 강호의 사건이었다. 대검문과 흑련
의 대립이 가장 중요했다. 특히 강소성에서는 아주 유명한 사
건이었다.

강소성은 기이하게도 거대 문파가 없었다. 이 말은 호남이라는 지방의 중요성에 비해 그렇다는 이야기인데, 강소성은 척박한 땅도 아니었다. 오히려 파양호 때문에 유동 화폐량이 상당해 살기가 괜찮은 곳이었다.

그래서 그런지 대문파는 없어도 군소 문파는 거의 난립 수준인 곳이 강소성이었다. 게다가 흑도 문파가 상당수 포진된 곳이라 싸움이 끊이질 않았다. 문제는 그 와중에 대검문이 정도를 표방하며 마찰이 상당했다는 것이었다.

특히 가장 큰 문제는 사음회(私音會)라는 곳이었는데, 소금 밀매로 상당한 부를 축척한 집단이었다. 그들은 그 돈으로 파양호 주변의 상권을 사들이다시피 했는데, 그러다 보니 대검문이 운영하는 여러 점포와도 마찰이 일어났다.

그렇게 두 집단 간의 힘겨루기가 시작되었다. 아무리 돈의 힘이 세상을 움직인다 해도 대검문은 상당한 문파인지라 쉽게 꺾이지가 않았고, 이는 사음회가 새로운 세력을 끌어 들이는 데 결정적인 역할을 했다. 그것이 바로 흑련이었다.

"사상 최대의 흑도 연합이라고 해도 무리가 없을 정도로 큰 세력이 흑련이지. 솔직히 흑련이 사음회의 손을 잡은 것이 이상할 정도인데, 어쨌든 그로 인해 대검문은 상당히 위축되었단다."

"흥. 그 빌어먹을 놈들이 옳다구나 하고 덤빈 것이지요. 파양호에서 나온 돈줄 좀 쥐겠다는 것 같은데 대체 백도문파들은 뭘 하는지…… 사파 놈들이 이리 득세를 하는데."

추국은 찬바람이 쌩쌩 날리는 목소리로 입을 열었다. 그러나 그녀도 소위 정파라고 하는 사람들이 어떤 특성을 가지고 있는지 잘 알기에 그저 넋두리에 불과함을 스스로 잘 알고 있었다.

정파가 한 개의 단체를 구성한다는 것은 어려운 이야기였고 거의 불가능했다. 이유는 단 한 가지, 남의 눈을 의식해야 하기 때문이었던 것이다.

정의를 표방한다고 해서 그 정의만을 좇는 것은 정파가 아니었다. 정의를 좇되 어떠한 사람에게도 피해가 가선 안 되었다. 그것이 진정한 협의라 여겼던 것이다.

사정이 이렇다 보니 정파 사람들은 서로의 눈치를 보기 십상이었고, 결국 이는 각자의 위치를 고수하는 데만 급급하게 만드는 결과를 가져왔다. 정파끼리의 단결은 거의 요원한 일이 되어버린 것이다.

그러나 흑도는 달랐다. 간단한 단 하나의 정의에 의해 결정이 된다. 즉, 힘에 의해 모든 것이 가려지는 것이므로 생각할 것도 없었던 것이다. 그리고 그런 그들의 사상처럼 그들 사이에서 영웅이 튀어나왔다.

흑야도제(黑夜刀帝) 야우연. 바로 현 흑련의 련주가 바로 그였다. 한 자루의 도를 들고 각 흑도 문파를 병합해 오늘날의 흑련을 만든 대단한 사람이었다.

그런 흑련이 지금 강서 땅을 노리고 있었다. 노른자위일지도 모르는 그 땅을 말이다. 그리고 그 땅에선 지금 대검문만이 외롭게 싸우고 있고 말이다.

"주인께서 아시면 난감할 일이지만 마님은 이미 마음을 굳히셨습니다. 그러니 흑련에서 아가씨와 도련님을 노리는 것입니다. 물론 그 빌어먹을 사음회 놈들도 사람을 고용했다는 소문이 들리고요."

"흥. 올 테면 오라고 하세요. 그깟 흑도 놈들, 하나도 두렵지 않으니. 너도 걱정 말아. 저 두 바보보다는 내가 훨씬 나을 테니."

"언니는 참, 마음에도 없는 소리를 잘해요. 보기에도 상당해 보이는데 어찌 그래요?"

"너도 참, 저게 상당하긴 뭘. 저게 바보 놀음이지 무슨 무공 수련이야?"

슬쩍 눈을 돌려 곽우와 오진영을 바라보다 추국은 입술을 비죽 내밀었고 연오하는 그런 추국을 향해 살짝 눈을 흘겼다. 그러자 두 여인이 하는 모양을 본 장 총관이 입을 열었다.

"헛헛, 꼭 병기를 들어야만 무공이더냐? 보아하니 두 사람 다 상당한 수준의 가영대련(假影對鍊)이구나. 저 정도라면 짐이 되지는 않을 듯싶은데?"

"에? 오하야 무공을 몰라 그런다 치지만 총관님까지 왜 그러세요? 아, 저게 무공인가요?"

콧방귀를 뀌는 그녀의 모습을 보니 아마도 저 두 사람에게 단단히 실망한 모양이었다. 하나 그도 그럴 것이 그녀는 저런 무공 수련 방법이 있다고는 들어본 적도 없었다. 머리털 나고 이곳에서 처음 봤던 것이다.

"가장 적은 내력으로 빠르게 움직임을 살필 수 있는 방법임을 몰라서 그러느냐? 저건 초식의 좋고 나쁨을 겨루는 것이 아니다. 대련 시에, 특히 처음 시작하자마자 보이는 상대의 동작을 미리미리 생각해 보는 것이다. 생각하기에 따라선 상당히 좋은 수련 방법이지."

"상대의 움직임을 읽는다구요? 그건 정말 말이 안 되는군요. 실전의 변수가 얼만큼인데 저런 어이없는 방법으로 가능한가요? 그것도 거의 땅에서 발을 떼지도 않은 채 말이에요."

일고의 가치조차 없다는 듯 추국은 입을 열었다. 장 총관은 그저 쓴웃음만 지을 뿐이었는데, 본인이 그렇게 여긴다면 그냥 놔둘 수밖에 없는 노릇이었다. 그의 생각을 바꿔야 할 필요는 없었던 것이다.

"그냥 조금씩 움직이는 것만으로도 상당한 땀을 흘릴 수 있다니… 내가 보기엔 생각보다 어려운 듯한데?"

무공에 대해 잘 모르는 연오하가 고개를 갸웃거리며 입을 열자 추국은 웃었다. 그녀는 신형을 휙 돌리며 작은 목소리를 내었다.

"어떤 일이든 반 시진 이상만 하면 땀은 절로 흘러. 난 차라리 혼자서 연공이나 하렵니다."

추국은 빠르게 신형을 놀려 뒤뜰로 사라졌고, 연오하는 그저 피식 웃었다. 악한 아이는 아니지만 추국의 고집은 상당했다. 특히 무공에 관련된 것이라면 말이다.

또 연오하 자신이 무공에 관해선 거의 백지이기에 논쟁이

될 수가 없었다. 연오하는 잠시 고개를 돌려 포구 쪽을 바라보
다 이내 작은 한숨을 쉬며 입을 열었다.

　"한데 총관님, 이 녀석은 또 바다로 나갔나요?"

　"허허허, 호랑이가 아주 이 상해에 살 작정을 했나 보구나.
아마 지금쯤 자인손이란 친구와 포구를 돌아보고 있을 게야."

　"후, 나참. 전 들어가 볼게요, 총관님."

　연오하는 고개를 흔들며 방을 향해 움직였다. 어차피 그녀
가 이곳에서 할 일은 거의 없었다. 차라리 들어가 책이나 한
줄 읽는 것이 나은 일이었다.

　"허허, 그렇게 하여라. 난 조금 볕을 즐길 테니."

　차분히 대답을 한 후 그는 고개를 돌려 곽우와 오진영을 향
했다. 추국은 별것이 없다 했지만 그건 정말 몰라서 하는 이야
기였다. 더욱이 지금 저 두 사람이 하는 짓은 가영대련 중에서
도 그 깊이가 상당한 축에 속했다.

　가영대련은 그야말로 거짓 대련. 수련이라기보다는 일종의
놀이와도 같았다. 수련이든 놀이든 공통적으로 필요한 것이
바로 기준인데, 가영대련의 제일 큰 기준은 바로 태극이었다.

　무당에서 들고 나와 유명해진 태극은 마치 무당파의 것인 것
처럼 되어 있지만 사실 태극은 만물의 근원이었다. 주역에서도
밝힐 만큼 많은 사람들이 알고 있는 하나의 원리일 뿐이다.

　하나가 차면 하나가 비고 또 하나가 비면 하나가 찬다. 그렇
게 세상은 조화를 이루는 것이고, 이는 음과 양의 원리로 이야
기할 수 있었는데 바로 그 원리를 적용한 것이 가영대련이었다.

한 사람이 공격을 하면 또 한 사람은 수세로 돌아서는 것이 당연하다. 그런데 가영대련은 맞공격을 하게 되어 있었다. 그 자신이 가지고 있는 무기로 공세로 돌아서는 적의 빈틈을 노리면서 말이다.

그렇기에 살짝살짝 움직이는 것처럼 보이는 것이 저 대련의 특징이었다. 사실 모르는 사람이 보면 진짜 놀고 있는 것처럼 보이기는 하지만서도.

"흐음, 그나저나 저 덩치는 의외인데? 이거 평가를 다시 내려야겠는걸."

슬며시 움직이는 곽우를 보며 장 총관은 눈을 좁혔다. 왠지 움직임이 아주 능숙해 보였는데, 저만한 덩치에서 나올 수 있는 유연함이 아니었다.

"도는 아닌 것 같고… 장창을 다루는 친구인가? 아차, 저 녀석의 스승이 장창을 다루지? 하하하!"

장 총관은 다시 눈을 돌렸다. 흥미가 일어나는 친구이지만 일단 그에 관한 것은 나중에 살펴야 했다. 지금은 다른 곳에 더 흥미가 가고 있었던 것이다.

"어쨌거나 고마운 친구로군. 아주 열심히 일을 수행하니."

날카로운 눈을 빛내며 그는 주위를 둘러보고 있었는데, 그가 이야기하는 사람은 바로 곽우와 오진영이었다. 장 총관은 이들이 여기서 저 대련을 하는 진짜 이유를 알고 있었기 때문이다.

저건 지금 그들이 할 수 있는 최선의 무공 수련이었다. 온 정신을 이곳에 집중한 채 할 수 있는 것은 그저 저것뿐이었다. 주위의 상황 속에서 연오하를 지키기 위한 그들의 고육지책이었던 것이다.

숫, 스숫.
"훗… 후훗!"
곽우는 빠르게 몸을 놀렸다. 그의 양손은 마치 장창을 쥐고 있는 듯 양손을 둥글게 말아 앞으로 내지르고 있었고, 그러자 오진영은 반 족장 옆으로 움직이며 손을 흔들었다.
"쉿."
입에서 바람 빠지는 소리를 내며 그는 오른손을 흔들었고, 검이 휘둘리는 것을 안 곽우는 어깨를 틀며 장창을 잡아당겼다.
숫.
아마도 이 동작에 오진영의 검은 막혔을 터이고 곽우는 다음 공격을 노리면 될 것이다. 하나 그걸로 끝이었다. 가영대련은 여기까지였다. 이렇게 서로 번갈아 가면서 공격을 하고 또 맞대응을 하는 것이 가영대련의 진짜 목적이었던 것이다.
"후, 이봐, 곽우. 언제까지 이렇게 할 거야?"
"왜, 진검 승부라도 하자는 거야?"
오진영의 목소리에 곽우는 씩 웃으며 말했다. 서로가 격의 없는 대화를 나누고 있었지만 신체적인 조건은 달랐다. 키부터 머리 하나 정도 곽우가 크니 말이다. 그래서 그런지 오진영은 고개를 위로 살짝 들며 이야기하고 있었다.

"그보다는 손님맞이가 더 급한 게 아닌가 싶어서."

"물론 그렇기는 한데… 추국이란 여인과 저 장 총관님도 보통 이상이라서."

"보통이 넘지, 사실은."

곽우의 목소리에 오진영은 고개를 끄덕였다. 확실히 저 두 사람은 경호가 필요치 않을 정도로 대단한 무위를 지닌 사람들이었다. 물론 눈으로 본 적은 없지만 말이다.

"그래도 손님이니 우리가 지켜야지. 더욱이 부탁도 받았잖아. 도와준다고. 그러니 네가 가봐. 혹 잘못되면 그 후에 내가 가지."

"얼래? 왜 내가 가?"

곽우는 한쪽 눈썹을 살짝 올리며 말했다. 왠지 장난기 어린 그의 목소리였는데, 그러자 오진영 역시 장난 가득한 목소리로 말했다.

"가끔 잊는 것 같으니 내 다시금 인식시켜 주지. 내가 장영해의 소주거든? 말 좀 듣지?"

"역시 치사한 놈이야, 넌. 꼭 안 될 것 같으면 그걸 내세우는데……."

곽우는 양 볼 가득 바람을 집어넣은 채 발을 움직였다. 오른발을 반 족장 정도 옆으로 벌리는 듯하더니 발을 세워 땅을 찍었다.

티이이잉!

그러자 바닥에서 무언가가 팅기듯 허공으로 올라왔고, 곽우는 오른 손바닥을 벌렸다가 꽉 쥐었다.

"타악!

"휘우우웅!

공기를 가르는 육중한 기운이 느껴지는 가운데 곽우는 휘날리는 먼지를 뒤로하며 신형을 돌렸다. 돌아선 그의 오른손엔 상당한 길이의 장창 하나가 들려 있었다.

"뭐, 억울하면 네가 우리 아버지 아들하든가. 그것도 쉽지 않거든."

"일없네, 이 사람아. 효도는 자네나 많이 하시게."

곽우는 고개를 좌우로 흔들며 앞으로 움직였다. 그냥 앞으로 움직이는 것인데도 그의 몸은 상당한 움직임을 보이고 있었는데 역시나 그 우람한 몸이 문제였다.

"조심해, 곽우. 이곳까지 들어온 놈들이면 꽤 한다는 뜻이니."

"아아!"

곽우는 그 정도는 알고 있다는 듯 손을 들었다. 그리곤 좌우로 흔들다 이내 점점 걸음을 빨리하고 있었다.

이곳은 장영해에서 연오하 일행을 위해 마련한 작은 초옥으로 장영해에서 오 리도 떨어지지 않은 곳이었다. 장영해 안에서 살면 좋겠으나 그곳은 시끄러운 곳이라 아무래도 밖에서 따로 기거하는 것이 좋다고 생각한 듯싶었다.

당연히 그만한 경비는 세웠음에도 지금 불손한 자들이 주위를 휘둘러 치고 있었다. 누구인지 모르지만 적의를 가진 것은 불문가지였던 것이다.

"음? 자네가 가보려고?"

"저기 있는 저 인간이 딴에 소주랍시고 명령을 내려서요. 아무리 그래도 객인데 나서게 할 수는 없다면서 말입니다."

"호오!"

장 총관은 뭔가 흥미로운 것을 봤다는 듯 눈을 살짝 치켜떴다. 그러자 곽우는 씨익 웃으며 흘끔 시선을 뒤로 던졌다.

"뭐, 숫자가 좀 되는 것 같기는 한데 그리 힘들 것 같지는 않습니다. 만일을 대비해 이곳에서 아가씨를 좀 부탁드려도 될까요? 아, 물론 만일의 상황엔 저놈도 올 겁니다."

"그 정도쯤이야. 그럼 한번 실력을 보겠네."

"하핫, 실력이라고 할 것도 없어서리……."

밝게 웃으며 곽우는 왼손으로 뒷덜미를 긁고 있었다. 잘 그을린 얼굴에다 하얀 이가 보이니 더욱더 이가 희어 보였는데 왠지 그 웃음이 가슴속 깊이 남고 있었다.

스읏.

거구임에도 옆을 스치듯 지나가는 그에게선 아무런 소리도 들리지 않았다. 그만큼 안정된 보법임은 틀림이 없었고, 이는 곽우의 무공에 관한 기대를 한껏 부풀리게 했다. 장 총관은 자신도 모르게 신형을 옮기고 있었다.

"희한하게 맘이 쓰이는 놈이야. 헛헛."

장 총관의 신형 역시 미끄러지듯이 움직이고 있었다.

피리리리링!

"후우우!"

귓가에 살랑거리는 피리 소리 같은 소리를 들으며 추국은 살짝 웃었다. 언제 들어도 마음이 참 편해지는 소리라 생각하며 그녀는 손을 거두었다.

탓.

그녀의 왼 손바닥에 묵직한 느낌이 전해지고 있었다. 길이는 약 한 자 정도에 두께는 두 치 정도 되는 무게추가 그 손 위에 올라가 있었는데, 그야말로 작은 철추(鐵錐)였다.

그 맨 뒤에 아주 작은 철선 하나가 매달려 있었고, 그 철선은 추국의 오른손 손목에 연결되어 있었다. 추국의 성명절기가 바로 이 추곤법(錘棍法)이었던 것이다.

원래 그녀가 어릴 때는 이런 기형 병기가 아니라 고검을 가지고 무공을 수련했지만 나이가 들고 또 대검문을 나서면서 병기도 바꾸었던 것이다.

그래서 이렇게 포승줄에 단봉을 매다는 기형 병기를 가지게 된 것이었다. 이느 정도 무게도 있어 그간 쓰던 대검과 비슷했지만 강호에서 어느 정도 떨어져 있다 보니 아무래도 살상보다는 포박이나 혹은 위협만 하는 용도로 사용하게 되었다. 추국으로선 제일 무난한 병기였던 것이다.

하나 그렇다고 해서 이 추곤의 위력이 떨어지는 것은 절대 아니었다. 빙빙 돌리면서 나는 소리도 위협적이지만 그 위력

또한 대단했다. 강호에서 좀 한다는 사람이 눈앞에 있다 해도 추국은 자신있었던 것이다.

"……."

이런저런 생각을 하다 추국은 갑자기 동작을 멈추었다. 그녀는 고개를 들어 전방을 바라보았는데 어딘가 부자연스러운 느낌이 확 들고 있었다.

물론 말로 이야기하기는 좀 힘들었지만 그녀는 잘 알 수 있었다. 이런 느낌이 뭔지 말이다. 온몸이 따끔거리는 이 감각이.

"청하지 않은 손님이니 대접이 소홀하다 원망 마라!"

피리리링!

말이 끝나기도 전에 추국의 손에서 번갯불이 튀어 나가고 있었다. 그녀의 흑추(黑錘)가 허공을 가르며 날아간 것으로 정확히 사 장 너머에 있는 커다란 나무를 노리고 있었다.

빠가각!

파라라라랑!

상당한 내력이 실렸는지 흑추는 그대로 나무에 두 치 정도 틀어박혔고, 그러자 꽤나 굵은 나무가 살짝 흔들렸다. 그리고 그 흔들림 속에서 검은 그림자들이 허공으로 뛰어올랐다.

"흥! 어두운 밤도 아니고 밝은 대명천지에 하늘을 보지 못하는 자들이라니… 어처구니가 없구나!"

핑, 파아앙!

추국은 일갈과 함께 오른손을 잡아당겼고, 그러자 흑추는 다시 되튕겨 나왔다. 그녀는 재빨리 양손을 머리 위로 올리며 왼손과 오른손을 흔들어 마치 실패처럼 포승줄을 감았다.

그러면서 그녀의 눈은 날카롭게 빛나고 있었다. 허공으로 뛰어오른 자는 모두 다섯 명. 모두 다 판박이처럼 흑의를 입고 박도를 휘두르고 있었는데 마치 부챗살이 펴지듯 쫙 펴져 날아오고 있었다.

추국은 그 모습에 작은 웃음을 띠었다. 이건 자살 행위나 다름없는 것이, 공중에서 이렇게 멍청하게 일직선으로 날아온다는 것은 자동으로 표적이 되는 것이나 다름없었던 것이다.

피리리리링!

추국은 약 일 장 정도로 포승줄이 줄어들자 더 이상 감는 것을 그만두었다. 대신 손목을 움직여 줄을 잡은 채 빠르게 머리 위로 휘돌렸고, 한순간 그녀의 허리가 빠르게 회전했다.

좌아앗!

왼발을 길게 뻗으며 먼지구름을 살짝 일으키는 가운데 그녀의 신형은 완전히 한 바퀴를 돌고 있었다. 추국은 그 회전력을 배가시키며 오른 손가락을 살짝 놓았다.

파아아아앙!

그녀의 손에서 다시금 흑추가 튀어나갔고, 이번에 나간 것은 거의 두 배가 넘는 속도로 튀어나갔다. 목표는 제일 먼저 오는 흑의인의 미간을 향해 정확히 날아가고 있었다.

흑의인은 빠르게 오른손을 밀어 올리며 장검을 치켜들고 있었다. 흑추를 팅겨내려는 것이지만 그건 오히려 추국이 바라는 바였다. 흑추는 그리 만만하게 팅길 수가 없는 것이다.

카아아앙!

둔탁한 소리와 함께 허공에서 불꽃이 일었다. 흑추는 튕겨지기는커녕 그 궤적을 거의 바꾸지 않은 채 날아갔는데 추국은 오른발을 올리며 포승줄을 잡아당기려 했다. 이제 다음 목표를 잡아야 하는 것이다. 한데,

차라라랑!

"······!"

제일 앞에 있던 사내의 움직임에 추국의 눈이 날카로워졌다. 그의 움직임은 그녀의 예상을 벗어나고 있었던 것이다. 그는 장검을 밀어내며 신형을 땅에 내리누이고 있었다.

정면으로 맞부딪친 것이 아니라 일부러 이렇게 밀어낸 것이다. 즉 흑추를 튕기는 것이 아니라 밀어낸 것이고, 이는 흑추의 힘을 이용해 공중에서 신형을 바꾸려 하는 것이다.

생각보다 상당한 무공을 지닌 자들인 것이다. 조금은 안일했던 자신을 자책하며 그녀는 신형을 뒤로 날렸다. 어느새 다른 네 명의 흑의인들이 땅에 내려서고 있었던 것이다.

그리고 그들이 땅에 내려선다면 바로 다음 공격으로 이어질 것이 분명했다. 추국은 어금니를 꽉 물며 흑추를 휘돌렸다.

휘이이이잉!

신형은 뒤로 물러서지만 그녀의 손에서 발출된 흑추는 앞으로 폭사되고 있었다. 목표는 역시 제일 먼저 땅에 내려서는 사내, 정중앙에서 자꾸 추국의 시선을 끌고 있는 것이 왠지 마음에 걸렸던 것이다.

그런데 추국의 판단이 살짝 늦은 감이 있었다. 이미 사내의 발은 땅에 닿고 있었던 것이다.

스스슷, 파아아앙!

"……!"

추국의 눈에서 기광이 피어올랐다. 역시나 사내는 내려서자마자 바로 신형을 날려 덤벼들었다. 한데 그 동작이 참으로 기이했던 것이다.

날아오르는 동작은 마치 학의 그것처럼 빠르고 유연했으나 튕겨 올라가는 동작은 뱀의 그것과도 같았다. 마치 추국이 그럴 줄 알았다는 듯이 군더더기 하나 없는 깔끔한 동작이다.

사내는 그렇게 날아오르더니 이내 허리를 틀었다. 그리곤 추국이 날린 포승줄 위에 왼발을 올려놓았다.

탓!

추국의 오른손에 걸린 감각이 기묘했다. 흑의인의 몸무게가 거의 느껴지지 않았던 것으로, 추국은 그것이 의미하는 바를 잘 알고 있었다. 상대는 검술은 둘째 치더라도 내가고수임이 분명했다. 그럼 추국도 이제 그냥 있을 수가 없는 노릇이었나.

"차아앗!"

쉬이잇, 촤라랑!

일갈을 내뿜으며 그녀는 포승줄에 내력을 주입한 후 크게 휘둘렀다. 포승줄은 살아 있는 뱀처럼 휘날리기 시작했고, 그러자 흑의인의 신형이 다시금 움직였다.

사삿.

포승줄이 허공으로 크게 너울지는 순간 그 탄력을 이용해 하늘 높이 솟구쳐 오른 것이었다. 추국은 포승줄이 자유로워지자 바로 회수하려 했는데, 그 순간이었다.

"제길!"

그녀는 다급한 마음을 숨기지 않았다. 첫 흑의인에 너무 신경을 빼앗긴 나머지 사람들의 움직임을 놓치고 있었다. 나머지 네 사람은 이미 땅에 내린 상태로 이차 도약을 하고 있었다.

파파파팡!

부챗살처럼 쫙 펴져 있던 그들이 덤벼들자 추국은 눈을 치켜떴다. 이젠 수세로서 승부를 볼 상황이 아니었다. 더 험악한 상황이 되기 전에 유리한 상황을 만들기 위해 그녀는 뒷발에 힘을 준 채 오히려 앞으로 빠르게 나아갔다.

촤락!

아주 흐릿한 잔영이 남을 정도로 빠른 움직임이었다. 추국은 오른손을 좌우로 크게 흔들며 포승줄을 휘둘렀다.

휘리리리링! 카가가각!

부챗살처럼 다가왔던 네 사람 중 양 끝에 있는 자들을 만나지 않기 위한 계책이었다. 전방에 있는 두 사람은 검을 휘둘렀지만 그건 공격을 위한 것이 아니었다. 그녀의 포승줄이 크게 너울대어 이를 막기 위한 동작이었던 것이다.

그사이에 그녀는 이 네 사람을 완전히 지나칠 생각이었다.

이어 허리를 숙이며 오른손을 힘껏 뒤로 잡아당기자 줄이 팽팽해지며 흑추가 날아왔다.

피리리리링!

내력이 담긴 병기가 휘둘러지는 상황이니 함부로 할 수는 없을 터였다. 부지불식간에 네 사람은 허공으로 뛰어올랐고, 흑추는 허공을 갈랐지만 그녀는 속으로 쾌재를 불렀다.

이거야말로 그녀가 원하는 순간이었다. 그녀는 허리를 쭉 펴며 오른손을 하늘 위로 치켜들었다. 그러자 흑추가 그녀의 오른손을 축으로 빠르게 돌았다.

공중으로 신형을 띄운 네 사람을 향한 공격이었고, 한껏 내력을 담은 공격이었다. 그야말로 회심의 일격. 이것으로 그녀는 승기를 잡을 수 있음을 의심치 않았는데, 그 순간이었다.

파라라랑, 콰각!

"……."

그녀는 이번에는 정말 놀랐다. 반 장여 정도 떨어진 곳에서 그녀의 포승줄이 감겨져 있었는데 그건 먼저 떠올랐던 흑의인의 검집이었다. 포승줄은 검집에 단단히 감겨져 있는 상태였고 검은 이미 그녀의 목젖을 향하고 있었다.

쉿, 빠앙!

양손으로 줄을 잡아 팽팽하게 만든 후 그녀는 흑의인의 검을 막으려 했다. 보통의 경우라면 충분히 가능한 일이었지만 왠지 이번엔 조금 자신이 없었다. 흑의인이 지금껏 보여준 무공으로 볼 때 내력에서도 그가 우위에 서 있음을 충분히 알 수 있었던 것이다.

자칫하면 줄이 잘리며 그녀 역시 위험할 수도 있었지만 그녀에겐 선택권이 없었다. 이미 피하기에도 늦은 상황이었던 것이다. 한데 그 순간이었다.

"…응?"

왠지 하늘이 깜깜해지는 것이 느껴지고 있었다. 아직 해도 중천이니 절대 어두워질 턱이 없었건만 이상한 노릇이었다. 그와 함께 그녀의 귓가에 강렬한 타격음이 들려왔다.

콰아악! 쩌어어엉!

"큭!"

순간적으로 들린 큰 소리에 미간을 찌푸렸지만 그녀는 눈을 돌려 상황을 바라보았다. 오른손에 느껴지던 팽팽한 감각은 어느새 사라진 상태였다. 그녀는 반사적으로 줄을 당겨 혹추를 회수하며 어두운 그림자의 정체를 보았다.

그건 상당한 크기의 검이었다. 두께만 해도 두 치가 넘을 정도였는데 넓이는 한 뼘을 훌쩍 넘겨 두 뼘이 조금 안 될 정도였으니 어두워지는 것이 당연한 노릇이었다.

또한 길이도 오 척이 넘어 도무지 검이라고 말하기가 힘든 병기였다. 그 거대한 검에 흑의인의 검이 막히자 그녀는 눈을 들어 그 거대한 검을 따라 시선을 옮겼다.

그 검의 끝에 긴 막대기가 붙어 있는 것이 보였다. 길이도 반 자 이상 되는 길이로 비죽 나와 있는 것을 본 순간 그녀는 입을 열었다.

"차… 창?"

그건 검이 아니라 창이었다. 그리고 그 창대라고 생각되는 곳을 잡고 있는 손이 있었다. 그야말로 무지막지한 근육을 꿈틀거리며 힘있게 잡고 있었는데, 그 손을 따라 그녀의 시선이 움직일 때였다.

"생각보다 대단한 손님이 오신 모양이군. 웬만하면 뉘신지 이름 정도는 알려줄 수 있지 않소이까?"

낭랑한 목소리 하나가 들려오고 있었고, 그 목소리가 누구의 것인지는 아주 잘 알고 있었다. 곽우라는 허우대 튼실한 인간의 목소리였던 것이다.

어느 틈에 뒤에 나타나 자신을 도와준 것이다. 하나 그녀로서는 그의 기척을 전혀 느끼지 못했다는 것이 마음에 걸리고 있었다. 힘은 좀 있어도 무공은 그다지 대단하다 여기지 않았던 것이다.

"복면을 하고 온 사람이 어찌 이름이 있을까. 양해해 주게."

문득 들려오는 중후한 목소리에 그녀는 고개를 돌렸다. 그러자 흑의인의 모습이 눈에 들어왔다. 온몸을 흑의로 둘러싼 채 눈만 빼꼼히 내놓은 사내였는데 왠지 그의 목소리는 전혀 사악하게 들리지 않았다.

"청하지 않은 사람이 검을 들고 와 양해해 달라……. 그것도 이상하군요."

곽우는 눈을 빛내며 사내를 바라보았고, 이내 사내의 눈과 마주하게 되었다. 사내의 눈에선 차분한 빛이 흘러나왔고 그 눈에 어울리는 목소리가 다시금 들려왔다.

"역시… 무리였나?"

키키킥.

창날과 장검이 맞닿은 곳에서 묘한 소리가 흘러나왔다. 곽우는 웃으며 입을 열었다.

"그야… 당연한 것이지요!"

파아아앙!

오른발로 넓은 검신을 차올리자 사내가 허공으로 떠올랐다. 곽우는 그 힘을 그대로 밀어 올리며 창대를 지면과 수평으로 들어 올렸다.

물경 일 장여에 이르는 그의 장창이 허공에 떠올랐지만 그 창은 미동조차 없었다. 곽우는 그 거대한 창을 오른손만으로 잡아 올리면서 버티고 있었던 것이다.

"쉽진… 않을 것입니다."

살짝 웃으며 곽우의 입술이 열리자 그의 시원한 목소리가 세상에 나오고 있었다. 이어 그 목소리에 화답이라도 하듯 허공에 묵직한 목소리가 들려왔다.

"쉬울 거라고… 생각한 적도 없네."

2

"우리 목숨을 노리고 온 사람들인가요?"

"아마도 그럴 것입니다. 그것이 아니라면 장영해를 직접 노렸다는 말인데, 설마 장영해의 본진 주변에서 장영해를 노릴 수는 없겠지요. 그것도 저 다섯 명으로 말입니다.”

연오하의 목소리에 장 총관은 나직한 목소리를 내었다. 작은 창을 통해 상황을 바라보며 두 사람은 이야기하는 중이었다. 문득 연오하는 걱정스런 목소리를 다시 내었다.

“그간 별로 느낌이 없었는데 이제야 조금 실감이 나는군요. 정말 우리의 목숨을 노리는 사람이 있다라…….”

연오하의 표정은 삽시간에 어두워졌다. 그녀는 긴장된 마음을 대변하듯 양손을 꽉 쥐며 살짝 떨고 있었다. 장 총관은 살며시 웃으며 말을 이었다.

“네 어머니가 괜히 이곳에 아가씨와 도련님을 맡기신 것이 아니란다. 이곳은 그저 뱃사람들의 안전을 지켜주는 곳 같은 느낌이지만 실상 이들의 실력은 그리 녹록한 것이 아니야.”

“네. 그건 곽 공자의 모습을 봐도 잘 알겠군요. 보통 무공을 가지신 분이 아닌 듯싶습니다.”

수긍을 하면서도 그녀의 눈은 곽우의 모습에 고정되어 있었다. 곽우는 지금 마치 전설 속의 관운장이 현신이라도 한 듯 무섭게 다섯 명을 몰아붙이고 있었다.

“저 녀석 덩치 때문에 다들 그렇게 생각하지요. 힘만 센 무식한 놈이라고 말입니다. 그러나 곽우 저 녀석의 무공은 상당합니다.”

“허허, 이젠 오 공자가 직접 우리를 보호하려 하는 것인가?”

뒤쪽에서 들려오는 젊은 남자의 목소리에 연오하와 장 총관은 시선을 돌렸다. 그곳엔 멋들어진 영웅건을 머리에 쓴 한 남자가 있었는데 바로 장영해 해주 오각의 아들 오진영이었다.

"당연한 일입니다. 아버님과 용해당주께서는 장영해의 여러 가지 일을 처리하셔야 하는 관계로 저와 곽우 저 친구가 여러분의 호위를 맡았습니다. 아, 물론 자인손 부당주께서도 저희와 같이 함께하십니다. 아마도 지금은 연호랑 그 아이를 보호하고 계실 것입니다."

오진영은 멋들어진 미소와 함께 입을 열었다. 그러면서도 그의 눈은 연신 곽우의 신형에서 벗어나지 못하는 것을 보니 비록 말은 이렇게 하고 있지만 상당히 긴장하고 있음을 잘 알 수 있었다.

"저희를 위해 이토록 힘써주시는 데 대해 정말 뭐라고 감사를 드려야 할지 모르겠군요. 한데 곽 공자님을 저대로 놔두셔도 괜찮을까요?"

연오하는 조금은 걱정스러운 목소리로 말했고, 그러자 장총관은 자신도 모르게 고개를 끄덕였다. 저 곽우라는 친구가 무공이 좀 있기는 해도 다섯 사람 모두를 아우를 수는 없어 보였던 것이다.

아마도 조금은 모자란 듯하니 지금이라도 여기 있는 오진영이나 자신이 나서야 할 것 같았다. 그러나 옆에 있는 오진영은 전혀 나설 생각이 없어 보였다.

"놔두어도 될 것입니다. 아마도 저들은 곽우 저 친구를 뚫을 수 없을 것입니다. 다시 말씀드리지만 그가 가진 장창은 그리 녹록지 않습니다."

"……."

밑도 끝도 없는 그의 자신있는 목소리에 장 총관은 눈을 좁혔지만 이내 다시 원래의 신색을 회복했다. 그가 이렇게 말하는데 굳이 아니라고 할 필요는 없었던 것이다.

하나 여유로운 장 총관에 비해 옆에 있는 연오하는 왠지 모를 떨림이 전해져 오고 있음을 느끼고 있었다. 그리고 그 떨림이 무슨 감정인지 아직 그녀는 알지 못했다.

까라라랑!

세 개의 검날을 동시에 튕겨내고도 곽우의 장창은 멈추지 않고 있었다. 아니, 멈출 수가 없었다. 곽우의 장창이 가진 무게를 감안한다면 다섯 개의 검날이 모두 튕겨진다 해도 멈출 수가 없었던 것이다.

곽우는 달려나가는 탄력을 멈추지 않은 채 손목을 틀어 올렸다. 그러자 그의 장창이 하늘로 치솟으며 예의 흑의인의 가슴을 노렸다.

흑의인은 내려서면서 검날을 한껏 들어 올리고 있었다. 전체적인 몸동작으로 봤을 때 내려서는 힘을 이용해 휘두르려는 것 같았는데 곽우는 침착하게 창대를 찔러 올리고 있었다.

쩌엉! 차라라라랑!

낭랑한 소리와 함께 곽우는 어금니를 꽉 깨물었다. 오른손으로 전해져 오는 이 막대한 힘은 상대의 무공 정도를 알게 해주었다. 이 정도라면 자신보다 훨씬 위였던 것이다.

사내는 처음에 한 번 진짜로 격돌을 한 후 그대로 검을 흘려 곽우의 창신을 타고 흘러내려 오고 있었다. 곽우는 오른발을 크게 구르며 뒤로 신형을 날랐다.

파아아앙!

어쨌거나 그는 장창을 주 무기로 하는 사람. 거리를 벌릴수록 좋았던 것이고 상대 역시 그걸 잘 아는 듯했다. 그는 내려서자마자 바로 발을 구르며 다시 곽우를 향해 검을 휘두르고 있었다. 절대 거리를 주려는 심산은 없어 보였던 것이다.

피리리리링!

흑의인의 검은 좌우로 빠르게 휘둘려지고 있었다. 연검까지는 아니더라도 그에 준할 수 있는 얇은 검인 듯 보였고, 그만큼 빠르고 현란하게 움직이고 있었다. 곽우는 그 움직임에 현혹되지 않으려 노력하며 장창을 휘돌렸다.

휘이이이잉!

시원한 바람 소리와 함께 곽우는 다시 오른손을 앞으로 내밀었다. 날아오는 그의 검을 향해 밀어낸 것인데 흑의인은 별로 달라진 것이 없었다. 방금 허공에서 밀어 내리던 상황과 별다른 것이 없었다.

그러나 이번엔 뭔가 달랐다. 특히 오른팔에 전해져 오는 이 감각은 무언가 상당히 잘못되었다고 말하고 있었다. 조금 전처럼 느껴져야 할 강렬한 감각이 전혀 느껴지지 않았던 것이다.

키리리리리!

전혀 힘을 준 상황이 아니었는데도 불구하고 그자의 검은 곽우의 장창에 이끌려 한쪽으로 크게 휘어진 것이다. 그러자 곽우의 온몸에 기이한 감각이 느껴지기 시작했다.

아주 차가운 감각이면서도 작은 바늘로 온몸을 찌르는 듯한 느낌. 참으로 오랜만에 그러한 느낌을 받고 있었다. 이건 제대로 된 살기였던 것이다.

게다가 상대가 준비한 것은 살기뿐만이 아니었다. 순간 곽우의 눈앞에 화려한 검화가 피어올랐다.

스파라라라랑!

물경 다섯 개 이상의 검이 허공에 피어오르자 곽우의 미간에 작은 골이 파였다. 허초에 환검이라……. 역시 보통이 아닌 상대였다.

문제는 이 다섯 개의 검 중에 어떤 것이 진짜인가 하는 것이었는데, 곽우는 손을 움직여 장창의 중간 부근을 잡았다. 크게 원으로 휘돌려 다섯 개의 검을 한꺼번에 날리려 한 것이었다.

마치 바람개비처럼 휘돌려 막으려 한 것이었으나 흑의인은 다섯 개의 검을 몰고 그대로 들이치고 있을 뿐이었다. 곽우는 팔을 올리며 빠르게 손을 휘둘렀다.

쉬이이잉!

곽우의 손에서 크게 창날이 휘돌고 바람 소리가 돌자 다섯 개의 환검이 차례로 부서져 나갔다. 그리고 마지막 검날이 곽우의 장창에 부서져 나간 순간 그의 가슴에 한 자루의 검이 들이닥쳤다. 진검은 이것이었던 것이다.

"저 바보가 잘난 척은!"

점점 상황이 이상하게 돌아가는 것이 보이자 추국의 입에서 거친 소리가 흘러나왔다. 그녀는 지금 연오하의 옆에 다가와 상황을 예의 주시하고 있었다.

그녀가 보기에 곽우는 지금 바보 같은 짓을 하고 있었다. 그녀가 말하고 생각했듯이 실력이 안 되는 것이었다. 아직 네 명의 다른 흑의인들은 별다른 움직임을 보이고 있지 않는데도 불구하고 저 한 명만으로도 벅차게 움직이고 있으니 말이다.

게다가 정말 어이없는 것은 저 마지막 한 수였다. 상대는 정석으로 먼저 치고 그다음 허초를 사용했다. 그리고 이어 환검을 사용했는데 그건 바로 변초였다. 가장 조심해야 될 상황인 것이다.

저 다섯 개의 검을 모두 쳐내는 것, 그것은 오히려 바보 같은 짓이었다. 이건 인간의 본성을 교묘하게 이용한 초식으로 애당초 처음부터 실체 따윈 없었던 것이다.

사람들의 대부분은 손목을 오른쪽으로 틀어 막는다. 즉 왼쪽에서 오는 것부터 크게 원호를 그리며 밀어내는 습성을 가지게 되는 것인데, 바로 그 점을 이용한 것이 이 초식의 맹점이었던 것이다.

곽우가 장창을 돌려 막는 순간 그건 허초가 되니 허공을 가를 것이고, 이어 그 허초가 들어왔던 공간에 진검이 들어올 것이다. 그건 바로 이 환검이라는 것, 아니, 환초라는 것의 기본이었던 것이다.

한데 그것을 모르고 곽우는 지금 막으려 하고 있었다. 환초도 모르는 자를 지금 믿으라는 것이었는데, 그냥 온 자신이 후회되는 순간이었다.

"저런 멍청한……!"

추국은 오른손을 들어 철추를 날리려 했다. 이대로 나가다가는 누가 누구를 지키는지 알 수가 없는 상황이 될 듯했으니 그냥 있을 수가 없었다. 하나 그녀는 더 이상 손을 내밀 수가 없었다.

"총관님!"

"잠시 기다리거라, 추국아."

그녀의 오른손을 지그시 누르며 장 총관이 앞으로 나서고 있었다. 하나 그것은 본인이 나서는 것이 아니라 그저 추국을 말리는 것뿐이었다.

"총관님, 왜 그러세요? 이러다 저자, 크게 다……."

말리는 장 총관을 향해 입을 열던 추국이 말을 잇지 못했다. 순간 그녀의 생각과는 전혀 다른 상황이 펼쳐졌던 것이다.

파아앗!

상대의 검이 곽우의 가슴을 가르고 있었다. 아니, 완전히 가르는 것은 아니었지만 상당히 깊은 상처를 남길 만한 가르기였다. 깊이도 그렇고 옆으로 틀어버린 검날의 각도를 봐도 충분히 그렇게 보였다.

곧 허공에 붉은 피가 안개처럼 피어오를 것이고, 그럼 곽우는 쓰러질 터였다. 적어도 흑의인은 그렇게 생각하는 듯 내려서는 발걸음을 주저하지 않았다. 바로 뒤편의 모옥을 향해 발걸음을 내디뎠으니 말이다.

"……."

그런데 뭔가 이상한 점이 있었다. 쓰러진 곽우의 신형을 타고 넘어야 하건만 곽우의 몸은 쓰러지지 않았다. 그냥 가만히 있었던 것이다.

그뿐만이 아니었다. 곽우의 몸이 갑자기 흐릿해지고 있었다. 그의 오른쪽 가슴 어림만 살짝 흐릿해지고 있었는데, 그러자 복면 속의 눈이 커졌다.

"환영!"

자신의 검초처럼 곽우 역시 흐릿한 환영을 만들어놓은 것이었다. 게다가 상체만 보이는 환영이었다. 진짜 곽우의 몸은 약 반 족장 정도 옆에 있었던 것이다.

부지불식간에 흑의인은 검을 들어 올렸다. 그 검 앞에 곽우의 거대한 장창이 들이닥치고 있었다. 공세를 멈추었으니 당연히 수세로 돌아서야 하는 것이다.

쩌어어엉! 촤촤촤촤촤!

어깨가 쩌릿할 정도로 강렬한 타격에 흑의인은 뒤로 일 장여를 넘게 물러서고 있었다. 아니, 그와 같이 온 흑의인들이 뒤를 받쳐 주지 않았다면 정말 몹쓸 꼴을 당할 뻔했던 것이다.

"대형, 괜찮소?"

“……..”

대형이라 불린 사내는 그저 말없이 고개를 끄덕였다. 그는 손을 움직여 뒤에 있는 네 사람을 좌우로 흩뜨려 놓고는 곽우를 향해 입을 열었다.

“완전히 한 방 먹었군. 이 정도일 줄은 몰랐네.”

스으으웃.

검은 복면을 풀어 헤치며 사내가 입을 열자 곽우는 눈을 좁혔다. 드러난 복면 속에선 꽤나 차분한 얼굴이 눈에 보이고 있었다. 그러자 뒤쪽에 도열해 있던 다른 자들도 복면을 벗었다.

생각보다 상당히 젊어 보이는 얼굴들이었다. 특히나 이들을 보니 사람을 살해하기 위해 온 사람들 같지 않아 보였는데 문득 곽우의 귓가에 다시금 대형이란 사내의 목소리가 들려왔다.

“정식으로 인사를 하는 것이 도리인 것 같군. 이곳 하구 쪽에서 잔일로 먹고사는 우명산(友皿算)이라 하네. 여긴 내 아우들일세. 같은 어버이 밑에서 태어나진 않았지만 서로가 깊은 정을 가져 우명이란 성을 갖기로 했지. 각기 진(進), 현(賢), 문(雯), 상(想)이란 이름을 쓰네.”

“……..”

스스로를 우명산이라 밝힌 사내의 얼굴을 보며 곽우는 고개를 살짝 끄덕였다. 뒤편에 서 있는 사내들 역시 고개를 살짝 끄덕이고 있었는데 소문대로 대단한 우의를 지닌 사람들 같았다. 의리를 위해 성을 버리고 같은 성을 만들 정도이니 말이다.

"이제 보니 명성이 자자한 오우선생(五友先生)이셨군요. 소생, 아직 강호의 경험이 미천하여 미처 알아보지 못했습니다. 용서하시길……."

장창의 날 부분을 밑으로 가게 만들며 곽우는 포권을 했다. 그러자 우명산은 쓴웃음을 지었는데 오우선생이라 칭하는 것은 나름대로 자신의 체면을 차리기 위해 곽우가 신경 쓴 것이었다.

그와 그의 사형제들은 오우도(五友盜)라 불리는 사람들이었다. 이 장강 일대에서 물건을 훔치는 것이 그들의 주된 일로서 오늘은 이곳에 볼일이 있어 나타난 것이었다.

"강호의 경험이 미숙하다는 말은 곧이듣기 힘드네. 상변신(像變身)의 묘법을 깨우친 듯한 사람이 경험이 미숙하다라……. 역시 자 대협의 직계제자답군그래. 인정하네, 곽우."

우명산은 말을 하면서도 손을 좌우로 살짝 벌렸고, 그러자 뒤쪽에 서 있던 네 명의 사내가 조금씩 간격을 벌렸다. 여차하면 모두 다 덤비겠다는 심산을 보여주듯 말이다.

"그야말로 과찬이십니다. 한데 듣기론 오우선생들께서는 비록 물건의 주인은 바꿀지언정 그 주인의 목숨은 탐하지 않는다고 들었건만 아무래도 그 말이 틀린 모양입니다. 진정 그러하십니까?"

곽우는 서글서글한 목소리를 내었지만 그의 말에는 뼈가 담겨 있었다. 그리고 그것은 우명산의 이마에 깊은 골을 만들었다. 곽우의 말이 틀린 것은 아니었던 것이다.

"사람의 사정이란 것이 참으로 간특하여 때론 본인의 힘으로 어찌할 도리가 없을 때도 있는 법, 오늘이 바로 그날이라 생각하길 바라네."

"……."

곽우는 그의 말이 끝나자마자 오른발을 뒤로 빼 비스듬하게 섰다. 말이 이렇게까지 된다면 남은 것은 또 한 번의 격돌뿐이었다. 곽우의 몸동작을 본 우명산의 목소리가 들려왔다.

"한 번의 격돌로 내가 하고자 하는 바를 보여주겠네. 그 한 번이 실패한다면 이대로 물러가지."

피링.

검날을 허공에 튕기며 우명산은 입을 열었고, 곽우는 고개를 끄덕였다. 아무리 도적이지만 이 우명산은 자신의 말을 지킬 사람이었던 것이다.

"참 뻔뻔한 놈이군요. 결국 사람 죽이러 와서 한다는 소리가 저도 대장부라 이건가?"

추국은 한쪽 입술을 살짝 일그러뜨리며 입을 열었는데 말이 거칠긴 해도 틀린 말은 아니었다. 원인이 무엇이든 간에 결국 그들은 여기 있는 사람을 죽이러 왔다는 것을 시인했으니 말이다.

"하나 이상한 것은 사실입니다. 오우도 저들이 그간 남의 물건을 탐한 적은 많지만 그만한 이유가 있는 것만을 탐해왔습니다. 그리고 곽우 저 친구의 말처럼 그간 사람의 목숨을 탐한 적은 없습니다. 정말 이상하군요."

"흥, 이상하긴 뭐가 이상하지요? 돈이면 뭐든 다 되는 세상이랍니다, 공자. 전 우리의 목숨이 과연 몇 푼일지 그것이 더 궁금하군요."

이미 기분이 틀어진 추국의 입에선 좋은 말이 나올 턱이 없었지만 그거야 당연한 일이었다. 누군가 자신을 죽이기 위해 왔다고 하는데 좋은 말이 나온다면 그것이 더 이상한 노릇이었다.

"총관님."

"무슨 일이냐, 오하야?"

하나 추국이 그렇게 이야기를 하든 말든 연오하는 전혀 듣지 않는 듯했다. 그녀의 눈은 오직 한곳에 머물러 있었고, 그곳은 곽우가 있는 곳이었다.

"아까 저 사람이… 상변신의 묘법이라 했는데 그것이 무엇이지요?"

"아, 그것은……."

연오하는 장 총관의 말에 귀를 쫑긋거리며 기울이기 시작했고, 그러자 장 총관은 웃었다. 왠지 이 연오하의 마음을 조금 알 것 같았기 때문이다.

지나치게 저 곽우란 친구에게 신경을 쓰고 있었다. 물론 그가 옆에 있을 때면 전혀 그런 표정을 짓지 않지만 그가 사라졌을 땐 많은 신경을 쓰고 있었다.

지금도 마찬가지였다. 평소의 그녀라면 상변신이라는 말 자체도 그리 흥미를 느끼지 않았을 것이다. 무공과는 거리가 먼 것이 그녀이기에.

"별것 아니에요, 아가씨. 그저 상반신을 빠르게 흔들어 상대방의 공세에서 빠져나가는 것을 이야기하는 것이지요. 숙련되면 누구나 다 하는 건데 저 도적놈이 괜히 사람 부추기는 겁니다. 방심하라고요."

"허!"

입을 열려던 장 총관은 탄식과 함께 고개를 좌우로 흔들었다. 물론 틀린 말은 아니었지만 말이란 것은 분명 그 맛이 존재했다.

이렇게 이야기한다면 상변신이라는 것은 정말 아무것도 아닌 것처럼 보이지만 절대 그런 것이 아니었다. 상변신은 아주 힘든 수련 중의 하나였던 것이다.

"단순히 피하는 것이라면 상변신이란 말이 나올 것 같더냐? 그저 피하는 것에 불과한 것에 이름을 붙일 정도로 세상 인심이 좋다고 생각하느냐, 추국아?"

"……."

추국은 장 총관의 말에 미간을 찌푸렸다. 물론 그녀는 장 총관의 말에 동의하고 있었다. 상변신이라는 것, 그리 쉬운 것이 절대로 아니었다.

그녀만 해도 상변신을 제대로 행할 수가 없었다. 그만큼 어렵고 고된 길이 상변신을 익히는 것이었던 것이다.

"일단 상변신을 익히려면 자신의 키보다 두 배 정도 높은 천장에 실을 늘어뜨리고 거기에 작은 돌을 매달게 되지. 그리곤 그 돌을 밀어버린단다. 하면 그 돌은 묶여 있으니 빙글빙글 돌게 되겠지?"

"……."

"그럼 상변신을 익히려는 사람은 그 아래 서게 됩니다. 그리곤 양발은 전혀 움직이지 않는 상태에서 허리만 가지고 그 돌을 피하게 되지요. 일단 시작은 그렇게 합니다."

연오하는 조용히 고개를 끄덕였는데 그렇다면 그리 대단할 것이 없어 보이는 것이었다. 한데 왜 상변신이란 말에 추국이 발끈하는지 알 수가 없었는데 그녀는 추국의 성격을 잘 알고 있었다.

무공에서 상당한 실력을 가지고 있는 것이 그녀였다. 그런 그녀의 실력만큼이나 그녀의 자존심은 상당했고, 바로 지금 이 순간 그 자존심이 나타나고 있는 것이었다. 인정하기는 해야 하는데 그렇게 하기 싫은 것이다.

"그리고 점점 그 실의 길이를 짧게 만든단다. 한데 여기서 주의할 것은 실의 길이가 짧아지기는 하지만 언제나 돌은 피하는 사람의 가슴에 위치하게 되지. 그건 그만한 크기의 작은 발판을 놓고 다시 피하는 연습을 하기 때문이란다."

"에?"

연오하의 머릿속에 곽우가 같은 것을 놓고 연습하는 과정이 그려지고 있었다. 왠지 조금 우스운 듯했지만 이어진 장 총관의 설명에 그녀는 더 이상 웃을 수가 없었다.

"그 훈련의 끝은 천장과 머리가 거의 맞닿을 때까지 하게 된단다. 하나 그렇게까지 한 사람은 나도 본 적이 없지. 하나 그 정도까지 익히게 되면 날아오는 물체를 반사적으로 피하게 되는데 그것이 바로 상변신이지요. 아무리 빠른 공격이라도 더 빠르고 신속한 동작으로 피하게 되는 법이란다."

"그렇군요."

말을 듣다 보니 정말 대단한 공부였다. 얼마나 많은 세월을 그렇게 보냈는지 짐작도 못할 것이다. 생각 외로 끈기가 있는 사람이라 생각되는 순간이었다.

"하지만 요즘 이러한 공부는 거의 하지 않지. 워낙 어렵고 지겨운 수련이라 말이야. 또 그보다 훨씬 효과적인 수련 방법으로 신법이 발달하니 굳이 할 필요가 없게 된 것도 한 원인이지. 하나 상변신의 묘법을 터득하면 어떤 보법도 부럽지 않단다."

"혹시 모르지요. 저 곰탱이 같은 인간이 그저 속성 과정을 거쳤는지요. 두고 봐야 알겠지만요."

여진히 추국은 냉랭한 목소리로 입을 열었고, 장 총관은 그저 씨익 웃었다. 이 정도로 이야기한 것만 해도 추국의 마음이 어느 정도 열렸음을 알 수 있었다. 한데 그때였다.

"속성이란 없습니다. 저 곽우라는 녀석을 알게 되면 두 번 다시 그런 말은 하지 않을 겁니다."

오진영의 목소리였다. 그의 말에는 살짝 날카로움이 담겨 있었는데, 그도 그럴 것이 눈앞에서 동료의 험담을 들었으니 기분이 좋을 리가 없었던 것이다.

"총관님의 말처럼 그렇게 수련해 온 녀석입니다. 뭣 하러 그 따위 것을 수련하느냐고 그냥 나와 같이 상승 무공을 수련하자고 해도 한사코 거절하며 이 길을 걸어온 녀석입니다."

"……."

"더욱이 저놈은 거기서 만족한 놈이 아니었습니다. 적어도 움직임에 있어선 세상 그 누구도 저 친구를 따라올 수가 없을 것입니다. 아마 조금만 더 보시면 잘 알 수 있을 것입니다."

화가 난 목소리이긴 했지만 그의 목소리엔 강한 신뢰감이 서려 있었다. 과연 어떤 것이 그로 하여금 저 곽우란 사람에게 무한한 신뢰를 보내게 하는지는 알 수 없었지만 문득 장 총관의 뇌리에 무언가 스치고 지나가는 것이 있었다.

거기서 만족하지 않는다. 움직임에 있어선 세상 누구도 따라올 수 없다는 것은 오만한 이야기였다. 아무리 상변신이 좋은 수련법이라 해도 말이다. 그런데 거기서 한 단계 더 나아가 수련하는 수련법이 있었다.

그리고 마침 그 순간 곽우가 움직이고 있었다. 그 움직임을 본 순간 장 총관은 입을 딱 벌렸다. 그건 자신이 생각하고 있는 것을 증명하는 움직임이었던 것이다.

"풍우번신(風雨翻身)! 설마 선풍선법(旋風旋法)을 익힌 것이었나?"

좀처럼 감정의 변화가 없던 장 총관의 얼굴에선 여과 없는 놀람이 내비치고 있었다. 지금 곽우가 보여주는 저 신법은 상변신의 묘법을 넘어선 것이었다. 아니, 그저 묘법이라는 것으로 치부할 수가 없는 것이었다.

더욱이 저 신법은 그가 너무도 잘 아는 신법이었다. 선풍선법, 그건 바로 그가 한때 몸을 담았던 대검문의 신법이었다. 상변신의 묘법을 극성으로 익히다 보면 깨닫게 되는 무공이었던 것이다. 물론 극성으로 익힌다 함은, 뼈를 깎는 고련을 포함하고 있고 말이다.

네 개의 검이 동시에 곽우의 가슴을 향하고 있었다. 우명산이 잠시 곽우의 주위를 끄는 사이 뒤에 있던 네 명이 합공을 한 것인데 우명산은 성공이라 생각하고 이미 다음 수를 생각하고 있었다.

그만큼 이 네 명의 협공이 보여주는 위력이 대단했고 그걸 피할 수 있는 사람이 있다고는 생각할 수가 없었다. 솔직하게 말하자면, 그의 의제 네 명은 그와 별다른 실력 차이가 없었던 것이다.

다만 아주 약간의 차이로 그가 대형이 된 것이었으니 이 네 사람에게 맡겨도 충분한 상황이었다. 그는 그렇게 생각하고 검을 휘돌려 다른 곳을 향하려 했다. 목표는 이 곽우가 아니라 저 뒤에 있는 모옥 안에 있으니 말이다.

스스슷!

부채꼴처럼 모여 있다가 어느 틈에 자신의 앞으로 줄지어 늘어서는 의제들을 보면서 우명산은 뒤로 한 걸음 물러섰다. 우명산은 이번 공격이 반드시 성공하리라는 것을 믿어 의심치 않았다.

연진오격(聯進五擊)이라는 한 수였다. 강한 무공을 지닌 적을 만나면 쓰는 진법 같은 초식이지만, 다수로 한 사람을 상대하는 것인지라 웬만하면 거의 쓰지 않는 수였다.

그러나 오늘은 쓰지 않을 수 없을 것 같은 느낌이 들었고, 실제로 그의 의제들은 알아서 늘어서고 있었다. 맨 앞부터 진, 현, 문, 상이 서 있었는데 네 사람은 차례로 곽우를 향해 짓쳐 들고 있었다.

키링!

우명진은 아주 평범한 초식을 사용하고 있었다. 그가 하는 것은 그저 눈속임일 뿐이었다. 상대는 장창을 사용하는 사람. 그 장창의 공격 거리까지 좁혀 들어가는 것이 가장 큰 문제였다.

이를 위해 우명진이 앞에 서 있는 것이었다. 가장 단순하지만 큰 동작으로 곽우를 향해 찔러간다. 그럼 곽우는 당연히 그를 볼 수밖에 없었다. 지금처럼 말이다.

쉬이잇!

곽우의 장창이 곧장 우명진을 향해 다가오기 시작하자 우명진은 더욱더 오른손을 크게 휘둘러 현란한 검광을 만들어내었다. 연검에 가까운 그의 검날이 허공에 휘둘려지자 곽우의 두터운 장창에 부딪쳤다.

카라라라락!

아니, 부딪쳤다기보다는 쓸린다는 표현이 맞을 터이다. 당연히 그의 검날은 장창을 이겨낼 수가 없었고, 엿가락처럼 휘어지고 있었다.

하나 이것이 그의 역할이었다. 이제 나머지는 다른 사람이 해야 할 것이다. 그의 뒷머리를 타고 우명현이 날아올랐고, 우명문은 왼편으로 빠져나가고 있었다.

키리리리릭!

그들의 검은 커다란 곽우의 장창을 타고 훑으며 내려가고 있었다. 이 공격은 그 속도가 우명진보다 배는 빠른 속력이었다.

그러자 곽우의 장창이 변하고 있었다. 커다란 원을 그리며 한 번에 모든 공격자를 쓸어버리려 하고 있었고, 그러자 우명현과 우명문의 움직임이 다시 한 번 변했다.

"하압!"

"찻!"

카라라락!

두 사람은 내력을 한껏 끌어 올리며 곽우의 장창을 내리누르고 있었다. 이것이 그들의 역할이었다. 상대의 병기를 봉쇄하는 것, 그리고 그 역할은 충실히 행해지고 있었다.

곽우의 장창이 더 이상 움직이지 못하고 아래로 내리눌러지고 있었다. 그러자 우명진은 우측으로 신형을 옮겼다. 이제 끝을 봐야 했다.

다음 공격은 우명상이 직선으로 공격할 것이다. 그리고 그 공격이 끝나면 저 뒤에 있는 자신이 확실히 공격을 마감할 것이다. 그것이 그들이 가진 연진오격이었다. 한데 그때였다.

스슷!

우명산은 눈을 부릅떴다. 곽우의 신형이 이상해지고 있었다. 갑자기 여기저기로 쭉쭉 늘어나는 것처럼 보이는 듯하더니 한순간 그의 모습이 아주 잠시지만 보이지 않았다.

그리고 그 순간이 지나자 곽우가 다시 나타났다. 한데 그 위치가 조금 달라져 반 족장 이상 앞으로 나와 있었던 것이다.

갑자기 그의 뇌리에 기이한 느낌이 들었다. 왠지 모를 불안감. 그런 것들이 가슴을 내리누르더니 이내 그 예감은 현실이 되었다.

사사사사사!

바람. 그저 한줄기 바람 같았다. 아주 작은 실바람이 아니라 거대한 용권풍을 보는 듯한 그런 느낌이 들었다. 곽우의 신형은 아주 기이하게 흔들리며 네 사람 사이를 빠져나가고 있었다.

피리리링!

"……!"

우명산은 입을 딱 벌렸다. 곽우의 신형이 회오리처럼 휘도는 듯하더니 네 개의 검날이 모두 옆으로 비껴 나가고 있었던 것이다. 눈으로 보면서도 도저히 믿을 수가 없는 노릇이었다.

그리고 어느 한순간 그의 눈앞에도 한줄기 바람이 불었다. 자신도 모르게 눈을 깜박인 순간 그 앞에 한 사람이 스쳐 가고 있었다.

시시싯, 차아아앙!

이어 귓가에 들리는 짤랑한 소리에 우명산은 흠칫 놀라며 검을 들어 올렸지만 너무 늦었다. 그의 왼 어깨에 묵직한 무엇인가가 올려져 있었다.

"……."

그것은 곽우의 장창이었다. 창날이 어깨 위에 얹어져 있었고 허공에선 작은 반짝거림이 느껴지고 있었다.

카카칵!

그건 의제들의 검이었다. 내리누르던 현과 문의 검으로 그들의 신형은 이미 좌우로 튕겨져 나간 상태였다.

내력에서도 그는 의제들을 이긴 것이다. 우명산은 그저 눈을 감은 채 이것이 무슨 일인가를 생각해 보았다.

그러나 생각나는 것은 단 한 가지. 온몸을 둘러싼 이 거센 바람뿐이었다. 오른손을 떨어뜨리며 우명산은 입을 열었다.

"졌네. 완전히."

허망한 표정으로 고개를 떨어뜨리는 우명산을 보며 곽우의 장창이 거두어지고 있었다. 그는 그들을 뒤로한 채 앞으로 걸었다. 한 입으로 두말을 할 사람들은 아닌 것처럼 보였으니 말이다.

그러던 그의 발걸음이 멈추었다. 곽우의 고개가 살짝 돌려지며 입술이 열린 것은 그때였다.

"우명 대협께 묻겠소이다. 정말로 그대들은 이들의 목숨을 노리고 온 것이오?"

"……."

곽우의 목소리가 들려오지만 우명산은 고개만 떨굴 뿐, 아무런 말을 할 수가 없었다. 그저 고개만 떨굴 뿐이었는데, 곽우 역시 답을 듣고자 하는 것은 아니었는지 바로 시선을 돌려 움직이기 시작했다.

흔히 침묵은 긍정을 의미한다고들 한다. 그리고 그 말은 곽우도 십분 공감하고 있었다. 그런 경우야 세상에 널리고 널렸으니 말이다.

그런데 그렇지 않을 경우도 있다는 것을 곽우 역시 알고 있었다. 강한 부정이 긍정을 말하듯, 정반대의 상황 역시 있을 수 있었다.

"돌아가시는 길, 배웅하지 못함을 용서하시죠."

낭랑한 목소리와 함께 곽우의 신형도 움직이고 있었다. 곽우의 뒤편에선 다섯 명의 사내가 멍한 얼굴로 신형을 추스를 뿐이었다.

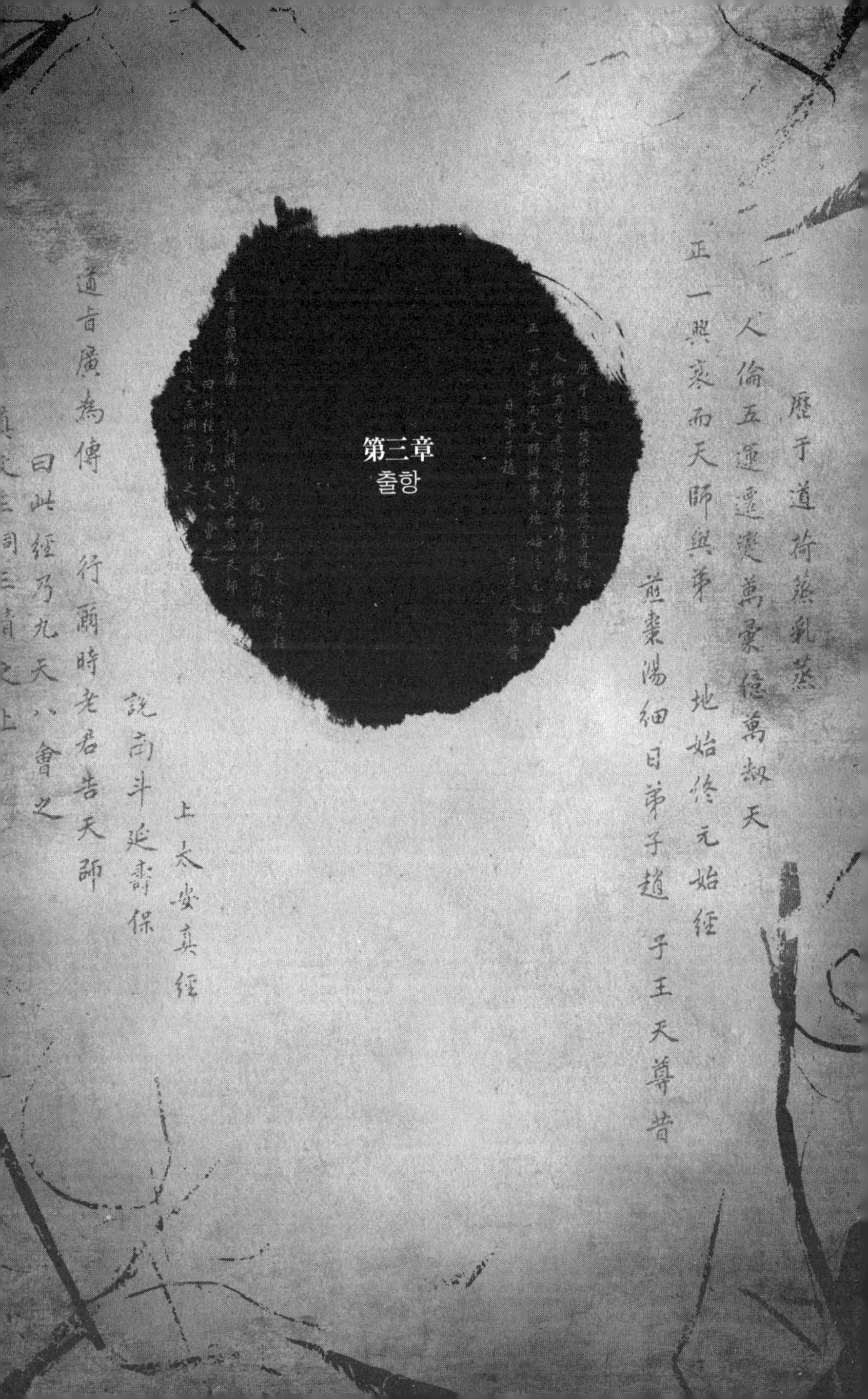

第三章
출항

1

자박자박.

긴 회랑을 걸으면서 장호각(長浩刻)은 잠시 생각에 잠겼다. 상황이 잘못된 것은 아닌데도 불구하고 뭔가가 마음에 걸리고 있었다. 물론 사실 무시해도 별 상관은 없었다. 하나 뭔가 뒷목을 살짝 잡는 듯한 느낌, 그런 찜찜함이 드는 상황이었다.

그리고 그 찜찜함이 지금 장호각 자신을 이 회랑으로 인도하고 있었다. 왠지 이 사안은 그가 혼자 처리할 문제가 아닌 것처럼 보였던 것이다.

그가 이곳으로 온 이유는 바로 이 회랑의 끝에 있는 사람 때문이었다. 이 모든 문제에 대한 전권을 가지고 있는 사람, 그를 만나기 위해 온 길이었다.

"아직도 경단화(硬斷靴)를 신고 있나? 이곳에 누가 쳐들어오기라도 한다는 정보가 있나?"

"그럴 리가 있겠습니까? 제정신이 박힌 놈이라면 이 근방 백 리 안쪽에는 발걸음도 하지 않을 것입니다! 흑룡의 깃발 아래 세상을 오시하는 대인이십니다! 절대로 그런 일은 없을 것입니다!"

장호각이 결연한 표정으로 소리치자 사내는 심드렁한 표정과 함께 작은 목소리를 내었다.

"역시 자네는 재미가 없어. 농담 한마디 받아주는 것이 그리도 어려운가?"

"경단화는 제 목숨과도 같은 것. 이놈의 밥줄이 농담이 될 것이라곤 생각지 못했습니다. 주의하겠습니다."

"아니. 됐다, 됐어. 무슨 일로 온 것이냐?"

사내는 손을 휘휘 저으며 지루한 표정을 지었고, 장호각은 씨익 웃었다. 그가 대인으로 모시는 이 사람과의 대화는 언제나 이런 식이었다. 물론 이것이 장호각 자신이 하는 농담의 표현이었고 말이다.

경단화라는 것은 그가 신는 신발을 이야기하는 것이었다. 권각술을 성명절기로 삼는 자신이었기에 양 주먹의 수갑과 신발에 쇠를 넣어 갑주처럼 만들었다. 그래서 그가 움직일 땐 따가운 소리가 나는 것이었는데, 그가 대인으로 모시는 사람은 그 점을 가지고 농을 걸어온 것이었다.

"오우도 놈들이 쓸데없이 나섰습니다. 아무래도 사음회 이

놈들이 멋대로 움직이는 것 같군요. 정리를 좀 해놓아야 할 것 같습니다."

"오우도라고?"

오우도라는 말에 그는 살짝 눈을 크게 떴다. 잠시 생각을 하는 듯 공중의 한 점에 시선을 던졌는데 그러던 그의 입술이 다시 열렸다.

"정말 오우도가 그곳에 나타났나? 전문 살수들이 아니고?"

"그렇습니다. 아마 그놈들이 용호검(龍虎劍)에 관한 소식을 입수한 모양입니다. 당연히 그 정보는 사음회 놈들이 흘렸겠지요. 이로써 보물을 지닌 것이 세상에 알려진 꼴이니까요."

"그러니까 자네 생각은 지금 차도살인지계를 실행했다, 이건가? 그 사음회의 오초악(吳超岳) 그자가?"

씨익 웃으며 사내는 장호각에게 의견을 물었고, 장호각은 힘차게 고개를 끄덕였다. 그리곤 자신이 생각하는 바를 추가했다.

"그렇습니다. 어쨌든 간에 사음회로선 대검문이 눈엣가시가 되지 않습니까? 더욱이 비록 연이 끊어졌다 해도 한때 대검문의 모든 것을 가질 수 있었던 여인의 자식들입니다. 조금만 상황을 꾸민다면 더 이상 그들이 신경 쓰지 않아도 대검문의 신경이 분산될 테니까요."

"……."

"실제 알아본 바로도 지금 대검문에서는 화인당 사희의 자식들에게 상당한 주의를 기울이는 것으로 파악되었습니다. 일단 아직까지 대검문과 사음회가 전면전은 없었다 하더라도 한 꺼풀 밀리고 나간 것은 확실합니다. 사음회로서는 크게 득을 봤다고 해도 이상할 게 없습니다.”

“호오, 많은 생각을 했군그래.”

짝짝짝!

상황에 어울리지 않게 박수를 치며 그는 웃었다. 그러자 장호각은 실눈을 떴는데, 이 사내의 이런 반응이 무엇을 뜻하는지 그는 잘 알고 있었다. 전혀 다른 생각을 하고 있다는 뜻이다.

“제 생각이 틀렸다면 수정을 부탁드립니다, 대인. 아무리 봐도 전 제가 옳다고 생각합니다만……..”

장호각은 결연한 표정을 지었다. 그의 생각은 확고했고 틀림이 있을 수가 없었다. 분명 자신이 사음회주인 오초악이라 해도 같은 짓을 했을 것이다.

“틀렸다기보다 너무 단정적이라 그런 것이라네. 이미 결과를 다 찍어버리고 상황을 짜 맞춘다면 너무 웃기는 일이 될 것이라 생각지 않나? 그리고 그 늙은이가 그런 머리를 썼다고는 생각하기 힘든데? 더욱이 오우도라고 하지 않았나?”

“……..”

“비록 물건을 훔치는 쥐들이긴 하지만 그리 아쉬운 게 없는 자들이야. 한데 어떻게 오초악이 움직였을까? 비록 강서성에선 좀 잘나가는 사람들일지 몰라도 사건이 일어난 곳은 상해. 그것도 상해에선 상당한 영향력을 가진 장영해의 앞마당에서 말이야. 난 왠지 다른 무엇인가가 있다는 생각이 드는걸."

그의 말이 끝나자 장호각은 목울대를 크게 넘기며 침을 삼켰다. 확실히 일리있는 말이었고, 그의 말대로 될 수도 있었다. 너무 쉽게 판단한 측면이 없지 않아 있었던 것이다.

"하면 대인, 이 사안을 보고할까요? 지금 보낸다면 내일 오전이면 총단에 닿을 것입니다. 자칫하면 본 련과 사음회의 연합이 잘못……."

"그따위 놈들이 본 련과 잘못된다고 해도 눈 하나 깜짝하실 련주님이 아닐세. 흑련이란 이름이 그깟 사음회 따위에게 흔들릴 이름인가?"

장호각은 흠칫 놀라며 어금니를 꽉 깨물었다. 말과 함께 사내의 몸에서 흘러나온 엄청난 기도에 눌려 버린 것이었다. 장호각은 오랜만에 보는 그의 모습에 잠시 긴장했다.

"그만 여기서 떠나야겠다. 이제 그들도 움직일 테니 우리도 움직여야겠다. 준비하도록 해라, 장호각."

"알겠습니다, 대인. 아니, 흑룡당주님."

깊숙이 고개를 숙이며 장호각은 뒷걸음질을 치기 시작했다. 이 한 장면만 봐도 그가 얼마나 흑룡당주라는 사람을 마음에 담고 있는지 잘 나타나 있었는데 충분히 그렇게 생각하고도 남을 사람이었다. 이 흑룡당주라는 사람은 말이다.

흑련의 흑룡당을 맡고 있는 흑룡당주 고주완(高周完). 한 자루의 묵도를 지니고 세상을 오시하는 사람이 바로 그였다. 한 빙마도(寒氷魔刀)라는 이름으로 말이다.

자박자박!

따가운 소리를 내며 장호각은 신형을 움직였다. 이제 흑련이, 아니, 흑룡당이 움직일 때가 된 것이었다. 또 한 번 강호에 한빙마도의 이름이 걸리면서 말이다. 상상만으로 장호각의 마음은 벅차오르고 있었다.

"…누구지? 누가 머리를 쓴 거지?"

장호각이 사라지고 난 후 고주완은 중얼거렸다. 그의 머릿속에 사음회라는 이름 따윈 애초에 없었다. 그저 강서성에 들어서는 발판, 아니, 핑계가 필요했던 것뿐이다.

"숨기며 위협을 받느니 차라리 드러내 놓고 해보잔 말인가? 적과 아군이 구별되지 않는 세상 속으로."

웅얼거리던 그는 한쪽 입술을 비틀어 올렸다. 그러더니 자리에서 일어나 손을 뻗었다.

탁, 시리링!

낭랑한 소리와 함께 그의 손에 칙칙한 도 하나가 잡혀 서서히 그 도신을 드러내었다. 검은색이라고 말하기 힘들 정도로 칙칙한 도신 하나가 그 형상을 드러냈는데 고주완은 입가에 미소를 머금으며 그 도를 쓰다듬었다.

"적과 아군이 구별되지 않는다라……. 훗."

우우우웅!

그저 살짝 흔든 것뿐인데 그의 검에선 기이한 소리가 흘러나오고 있었다. 고주완은 오른손을 길게 뻗으며 다시 입을 열었다.

"원하던 바다!"

파아아앗!

그의 손이 채 다 뻗기도 전에 한줄기 바람이 전방으로 쏟아지고 있었다. 그 바람의 아래 작은 실선이 그어지고 있었다. 실선은 바닥을 지나 그 위에 놓인 화강석 다탁 위에도 작은 실금을 남기고 있었다.

시렁, 타탁!

언제 손을 썼나 싶은 표정을 지으며 고주완은 도집으로 묵도를 돌렸다. 이어 그의 신형이 움직였다. 장호각이 먼저 나갔던 길을 따라가고 있는 것이었다.

그마저 떠난 회랑엔 더 이상 인기척은 없었다. 다만 하얀 화강석 다탁만이 비명을 지를 뿐이었다.

쩌어엉! 쿠쿵!

육중한 파공음과 함께 다탁은 반으로 갈라져 쓰러졌다. 잘려진 그 단면은 얼굴을 비추면 보일 정도로 매끈한 모양이었다. 탁자의 나머지 부분들은 그 단면과는 너무도 대조적으로 하얀 얼음이 서리고 있었다.

*　　　*　　　*

탁.

"좋은 차로군. 오랜만에 이런 차를 맛보게 되는구나."

"대접할 것이라곤 이런 것뿐입니다. 송구한 마음은 오히려 제가 더하지요."

장운의 목소리에 자운산은 어진 목소리를 내었다. 낮지도 높지도 않은 그의 목소리는 듣는 이로 하여금 마음을 차분하게 만들고 있어서 장운 역시 이를 느끼곤 기분 좋은 소리를 내었다.

"그럴 리가. 이런 보통 찻잎으로 이렇듯 깊은 맛을 낼 수 있다는 것에 놀라는 중일세. 과연 자네는 나보다 나이는 어려도 선인의 도를 깨우치는 데 있어선 나보다 한걸음 더 나선 듯하이."

"과찬입니다, 총관님. 아니, 일위검 장운 대협. 오랜만에 이 이름을 불러보는군요."

"허허허, 듣는 나조차 어색하군. 일위검이라……. 그 이름으로 불려본 지가 대체 언제인지……."

정말 오래전의 옛 생각을 하는 듯 장운은 고개를 하늘로 들었다. 고개를 들어봤자 보이는 것이라곤 어둑한 낮은 천장뿐이지만 그는 개의치 않았다. 그가 보는 것은 천장이 아니라 저 옛날의 추억이니 말이다.

"한때 대검삼우(大劍三友)의 막내셨던 분이 어디 가겠습니까? 다른 분들은 모두 별래무양하신지요."

"허허, 염려 덕분인지 두 대형은 정정하네. 그나저나 자네야말로 건강해 보이니 기쁠 따름이야."

두 사람은 서로의 얼굴을 보며 살짝 웃었다. 하나 왠지 그 미소는 조금씩 쓸쓸해 보이는 것이 아마도 지나간 세월에 대

한 생각을 하는 듯 보였다. 흐르는 세월은 어쩔 수 없는 것이
니.

　"허허허, 장영해는 날로 번성하는구먼. 하나 난 지금의 내가
더 좋은 것 같으이. 골치 아픈 일은 다 잊고 싶으니."

　"천하의 그 누구도 일위검이 다시 강호에 나선다면 긴장할
것입니다. 대검문에서야 특히 더 그렇겠지요. 지금이라도 가
문의 보호자로서 대검문에 가신다면……."

　"그깟 호법 따위가 그리웠다면 애초에 대검문을 나오질 않
았을 것이네. 난 지금도 이 자리가 좋아. 앞으로도 그럴 것이
고."

　"……."

　자운산은 조용히 고개를 끄덕였다. 그건 사실이었다. 눈앞
에 있는 이 노인은 지금이라도 대검문으로 들어간다면 상당한
대우를 받을 것이다. 대검삼우의 한 사람이라는 것은 보통 일
이 아니었던 것이다.

　오늘날의 대검문을 세울 때 이들 대검삼우의 힘은 절대적이
었다. 그들은 사실상 대검문의 영역을 모두 만들어놨으며 지
금 현재 대검문의 무공 체계를 잡은 사람들이었다.

　삼인검(三忍劍) 우경(優警), 이명검(二明劍) 윤포(玧包), 그리
고 일위검 장운이 바로 그들이었다. 명호에 삼, 이, 일이 들어
가 장운이 첫째 같지만 실은 우경이 첫째이고 윤포가 둘째, 장
운이 셋째였다.

　우경과 윤포는 현재 어디에 있는지 묘연한 상태였다. 아마

도 장운과는 연락이 닿는지 모르지만 대검문에선 애가 닳아 있는 상황이었다. 하나 그건 그들 이야기이고, 이 두 사람은 바람이 되어 세상을 주유하고 있는 듯했던 것이다.

물론 그동안 세월이 많이 흘렀고 대검문도 새로운 무공을 탄생시키며 더 나은 무공을 가지게 되었지만 아직도 이들 세 사람의 무공은 두고두고 회자되었다. 당시 이들의 무공은 일파의 장문인도 소흘히 할 수 없었으니 말이다.

"주제넘었다면 죄송합니다. 용서하시길."

"용서라니, 그럴 일은 없네. 다만 궁금한 것은 있지. 대답해 줄 수 있나?"

"…곽우 그 아이의 무공에 관한 것이겠군요."

조용히 고개를 끄덕이는 장운을 보며 자인손은 살짝 웃었다. 언젠가 충분히 납득이 되는 설명을 해야 되는 날이 오리라 생각하고 있었고, 지금 이 바로 그 순간이었다.

"물론 해드려야지요. 분명히 말씀드리지만 곽우는 대검문의 무공을 익혔습니다. 선풍선법을 익히고 있지요."

"정말인가? 이해할 수가 없군. 어째서 그 아이에게 대검문의 신법을 익히게 한 것인가? 그것도 오래전에 나왔던 원형 같은 생각이 들던데. 그저 신법이 필요했다면 상변신의 묘법으로 충분한 것을……."

장운의 눈이 반짝이고 있었다. 사실 그는 곽우의 무공을 봤을 때 놀람이 극에 달했었다. 물론 그 놀람은 선풍선법이라는 대검문의 신법 때문이기도 했지만 문제는 그 선법 모양이 요즘 새로이 바뀐 것이 아니었던 것이다.

수많은 변화를 거쳐 당금 대검문의 선풍선법은 조금 다른 양상으로 발전했는데 그건 다름 아닌 그 연공 방법에 문제가 좀 있었다. 너무 힘들고 어려웠던 것이다.

선풍선법은 대검을 사용하는 사람, 즉 중병기를 다루는 사람들을 위해 만들어낸 보법이었다. 중병기를 사용하는 만큼 몸 전체의 움직임에 주안점을 둔 것이 아니었다.

위력을 배가하기 위해 원형의 움직임을 응용한 것인데 상변신의 묘법은 선풍선법을 익히기 위한 전 단계였다. 묘법만을 익히는 과정에서 많은 사람들이 포기하는 결과가 나왔던 것이다.

그래서 지금 대검문에서는 선법을 익히지 않고 있었다. 이환보(理環步)라는 응용된 동작을 익히고 있는데 간단하게 원형의 움직임만을 꿰어놓은 보법이었다.

그러나 그 위력은 선법에 비할 바가 아니었다. 사실 곽우는 지금 당장 대검문에 가도 그 보법 하나만으로 대접받을 수 있는 것이다.

"그렇습니다. 선법의 원형. 과거 세 분께서 처음 만들어낸 것을 가르쳤습니다. 그것이야말로 누구나가 인정하는 중병기 운용의 기본 보법이지요. 우아의 힘은 보셨다시피 보통이 아닙니다."

"…그래, 확실히 힘은 대단하더군. 그 창만 해도 삼십 관이 넘어 보였으니."

장운은 고개를 끄덕이며 말했다. 곽우의 장창은 정말 두터웠고 사실 창이라 보기도 민망할 정도였다. 거대한 대검에 긴 자루를 달았다는 표현이 더 맞으니 말이다.

"제가 아는 한 세상에 우아보다 힘이 센 사람은 없습니다. 그 어떤 사람보다 중병기를 잘 다루는 아이이지요. 해서 전 그 보법을 가르쳤습니다. 그뿐입니다, 어르신."

자운산은 할 말을 다 했다는 듯 찻잔을 들어 입가로 가져가자 장운은 조금은 어이없는 생각이 들고 있었다. 물론 장운으로서는 여기서 끝낼 마음이 전혀 없었다.

"그럼 보법은 그렇다 치고 내력은 어찌 된 것인가? 내 보기엔 내력이라고는 전혀 없어 보이던데……."

사실 가장 중요한 것이 이것이었다. 이건 자신뿐만이 아니라 무공을 할 줄 아는 사람이라면 다 그렇게 생각할 것이었다. 내공이라고는 전혀 느껴지지 않았으니 말이다.

"그렇습니다, 어르신. 그 아이에게 전 내력을 전혀 가르치지 않았습니다. 물론 기본적인 토납법 정도는 가르쳤지만 호흡법 정도에 불과합니다. 그 아이는 그 단점을 쓸어낼 수 있을 정도의 육체적인 힘을 타고난 아이입니다."

"……."

자운산의 목소리에 장운은 눈을 가늘게 떴다. 이건 전혀 예상한 답이 아니었다. 그냥 육체적인 힘이 강하기에 내력이 필요없다고 생각했다만 그가 아는 자운산은 그런 사람이 아니었다.

강한 사람이지만 정이 많은 사람이었다. 이 정도면 되겠지하는 생각을 가질 사람이 아니었던 것이다. 아무리 생각해도 뭔가 더 있을 것 같은 생각이 들었다.

"후, 이 사람, 아직도 솔직하지 못하군. 그런 이유를 대면 내가 납득할 것 같나? 자네와 사회 두 사람이 강호를 움직일 때부터 지켜본 사람이 나일세. 내가 아는 자운산은 그런 생각을 할 사람이 아닌걸."

"하하하!"

조금은 어색한 자인손의 웃음이 허공에 울렸다. 확실히 조금은 궁색한 변명이라는 것은 인정하는 바였다. 자인손은 씁쓸한 웃음과 함께 말을 이었다.

"비록 무공에 관해 잘 안다고 할 수는 없지만 나름대로 제 그릇은 알고 있습니다. 제가 내력을 가르치고 그에 관련된 무공을 가르친다면 저 아이는 지금보다 나아져 있겠지만 그것이 한계입니다. 저 아이는 저보다 더 훌륭한 사람이 가르쳐야 합니다."

"자네의 무공으로도 부족하다고 생각하는가?"

장운은 어이가 없었다. 눈앞에 있는 이 사내는 물론 최고는 아니지만 준걸 이상의 인재였다. 한 자루의 장창으로 세상을 호령하고 지금도 세인의 가슴속에 남아 있는 사람이 바로 그였다. 이건 겸손이 지나친 것이다.

"그래서 이렇게 자리를 마련했습니다, 어르신. 그 아이… 좀 봐주시겠습니까?"

"내가 그 아이를 가르치란 말인가?"

상당히 뜻밖의 제안에 장운은 계속 놀라기만 하고 있었다. 설마하니 그 아이의 무공 스승으로 자신을 생각하고 있다고는 전혀 생각지 못했는데, 하나 그렇다고 해서 그 제안을 받아들일 수는 없었다.

"이 늙은이를 놀리는 것이라면 그만 하게. 난 이제 내 한 몸 지키기도 급급한 사람일세. 이런 사람이 누구를 가르친단 말인가?"

손사래를 치며 그는 거부 의사를 밝혔고, 자운산은 찻잔 너머에서 쓴웃음을 지었다. 이런 결과가 올 것 같아서 함부로 말하고 싶지 않았던 것인데 막상 확언을 듣고 나니 조금은 실망스러웠다.

"게다가 자네는 지금 나에게 다른 이야기를 듣고 싶지 않은가? 그 오우도인가 하는 친구들이 온 이유를 알고 싶어 나를 초청한 것이 아닌가 묻는 것일세."

"물론 그 이야기도 해야지요, 어르신."

자운산의 눈이 진지해지고 있었다. 이 문제는 꼭 짚고 넘어가야 할 것이었는데 사실 그건 이야기할 것도 없었다. 자운산도 나름대로 눈치를 채고 있었으니 말이다.

"강호에 연오하와 호랑이 나왔다고 할 때부터 나름대로 짐작하고 있었습니다. 용호검 때문이 아닙니까?"

"흠, 역시 알고 있었군그래."

예상했던 것이라는 듯 장운은 차분히 입을 열었다. 하긴 그가 모른다면 그것이 더 이상한 일이었다. 패천검에 관해 그 누구보다도 잘 알고 있는 사람이 바로 그였으니 말이다.

"하지만 조금 놀랐습니다. 그 옛날처럼 용호검을 강호에 가지고 나오게 하다니… 허허, 정말 그 사람답습니다."

"풋, 그래, 정말 웃기는 녀석이지. 고집스럽기도 하고."

두 사람은 마주 보며 웃었다. 용호검에 관한 기억이 그 둘을 그렇게 만들었는데, 장운은 조금은 조심스러운 표정을 지으며 말했다.

"어떻게… 오랜만에 한번 볼 텐가?"

"아뇨. 괜찮습니다. 반갑기야 하겠지만 좋지 않은 기억도 같이 있으니 말입니다."

"허허, 그럴 테지."

고개를 끄덕이며 그는 자리에서 일어났다. 꽤나 어두워진 시간. 이젠 돌아가 쉬어야 했다. 이제부터 여정이 시작될 테니 말이다.

"출발이 내일이라고 들었네. 그렇지?"

"네, 어르신. 그렇습니다."

간다는 말을 우회적으로 돌려 표현한 장운은 자리에서 일어섰다. 말없이 신형을 돌려 방문을 나서는 그의 뒷모습을 보며 자운산이 입을 열었다.

"저희가 지켜야 할 것은… 오하와 호랑이겠지요?"

"……."

장운의 신형이 멈추어졌다. 아마도 이 이야기를 하고 싶은 것일 터였다. 과연 곽우를 비롯한 일행의 목적이 무엇인가 하는 것. 물건을 지켜야 하는 것인지, 아니면 사람을 지켜야 하는지가 말이다.

그러나 그가 아는 자운산은 이미 답을 알고 있을 터였다. 아니, 그렇게 알고 있으면서 괜히 묻는 것이었다. 확답을 듣기 위해서 말이다.

"아니, 그렇지 않네."

"……"

"나와 추국도 있다네. 우리 목숨도 같이 지켜줘야 할 것이야."

"훗."

작은 농담에 자운산은 웃었다. 그 웃음을 잠시 바라보던 장운은 미련없이 방을 나서고 있었다.

장운이 방을 나가고 일각 정도 되었을까? 자운산은 그저 조용히 입을 다문 채 탁자에 앉아 있었다. 한데 그의 뒤로 낯선 목소리가 들려왔다.

"꼭 이렇게 하지 않아도 되지 않았소?"

언제 어디서 나타났는지 모르지만 한 명이 아니라 무려 다섯 명이었다. 그들은 마치 오래전부터 여기 있었던 것처럼 보였는데 그들은 바로 오우도였다.

"확증이 필요했소이다. 다섯 분의 도움엔 감사드리오."

오우도는 살짝 고개를 숙이며 자운산의 말에 호응했는데 오우도와 자운산은 상당히 친밀해 보였다. 문득 자운산의 귓가에 우명산의 목소리가 들려왔다.

"별 필요도 없는 일이었소. 귀하의 제자 분 무공은 정말 무섭도록 놀라웠소이다. 이대로 강호에 나선다고 해도 충분히 그 무위를 떨치고도 남을 정도였소. 물론 그것이 우리가 나선 이유는 아니지만."

우명산은 잠시 이전의 기억이 떠오르는지 어금니를 지그시 깨물었다. 지금 다시 생각을 해봐도 정말 멋진 움직임이었다. 여태껏 그가 본 것 중 가장 멋들어진 신법이었던 것이다.

"어쨌든 이것으로 우린 그만 가보겠소이다. 이곳에서 우리가 할 일은 없어 보이니……."

"도움에 감사하오이다. 나중에 따로 연락을 드리겠소. 다섯 분의 도움에 다시금 감사드리오."

자운산의 환한 웃음을 뒤로한 채 다섯 사람은 신형을 돌렸다. 그들도 장운처럼 그렇게 조용히 사라져 갔다.

사람들이 다 사라진 후 자운산은 아무런 말이 없었다. 이제 정말로 조용한 사위 속에서 혼자 찻잔만 만지작거릴 뿐이었다. 차갑게 식어버린 찻잔 위로 나직한 그의 목소리가 흐르고 있었다.

"이것이 잘한 것인지… 나조차 모르겠구나. 후우."

짙은 고민이 깔린 음성이었다.

서쪽 하늘 저 아래서 불빛이 반짝이고 있었다. 그 불빛은 긴 꼬리를 남기며 지평선을 향해 내려가고 있었다. 수없이 많은 별들이 반짝이는 그 하늘을 보며 곽우는 잠시 생각에 잠겼다.

굳이 무슨 생각을 하겠다고 나온 것은 아니었다. 그저 왠지

마음이 조금 심란하여 낮에 있었던 일들을 생각해 보는 것이
었다.

오우도라 불린 사람들. 그들이 덤벼들 때 사실 많은 생각을
했었다. 생면부지의 사람들과의 싸움이 시작되는 것을 이제야
느끼게 되었던 것이다. 지금부터 강호라 불리는 곳으로 나가
게 됨을 말이다.

이 일을 해오면서 곽우는 많은 싸움을 해왔다. 누구를 상하
게 하지 않았다면 그것이 웃기는 일이었다. 장강을 업으로 삼
은 사람들이 놀면서 살아왔다는 이야기와 다른 것이 없으니
말이다.

그러나 그건 살기 위해 싸운 것이었다. 장영해를 위한 싸움
이었고 또 장영해를 믿고 따르는 수많은 사람들을 위해 싸운
것이었다. 이것처럼 누구를 위해 병기를 들어본 적, 아니, 자신
을 위해 들어본 적은 없었던 것이다.

왠지 복잡한 마음을 달래기 위해 나왔지만 더 복잡해져 버
린 심정이었다. 뒤쪽에서 들려온 목소리 때문이었다.

"유성이 떨어지면 누군가가 죽는다고 하던데… 내일 출항
을 앞두고 길조인가요, 아니면 흉조인가요?"

"……."

아름답다고 느껴지진 않지만 그렇다고 절대 듣기 싫은 소리
는 아니었다. 아니, 오히려 반갑기까지 한 목소리기에 곽우는
자신도 모르게 흠칫 놀라며 그녀를 향해 신형을 돌렸다.

그런데 그 모습이 흡사 야수를 경계하는 듯한 모습과 다를

게 없어 말을 한 여인은 걸음을 멈추며 말했다.

"아, 죄송합니다. 놀라게 할 마음은 없었습니다. 그럼."

"아닙니다. 괜찮습니다, 소저. 하하! 잠시 딴생각을 좀 했었거든요."

곽우는 놀라며 돌아서는 그녀의 발걸음을 얼른 붙잡았다. 뭐가 어떻게 된 것인지는 모르지만 여기서 그녀가 돌아가 버리면 뭔가 큰 죄를 짓는 것 같은 생각이 들었다. 웃기지만 마음 한구석에선 분명 그렇게 이야기하고 있었다.

"훗, 얼마나 좋은 생각이면 제가 오는 것도 모르실까요? 혹 내일이면 헤어져야 될 정인이라도……."

"무슨! 저, 정인이라뇨! 그런 것 없습니다!"

곽우는 자신도 모르게 빽하고 소리를 질렀다. 하나 막상 소리를 질러놓고 보니 이렇게 어색할 수가 없는지라, 곽우는 속으로 이를 꽉 깨물었다. 바보도 이런 바보가 없었던 것이다.

"……"

덕분에 옆에 있던 여인마저 경직된 어이없는 분위기가 연출되고 있었는데, 곽우는 흘끔 실눈을 흘기며 그 여인을 바라보았다. 연오하라는 이름을 가진 여인은 그저 하늘만 바라보고 있을 뿐이었다.

뭘 어떻게 해야 될지 모르는 가운데 시간만 흘러갔다. 비록 오월의 밤하늘이지만 밤바람은 상당히 차가웠다. 이대로 말없이 흘러만 가면 결국 그냥 가야 될 상황임을 그는 너무도 잘 알고 있었다.

“길조… 입니다.”

“네?”

문득 들려오는 곽우의 목소리에 연오하는 곽우를 바라보았다. 그녀가 곽우의 얼굴을 보려면 고개를 정말 심하게 바짝 치켜야 했는데 왠지 그녀는 자신이 누군가를 올려다본다는 것에 조금은 재미있어하고 있었다.

사실 연오하의 어머니인 화인당 사회는 그리 조신해 보이는 사람이 아니었다. 전체적으로 미인이라는 것은 맞지만 키가 작고 귀여움이 묻어나는 요즘 여인들의 아름다움과는 조금 달랐다.

대검문에서도 그 존재를 두각시킬 정도로 그녀의 체구는 작은 편이 아니었다. 그래서 그런지 연오하의 키도 그리 작은 편이 아니어서 여태껏 사람을 올려다본 적이 없었지만 곽우와 함께 서니 자연스럽게 올려다보게 되었던 것이다.

“유성이 흐른다고 누군가 죽는다면 유성 때문에 죽은 것이 아니라 죽었기 때문에 유성이 흐른 것입니다. 반대로 유성이 떨어질 때 누군가 새 생명이 태어나는 장면을 봤다면 그자에겐 흉조가 아니라 길조일 것입니다. 상황은 사람이 생각하게 하는 것. 그러니 적어도 지금 이 순간 우리가 보는 유성은 길조라 생각하면 됩니다.”

“……”

연오하의 눈이 작게 빛나고 있었다. 생각보다 상당히 깊은 대답이 흘러나왔던 것인데 이런 대답이 나올 것이라고는 생각지도 못했던 것이다.

결국은 세상의 입방아로 만들어진 이야기일 뿐이라는 것이다. 흉조든 길조든 그건 보는 사람의 입장에 따라 달라지는 것임을 우회적으로 이야기한 것이다.

보기보단 생각이 깊은 사람임이 분명했고, 그런 곽우를 그녀는 새삼 다른 눈으로 보고 있었다. 물론 그 눈을 부담스럽게 생각하는 사람도 있지만 말이다.

"험, 그냥 그렇다는 것이니 너무 심각하게 생각하지 마세요. 그게 뭐… 꼭……."

"고마워요."

"네?"

밑도 끝도 없는 말에 곽우는 눈을 동그랗게 떴다. 그녀는 여전히 곽우를 내려다보고 있었고, 곽우는 자신도 모르게 그녀와 눈동자를 맞추었다.

까만 작은 눈동자가 자신을 바라보고 있었다. 이유를 알 수 없었지만 그 눈을 본 순간 곽우는 눈을 뗄 수가 없었다. 문득 그의 귓가에 그녀의 목소리가 천둥치듯 들려왔다.

"어머니께 어느 정도 들은 것이 있어요. 사정이 생겨 지켜주지 못하지만 대신 다른 분들을 보내드리겠다고 말이에요. 그런데 아마 쉽게 나서주지 못할 것이라고."

"……."

"힘든 길이 될 것이라 이야기하셨어요. 한데 곽 대협은 이렇듯 쉽게 나서주셨군요. 그간 많은 사람들이 거절했었어요."

왠지 그녀의 얼굴은 조금 슬퍼 보였다. 자신과 상관없는 일에 휘말려 버린 것이라고나 할까? 자신의 힘으로 어쩔 수 없는 일을 만난 사람의 표정이 나오고 있었던 것이다.

"아참, 진짜 할 이야기는 안 하고 딴 짓만 하게 되는군요. 아까 그 사람들, 사람이 아니라 물건을 노리는 사람들이라 들었습니다. 맞나요?"

"아, 오우도를 말씀하시는 것이군요. 그렇습니다. 사람의 목숨이 아니라 값나가는 물건을 노리는 사람들이지요. 사실 오늘 온 것이 조금은 의외였습니다. 말로는 낭자의 목숨을 노렸다고 하지만 그들의 전적으로 봐선 믿기 힘든 이야기입니다."

곽우는 잠시 기억을 떠올리곤 고개를 갸웃거렸다. 확실히 이상한 일인 것이 그들의 애매한 태도였다. 뭔가 누군가의 사주를 받고 있는 것 같은 표정이기는 했지만 아닐 수도 있는 문제이니 말이다.

"곽 공자의 말씀이 맞습니다. 그들은 저희 일행의 목숨을 노린 것이 아닐 것입니다. 저희가 가진 물건을 노리고 온 사람들일 것입니다."

"…물건… 이라니요?"

전혀 들어보지 못한 것이라 그는 의아한 목소리를 내었다. 그러자 그녀는 고개를 살짝 떨어뜨렸는데, 말하지 않은 것은 그녀의 실수였다. 혹시나 누군가가 그 이야기를 듣고 자신들의 목숨을 노릴까 해서 말하지 않았던 것이다.

“저희에겐 보물이 하나 있습니다. 대검문과 관련된 것을 가지고 있지요. 저는 아버님을 뵙기 위해 움직이지만 실상 어머님께 이것을 전해드리려 가는 길이기도 합니다. 아마 그들은 그 이야기를 듣고 온 것일 터입니다.”

“…….”

곽우는 아무런 말이 없었다. 사실이라면 조금은 난감한 상황이었는데, 앞으로 가는 길이 더욱더 험할 것이라 예상할 수 있었다.

이들의 목숨을 노리는 사람은 분명히 있을 터이다. 그리고 거기에 이들의 보물을 노리는 사람도 같이 나타날 터이다. 곽우로서는 그 모든 사람들로부터 이들을 구해야 하는 것이다.

“죄송합니다, 곽 공자. 모든 것을 말씀드렸어야 하는 것을… 너무 늦게 말씀드린 것 같아서……. 저희가 가지고 있는 것은 패…….”

“굳이 알 필요가 없다면 말씀 안 하셔도 됩니다, 연 낭자.”

곽우는 살짝 웃으며 입을 열었다. 그러자 그녀는 또 한 번 눈을 크게 떴는데 이번엔 그녀의 눈이 곽우의 눈에서 떨어지질 못하고 있었다.

“사람의 마음이란 거, 그거 참으로 간사하다고 들었습니다. 그리고 저 역시 많이 봐왔고요. 이런 내가 스스로 믿음직스럽다고 대놓고 이야기 못하는 현실이 슬프군요. 차라리 전 모르는 것이 낫겠습니다.”

“…….”

　곽우의 말에 그녀는 아무런 말도 하지 않았다. 차라리 분란의 소지를 없애겠다는 그의 말에 그녀는 어찌 생각을 해야 될지 잠시 판단을 내릴 수가 없었는데 그런 그녀의 귓가에 곽우의 목소리가 들려왔다.

　"물론 오우도가 알고 있으니 이젠 비밀도 아닐 것입니다. 언젠가는 제 귀에도 그 보물이 무엇인지 알게 되겠지요. 하나 최소한 전 그게 무엇이든 상관하지 않겠습니다. 제아무리 보물… 아니, 그만 하는 것이 낫겠군요. 하하하!"

　곽우는 어색한 웃음을 지으며 뒷목을 쓰다듬었다. 그러자 그녀는 같이 따라 웃었다. 본인이 이렇게 말하는데 굳이 말할 필요는 없었던 것이다.

　"알겠습니다, 곽 공자님. 그럼 그리하지요."

　그녀는 대답과 함께 신형을 돌렸다. 그녀가 신형을 돌리자 곽우는 왠지 가슴이 답답해져 왔다. 알 수 없는 그 기분에 스스로 당황될 정도였다.

　"공자님, 그거 아세요?"

　"네… 네?"

　갑자기 들려오는 연오하의 목소리에 곽우는 고개를 확 돌렸다. 밤이라 보이지 않을 테지만 곽우의 얼굴은 상당히 붉어져 있을 터이다. 마치 속마음을 들킨 것 같은 느낌이 드니.

　"공자님 웃음이 제가 본 사람들의 웃음 중 가장 멋져요."

　"아… 네… 네?"

　곽우는 멍한 얼굴이 되었다. 그런 곽우를 향해 연오하는 환한 웃음을 남겼고, 이내 그 웃음과 함께 그녀는 멀어져 가고 있었다.

곽우는 그녀가 사라진 이후에도 한참 동안 움직이지 못하고 있었다. 뭐가 어떻게 되는지 머리가 뒤죽박죽이라 영 판단할 수가 없었던 그는 그녀가 사라진 이후 한참이 지나서야 정신을 차릴 수가 있었다.

"이거야 원. 곽우 이 멍청아, 무슨 말을 하는 거냐."

스스로에게 자책하듯 그는 중얼거리다 신형을 돌렸다. 차가운 밤바람을 뒤로한 채 신형을 움직이던 그는 조금 전에 있었던 상황을 생각하자 얼굴이 화끈거리는 것을 느꼈다.

그녀를 보며 할 이야기가 아니라고 생각해 입을 다문 것이었다. 너무나 속보이는 소리이기도 하고 말이다. 어째서 그런 말이 튀어나오려 했는지 도저히 이해가 안 갈 정도였다.

그가 연오하에게 할 이야기는 다른 것이 아니었다. 보물 따위, 제아무리 대단한 보물이라도 중요하지 않다고 말이다. 눈앞에 있는 당신보다 중요한 것은 이 세상 어디에도 없다고 말이다.

이제 본 지 며칠 되지도 않은 사람에게 할 소리는 아니었다. 절대로 말이다.

"이제 미친 거야. 그렇지 않고서야… 후……."

스스로에게 중얼거리며 움직이는 곽우였다.

2

오랜만에 항구는 활기차게 변모하고 있었다. 아니, 항구라는 곳 자체가 언제나 활기찬 곳이니 그 말로는 좀 부족한 듯하다. 다른 말로 하자면 들끓고 있다는 표현이 맞을 터이다.

그것은 한 대의 배 때문에 그리된 것이었다. 보통 배의 다섯 배에 달하는 거대한 배 한 척이 지금 출항을 앞두고 있었다. 승선 인원만 해도 육십여 명에 달하는 거대한 배였던 것이다.

물론 이러한 배가 저 거대한 대양으로 나간다면 그건 그리 놀랄 만한 일이 아니었다. 양인(洋人)들의 배는 백여 명이 넘는 사람이 들어갈 수 있을 정도로 큰 배도 있으니 말이다.

아니, 그러한 배는 이곳에도 있었다. 하나 문제는 이 배가 바다가 아니라 내륙으로 들어간다는 데 있었다. 장강을 타고 거슬러 올라가는 배였던 것이다.

길이는 십여 장이 넘었고 넓이는 삼 장이 넘는 거대한 배였다. 돛만 해도 세 개에 달했고 선수에 있는 제일 돛에 떡하니 장영해의 붉은 깃발이 아로새겨져 있는 이 배가 오늘 출항하기로 되어 있는 배였다.

"와! 와! 최고다, 최고!"

"아이고, 호랑아. 최고 아닌 게 뭐가 있겠냐, 네가."

추국은 고개를 좌우로 흔들며 호랑의 뒤에 바짝 붙어 서 있었다. 입은 언제나 비틀게 나왔어도 그녀는 항상 자신의 일에 충실했다. 지금도 연호랑의 신형을 염려해서인지 그의 뒤에서 움직이지 않고 있었던 것이다.

"진짜 최고니까요! 봐봐요, 이 넓은 갑판을!"

다다다다다!

말로만 설명하기도 지쳤는지 연호랑은 아예 몸으로 내달리고 있었다. 조그마한 꼬마 아이가 힘차게 내달리는 것을 본 사람들은 입가에 웃음을 달고 있었다. 한창 출항 준비에 바쁜 그들이지만 이런 웃음을 담을 여유 정도는 충분히 있었다.

"어서들 오십시오. 그렇지 않아도 마중을 나갈까 하던 차였습니다. 하하하!"

"어서 오세요."

두 사람의 목소리가 들리자 연오하와 호랑, 추국과 장운은 고개를 돌렸다. 노소가 그들을 반갑게 맞이해 주었다. 물론 나이든 사람은 자인손이었고 그 옆엔 오진영이 서 있었다.

한데 오진영과 자인손 두 사람의 복장이 조금 달라져 있었다. 원래 둘 다 정갈한 옷을 입고 있었건만 오늘은 같은 옷을 입고 있는 것이 아마도 이것이 호위 복장인 듯했다.

생각보다 화려했다. 청의 무복을 기본으로 일반 옷보다 조금 더 두터운 옷감으로 만든 듯한데 특이한 것은 망토였다.

왼쪽 어깨 전체를 망토로 감았는데 오른 어깨엔 보이지 않았다. 자인손은 자연스럽게 늘어뜨려 놓았고, 오진영은 거치적거리는 망토를 뒤로 엮어 허리띠 부근에 찔러 넣은 상태였다. 복장으로 친다면 참으로 독특한 복색이 아닐 수가 없었다.

"근데 우 형은요?"

"아, 곽우 그 친구야 이미 와 있지. 저기에 말이다."

턱으로 뒤편을 주억거리며 이야기하는 오진영의 목소리에 호랑은 고개를 돌려 뒤편을 바라보았다. 그리곤 두 눈을 휘둥그렇게 뜨며 소리쳤다.

"우아아아, 우 형, 진짜 멋있어요! 평소에 좀 그렇게 하고 다니지!"

"…어째 그 말은 평소엔 사람도 아니었다는 걸로 들린다?"

곽우는 심드렁한 목소리로 입을 열었지만 지금 이 순간만은 호랑의 목소리에 모두가 공감하는 모습이었다.

곽우 역시 청의 무복을 입고 있었다. 그러나 남들이 입는 옷과는 그 크기부터가 달랐고 오른팔은 아예 천이 없었다. 우람한 근육이 그대로 드러나 있었던 것이다.

머리는 뒷목 어림에서 질끈 묶어놓아 나름대로 정갈한 맛이 있었지만 역시 여기저기 바람에 날리고 있었다. 하나 그 모습이 단정한 옷에 비해 아주 잘 어울렸다.

그리고 오른손에 든 그 커다란 장창. 역시 오늘도 그것을 들고 곽우는 배에 오르려 하고 있었다. 정말 사람이 달라 보였던 것이다.

"옛 성인의 말이 틀린 것이 없어. 옷이 날개라더니 그 말이 진짜야."

"호오, 진짜 성인들이 그런 말을 한 적이 있느냐? 놀라운데?"

"그냥 가요, 총관님."

추국의 목소리에 장운이 농을 건네자 그녀는 쭉 찢어진 눈으로 화답했다. 장운은 허허롭게 웃다가 곽우를 향해 입을 열었다.

"한데 출항은 언제나 하는 것인가? 식전부터 이리 사람들이 움직이는 것을 보니 거의 다 된 듯한데."

"이제 출발할 것입니다. 곧 해주님이 오셔서 명령을 내리면 출발해야겠지요."

곽우는 싱긋 웃으며 말을 이었고, 이내 그의 모습은 배의 중앙으로 가 있었다. 거기서 한 사람을 만나 이야기를 하더니 일행 쪽으로 데려왔다.

"가는 길, 서로 즐겁게 가려면 최소한 서로 인사는 해야겠지요. 이 배의 선장이신 위여산(爲餘珊) 대인입니다. 위 대인, 이 분들이 제가 모셔야 할 분들입니다."

"위여산이라 합니다."

"허허, 장운이라 합니다. 그저 장 총관이라 불러주시면 됩니다."

"연오하라 합니다."

서로 간의 인사가 한차례 지나가자 곽우는 잠시 주위를 둘러보았다. 날씨가 그리 화창한 것은 아니었지만 그렇다고 나쁜 것도 아닌 어정쩡한 날씨였다.

"출항하는 데는 염려 없네. 걱정 마시게."

"하하, 출항이야 선장님이 알아서 잘 하시겠지요. 저야 뭐 별다른 것이 있겠습니까? 그저 저 위에 올라가면 세상이 잘 보일까 해서요."

"쿵, 마음에도 없는 소리를 하는구먼. 자네, 오랜만에 보니 실없어졌네. 원래 이랬던가?"

뭔가 이상한 징후가 있다는 듯 위여산은 곽우의 아래위를 살짝 훑어봤는데, 그때였다. 옆에서 오진영의 목소리가 들려왔다.

"요즘 좀 미쳐 가는 듯합니다, 선장님. 아마도 시커먼 사내가 아니라 어여쁜 여인들과 같이 배를 타서 그런 것 같은데요?"

말과 함께 그의 눈길은 슬쩍 한쪽으로 향했고 그 눈길의 끝엔 두 여인이 있었다. 연오하와 추국이었다.

"오호, 그래? 이거 출항이고 뭐고 홍루(紅樓)부터……."

"자자, 가시죠, 선장님! 돛부터 올려야지요!"

"돛을 내가 올리냐? 내가 왜 가?"

"아, 그냥 가요, 좀!"

곽우는 얼굴이 붉은 상태로 위여산을 끌고 어디론가 가고 있었고, 그 모습에 사람들은 실소를 머금었다. 연오하와 추국으로선 조금 기분 나쁠 수도 있었는데도 불구하고 의외로 두 여인은 대범한 모습을 보여주고 있었다.

그렇게 사람들이 입가에 살며시 웃음을 머금을 때였다. 그 웃음을 멈추게 하는 일이 중인들에게 일어났다.

"선장님, 급전입니다."

"음?"

배 위로 뛰어와 소리치는 사내를 보며 위여산은 손을 내밀었고, 그러자 사내는 죽간 하나를 내밀었다. 위여산은 빼앗듯이 그 죽간을 잡아 펼쳤다. 한데 읽어가는 그의 눈이 어두워지고 있었다.

"무슨 일입니까, 선장님?"

"……."

위여산은 아무런 말이 없었다. 작은 죽간이니 별로 쓰여 있을 것도 없건만 그는 두세 번 심각하게 읽고 또 읽더니 꽤나 어두운 목소리를 내기 시작했다.

"후, 이것 참… 뭐라고 이야기를 해야 할지."

"…선장님?"

곽우 역시 불길한 생각에 얼굴을 굳혔는데, 그때였다. 그가 아니라 다른 사람의 목소리가 들려왔다.

"거기서부턴 내가 이야기하지."

"해주님을 뵙습니다."

"해주님을……."

한 노인의 등장에 모두의 허리가 숙여졌다. 배와 육지를 걸쳐 놓은 다리를 일단의 무리가 건너고 있었다. 장영해주 오각과 수뇌부가 같이 배 위로 오르고 있었던 것이다.

"아무래도 조용한 곳이 필요하겠군. 선방으로 움직이세. 생각보다 긴 이야기가 될 듯하니."

웃으며 이야기하고 있지만 오각의 얼굴엔 일말의 긴장감이 떠올라 있었다. 모두가 긴장하고 있는 사이 사람들은 선방으로 향했다. 곽우는 살짝 흐린 하늘만큼이나 가슴 두근두근한 예감이 들었다.

"바보가 아니라면 쉽게 떠나지 못할 겁니다, 회주님."

"호오, 네 자신감이 보통이 넘는구나. 그래, 이번엔 정말 믿어도 될까?"

비릿한 웃음을 지으며 그는 한 사람을 바라보고 있었다. 그 앞에서 오체복지한 채 얼굴도 들지 못하는 한 사내를 말이다.

하나 말로는 믿어본다고 이야기하는 듯하지만 실제로 그는 아무도 믿는 사람이 아니었다. 절대로 말이다.

그가 사람을 믿었다면 이 자리까지 올라오지도 않았을 터이다. 사람들로 하여금 회주라 불릴 수가 없었던 것이다.

"대검문에 관한 일도 그렇게 이야기했던 것 같은데… 그놈들이 지금 쥐 죽은 듯이 있던가?"

"그… 그건 사안이 다른 것……."

"말대꾸하지 마라, 봉평(奉平). 사안이 다르긴 뭐가 달라? 똑같은 적일 뿐이다. 아닌가?"

봉평이라 불린 사내는 어깨를 살짝 떨었다. 담담한 회주의 말이었지만 그것이 들리기만 그렇게 들리는 것이지 실제로는 그 성정이 완전히 다르다는 것을 잘 알고 있었기 때문이다.

"맞습니다, 회주님. 죄송합니다."

차분하게 말하고 있는 것 같아도 봉평의 목소리는 살짝 떨리고 있었다. 그러자 회주란 사내가 다시 입을 열었다.

"네놈 성격을 내가 아니 아마도 많이 생각하기는 했을 것이

다. 그런데 난 그 생각이란 것이 좀 마음에 안 들더군. 넌 마음
에 드느냐?"

"하나 회주, 그것이 최선……."

"말대꾸하지 말라고 한 지 일각도 지나지 않았다."

우두두둑!

앉아 있던 의자의 팔걸이에서 기이한 소리가 들려왔다. 회
주라 불린 자가 오른손을 움켜쥐어 단단한 팔걸이를 부서뜨린
것인데 마치 사과를 으깨듯 엄청난 힘이었다.

팔은 근육이 잡혔다기보다 투실하다고 보는 편이 옳았다.
그의 옷은 마치 도사의 그것처럼 풍성했는데 색깔 역시 회색
이어서 누가 본다면 승려나 도사로 오해하기에 딱 좋았다. 하
나 그 얼굴을 본다면 절대로 그렇게 이야기하지 못할 터이다.

투실한 얼굴에 흐르는 사이한 기운은 승려와는 아주 거리가
먼 것이었다. 작은 눈에서는 사이한 기광이 연신 교차하고 있
는 것이 정종 무공을 익힌 듯하진 않았다. 한데 그때였다.

"호호, 아버님도 참. 그래도 봉평이 있어 우리 회가 이렇게
크고 있는 것입니다. 잘 대해주셔야죠."

교성도 이런 교성이 없었다. 방 안을 울리다 못해 짤랑이는
듯한 느낌에 봉평은 다시금 몸을 떨었다. 하나 그로선 지금 이
목소리가 구명줄이었다.

"아가씨를 뵙습니다."

자리에서 일어나지도 못한 채 그는 그저 말로만 인사를 하
고 있었다. 그 모습에 여인의 아미가 확 휘었지만 그녀도 어쩔

수 없었다. 상대는 아버지를 두려워하고 있으니 말이다.

"오, 교아(巧芽)로구나. 어서 오거라. 헛헛헛."

도저히 어울릴 것 같지 않은 목소리가 회주의 입에서 흘러나왔다. 얄팍한 입술 사이로 흐르는 목소리에 절로 몸이 떨릴 지경이지만 교아라 불리는 여인은 전혀 개의치 않는 듯 성큼 다가오더니 그대로 회주의 왼 무릎 위에 엉덩이를 대고 앉았다.

"역시 아버님의 품이 제일 편합니다. 요즘 사내들은 사내답지가 않아서 정말……."

"크큭, 그거야 당연하지. 그러니 이 아비가 회주로 앉아 있는 것이 아니겠느냐?"

사내는 당연하다는 듯 입을 열면서도 연신 눈으로 교아를 바라보기에 바빴다. 그녀의 모습은 남자라면 누구나 한 번쯤 침을 흘릴 만한 것이었다. 육감적이란 말이 이토록 잘 어울리는 여인은 없을 것이다.

잘록한 허리에 비해 엉덩이와 가슴은 비정상적으로 큰 것이 교아의 몸이었다. 게다가 옷은 가린 곳보다 맨살을 다 내놓은 곳이 더 많으니 눈을 어디에 둬야 할지 모르는 상황인 것이다.

게다가 얼굴은 분명 미인형인데도 뭔가 조금 특별한 것이 보이고 있었다. 살짝 올라간 눈꼬리는 누가 봐도 한 남자로 만족할 만한 상이 아니었다. 시쳇말로 사람 홀리는 재주가 있게 생긴 얼굴이었다.

아무리 아비라 해도 그 역시 남자. 회주가 자신도 모르게 침을 흘리는 추태를 아무렇지도 않게 하는 그때였다. 교아의 목소리가 허공에 울렸다.

"다시 한 번 이야기해 봐요. 봉평 당신의 말을 들어야 확실히 알 것 같으니……."

몸을 기대어 회주의 가슴에 찰싹 안기며 그녀가 입을 열자 봉평은 작은 한숨을 쉬었다. 그러다 이내 진정을 한 듯 입을 열었다.

"저들이 물길을 이용하려 하는 것은 이유가 있습니다. 본 회는 그 어떤 곳에서도 즉각적인 싸움을 할 수 있도록 되어 있지만 단 한 군데 예외가 있습니다. 그것이 바로 수상전입니다. 즉 가장 약한 곳을 노린 것이지요."

"그건 아는 이야기다. 방법만 이야기해."

한참 눈요기하는 데 방해가 된다는 듯 회주가 입을 열자 그는 조아린 고개를 아래위로 끄덕였다. 그의 말은 계속되었다.

"최선의 방법은 역시 대검문처럼 우리도 조력자를 찾는 것입니다. 그래서 이번 일에 수왕궁(水王宮)의 도움을 받기로 했습니다. 그들이라면 충분히 가능한 일이니까요."

"수왕궁? 과거 흑선단이었던 자들을 말하나요?"

"그렇습니다, 아가씨. 바로 그들입니다. 물에선 그들 역시 일당백입니다. 스스로 최강이라 자부하는 은형수(隱形手)들을 보유하고 있기도 하지요."

"호오!"

봉평의 목소리에 그녀는 작은 탄성을 질렀다. 확실히 그들이라면 도움이 되었다. 말이 좋아 수왕궁이지 장강의 노략자나 마찬가지였다. 장강십팔채 놈들처럼 수적 떼인 것이다.

다만 수왕궁은 그들과 격이 달랐다. 무공 집단으로 변모해 가는 장영해와 싸우기 위해 그들은 무공을 익혔고, 그래서 흑선단이라는 이름을 버리고 수왕궁이 되었다.

"궁주인 흑해호(黑海虎) 임현(任賢)이란 자가 보통이 아니라고 듣기는 했지. 그자를 믿을 수 있나요?"

이젠 완전히 회주가 아니라 교아가 봉평과 이야기하고 있었는데 봉평은 조금 더 고개를 들며 이야기했다. 물론 여전히 그 시선은 땅을 향하고 있었지만 말이다.

"그를 믿을 수는 없습니다. 하나 흑련을 믿느니 그들을 믿는 것이 낫습니다. 우린 그들에게 이미 대가를 지불했고, 그들은 움직일 것입니다. 흑련이 개입한다면 우린 더 큰 것을 잃을 수 있으니……."

"뭐라?"

몽롱했던 회주의 눈이 일순 정상으로 돌아오고 있었다. 왠지 그의 몸에서 일어나는 기세가 심상치가 않았는데 그의 목소리도 조금 성조가 높아져 있었다.

"그들을 믿지 못한다, 이것이냐? 호, 이제 보니 네놈은 나의 결정에 불만이 많은가 보구나."

"아닙니다, 회주님. 절대 그렇지 않습니다. 제가 말하는 것은 닭 잡는 데 소 잡는 칼이 필요하진 않다는 것입니다."

"…이놈 봐라."

혈사도(血邪刀) 오초악. 사람들이 그를 부르는 이름이었다. 그 누구도 그에게 함부로 할 수 없었고, 그것이 오늘날 사은회를 일구는 가장 큰 밑거름이었다. 한데 눈앞에서 자신의 말을 뒤트는 놈이 있었다.

"네놈이 말로 포장한다 해도 결국 불만이 있다, 이거구나. 아니냐?"

"아닙니다, 회주님. 절대 그렇지 않습니다."

"아이, 아버님, 진정하세요."

오초악은 막 발작하려다 교아의 목소리에 다시 신색을 회복했다. 그는 작게 한숨을 내쉬더니 이내 다시금 입을 열었다.

"좋다. 어디 네놈의 판단이 얼마나 대단한지 다시 믿어보겠다. 한데 내가 알기론 이미 잘못되어 간다고 들었는데? 원래 가기로 했다. 무자춘(懋子春)이 그놈 외에 누군가 같이 따라갔다고 하는데, 맞나?"

"……."

그의 말에 봉평은 아무런 말을 하지 못했다. 엄연한 사실이었기에 그런 것인데, 변명하려면 할 수는 있지만 그것이 어떤 결과를 낳을지는 이미 알고 있었기에 말할 수가 없었다.

"잔이 놈이 따라갔다고 들었다. 네가 그놈을 제어할 수 있겠느냐? 큭큭."

"……."

봉평은 그저 땀만 흘릴 뿐이었다. 사실 이 점이 가장 봉평이 염려하는 부분이었다. 그의 아들인 오잔(吳殘)이 그곳으로 갔

으니 봉평의 말을 들을 리가 없었던 것이다. 솔직히 오초악이
나 오잔이나 하는 짓이나 성격 모두 같으니 말이다.

"이번 일로 네놈의 목숨을 결정하겠으니 생각해서 잘해라.
이 녀석이 하도 널 어여삐 여기니 봐주는 것이다. 알겠느냐?"

"아가씨께 감사드립니다."

봉평은 재빨리 입을 열었다. 지금 이 순간 조금이라도 그녀
의 기분을 거스를 수는 없었다. 그건 곧 죽음이니.

"오호호, 내가 무슨 힘이 있다고. 다 인자하신 아버님 덕분
이죠."

"물론입니다. 회주님께는 그저 복명할 뿐입니다."

"후, 마음에도 없는 저 소리. 끄응."

끼이익.

앉아 있을 때도 심상치 않았지만 막상 자리에서 일어나니
그의 몸은 상당한 크기였다. 그는 교아의 몸을 살짝 훑어보더
니 이내 신형을 돌렸다.

"널 보니 그냥 있을 수가 없구나. 나머진 네가 저 녀석과 상
의해라. 난 좀 쉬어야겠다."

"네, 아버님. 들어가세요."

끝까지 간드러진 그녀의 목소리를 뒤로한 채 그는 안채로
들어섰다. 걸으면 걸을수록 향긋한 여인의 살 냄새가 나는 것
같아 그의 얼굴엔 점점 웃음꽃이 피어오르고 있었다.

"자, 봉평."

"네, 아가씨."

"이제 진짜 계획을 좀 말해볼래요?"

"……."

봉평은 어깨를 다시 떨었다. 이제 커다란 태사의에는 그녀가 앉아 있었다. 그리고 그녀 역시 아비처럼 좋지 않은 분위기를 만들고 있었다.

"무자춘을 보내놓고도 왜 수왕궁에 도움을 요청했는지 말하지 않았지요. 바보가 아닌 이상 알 수 있는 일이에요. 진짜 목적을 말해봐요."

"아, 그건……."

잠시 머리를 굴리던 봉평은 더 이상 숨길 수가 없음을 직감했다. 어느새 등허리에 뭔가가 슬쩍 와 닿아 있었던 것이다.

그것이 무엇인지는 너무도 잘 알고 있었다. 그건 바로 연검이었다. 축 늘어진 연검이 등허리에 와 닿아 있었던 것이다.

"목표의 고립입니다, 아가씨. 더 이상 외부의 도움을 받지 않게 하기 위해 그리했습니다."

"외부의 도움?"

그녀의 입에서 나긋한 소리가 흘러나왔지만 더 이상 봉평의 귀엔 그것이 나긋하게 들리지 않았다. 세상 그 어떤 것보다 두렵게 느껴졌던 것이다.

"가장 중요한 것은 장영해의 도움입니다. 그들은 이제 움직이지 못합니다. 수왕궁은 과거 흑선단 시절부터 장영해와는 좋지 않은 사이. 당연히 그들로 하여금 이렇게 힘이 분산될 때 장영해를 치게 하면 더 이상 목표물엔 사람을 둘 수는 없을 것입니다."

"오호, 그럼 움직이지 못할 것이라는 보고는 거짓이었군요, 봉평."

그녀는 아주 흥미롭다는 듯 입을 열고 있었는데 과연 그럴 듯한 이야기였다. 하나 그건 한 가지를 더 생각해야만 하는 일이었다.

"그러나 진짜 배가 떠나지 않을 수도 있지 않아요, 봉평? 너무 자신하는 것 같은데?"

"아뇨. 그들은 그럴 수 없습니다. 누가 봐도 눈에 크게 띄는 배를 산 것이 그 이유입니다."

"음?"

또 한 번 이해하지 못할 이야기에 그녀는 고혹적인 미간을 찡그렸다. 그러자 마치 보기라도 한 듯 봉평의 입술이 다시금 열렸다.

"그건 장영해주의 생각을 외부에 알린 것입니다. 장영해주가 진정 그들을 걱정해 내보냈다면 아무도 모르게 은밀하게 움직였을 것입니다. 한데 반대로 움직였지요. 이건 몇 가지 가능성을 시사하는 것입니다."

"계속해 보세요."

아주 오래된 이야기를 듣는다는 듯 그녀는 자리에서 내려와 부복해 있는 봉평의 앞에 양 무릎을 꿇고 앉았다. 그리곤 양손으로 봉평의 양 볼을 살짝 잡고는 그녀의 무릎 위로 올렸다.

"분명 장영해주는 압력을 받았을 것입니다 그리고 그 압력

은 대검문, 본 회 양측에서 다 받았음을 물론이고, 또 한 세력
으로부터도 받았을 것입니다. 바로 흑련입니다. 헉!"

봉평의 입에서 헛바람이 새어 나왔다. 봉평의 얼굴이 그녀
의 무릎을 지나 허벅지까지 올라간 때문이었다. 봉평은 잠시
놀란 가슴을 진정하며 엉거주춤한 채로 계속 입을 열었다.

"그, 그런 자들에게 대항할 수 없으니 오히려 눈에 띄는 배
를 산 것입니다. 그러니 그냥 지켜보기만 해도 아는 출항시기
를 모를 리가 없겠지요. 그 배는 어떻게든 오늘 떠날 것입…
니… 꿀꺽……."

봉평은 자신도 모르게 침을 삼켰다. 어느새 그의 얼굴은 배
를 타고 그 위로 올라가고 있었다. 곧 다가올 광경을 상상하는
찰나, 그녀의 목소리가 다시 들려왔다.

"이상하군요, 봉평. 그래도 고작 보낸 것이 무자춘이라니 그
와 수하들은 겨우 오십여 명도 안 되는데 그들로 임무를 달성
할 것으로 보여요? 차라리 그보다 오라버니의 병력이 더 많아
보이는데요?"

그녀는 자신의 생각을 다시 말했다. 하긴 그건 정말 이상한
일이었다. 아무리 그들이 정신이 없다고 해도 그 정도 병력은
막아낼 수 있었다. 뭐, 수왕궁에서 도와준다면 모를까.

"그건 자연스럽게 해결될 것입니다 그들의 목숨을 노리는
사람은 우리뿐만이 아니지요. 그들이 대검문의 용호검을 가지
고 있는 한 전 무림이 다 그들의 적일 것입니다."

"용호검? 그게 뭐지요?"

순간 그녀의 손이 멈추었다. 봉평의 눈은 정확히 그녀의 봉긋한 가슴 양쪽 앞에 있었다. 가슴이 거의 풀어 헤쳐져 그 굴곡이 완연하게 보이는 상황을 보자마자 봉평은 자신도 모르게 입술이 열리는 것을 느끼고 있었다.

"그건… 대, 대검문의 가보입니다. 또한 화인당 사회의 여식인 연오하의 신랑감을 찾는 역할이기도 하구요. 지금 사회의 남편도 그 검을 뽑아냈기에 결혼했다고 들었습니다."

"오?"

"게다가 그 검엔 대검문의 창립자나 마찬가지인 대검삼우의 무공이 들어 있다고 합니다. 그러니 굳이 우리가 나서지 않더라도… 웁!"

봉평은 정신이 하나도 없었다. 이미 그의 정신은 나락으로 빠져들기 시작했는데, 오교아가 자신의 커다란 가슴 사이에 봉평의 얼굴을 묻었던 것이다.

"오, 봉평. 당신은 정말 하늘이 내려준 사람이에요. 한데 그 검을 다른 사람에게 준다는 것은 좀 그렇군요."

"웁, 웁."

뭐라고 이야기하고 싶어도 할 수가 없는 상황이었다. 아니, 하고 싶지 않다는 것이 옳았다. 그러자 그녀의 목소리가 다시금 울렸다.

"나도 가야겠군요. 내가 그 검을 좀 봐야겠어요. 과연 그럴 만한 가치가 있는 것인지. 오홋."

"웁… 우웁……."

봉평은 말을 하고 싶어서 버둥거렸지만 여전히 그녀의 두 손은 움직이지 않았다. 그러던 그녀가 벌떡 일어서 나가 버리고서야 그는 자유로워졌다. 자유로워지자마자 봉평은 자리에서 일어나 그녀의 뒤에 소리쳤다.

"안 됩니다, 아가씨! 괜히 그러다 일에 휘말리시면 큰일 납니다! 그러니……."

"이봐요, 봉평."

"네… 네?"

움직이던 걸음을 멈추며 그녀는 작게 웃었다. 그리곤 다시 교성을 내었으나 그 내용은 좀 전의 분위기와는 사뭇 달랐다.

"그 재수없는 눈 좀 치워줄래요? 부탁이에요."

"……."

봉평은 황급히 고개를 떨어뜨렸다. 그 아비나 그 자식이나 별다를 게 없었다. 어찌 보면 이 여인이 더 사악할지도 몰랐다.

하나 지금 문제는 그게 아니었다. 오초악의 아들딸이 모두 사건의 중심으로 휘말리려 하고 있었다. 이것이야말로 가장 위험한 일인데도 말이다.

크게 한숨도 쉬지 못한 채 봉평은 그저 고개만 숙이고 있었다. 그렇게 시간만 하릴없이 흘러갔다.

"그래서 지금 출항 자체를 금한다는 것입니까?"

"아니, 그건 아닐세. 다만 여기서 더 이상의 병력을 뺄 수는 없다는 것이지."

오각은 조금은 침중한 목소리를 내었다. 밀정들이 보내온 수왕궁의 동태가 심상치 않은 것이 제일 큰 문제였다. 원래 예정대로 병력이 본진을 비워놓는다면 어찌 될지 아무도 예상할 수가 없었던 것이다.

의뢰도 좋지만 그 의뢰 때문에 모든 것을 잃을 수는 없었다. 바로 그런 이유로 지금 출항에 대한 이야기를 하고 있는 것인데 상황은 생각보다 심각했다.

그것 외에도 보물에 대한 이야기가 파다하게 퍼져 이젠 어찌 돌이켜 볼 수 없을 정도가 된 것이다. 각종 도적 떼조차 지금 이 배를 노리고 있다는 이야기가 들리고 있었던 것이다.

"그럼 저희는 이대로 죽으란 말씀이신가요? 도저히 전 이해할 수가 없군요."

"언니, 그게 아니잖아요."

역시나 추국의 입에서 사람의 가슴을 찌르는 이야기가 흘러나왔고, 오하는 그런 추국을 달래고 있었다. 하나 그녀의 마음도 이해는 갔다. 해주기로 해놓고 이렇게 나 몰라라 하는 경우는 좀 그러니 말이다.

그러나 따지고 보면 이들이 곤경에 처한 것은 모두 자신들을 돕기 위해 생긴 일이라 할 말이 없었다. 그 모든 것을 종합해 생각해 보면 이들만을 탓할 수는 없었던 것이다.

"하면 해주님, 지금 여기서 더 병력을 빼신다는 말은 아니신지요? 이 배에 있는 모든 사람은 그대로 가는 것인가요?"

“그렇습니다. 이것이 최선이란 말씀을 해드리러 온 것입니다. 죄송한 마음 어찌 표현을 해야 할지…….”

오각은 연신 미안한 표정을 짓고 있었고, 그 옆에 있는 자운산 또한 살짝 안타까운 표정을 짓고 있었다. 그 두 사람이 저렇게 나오는데 더 이상 추궁할 수도 없기에 장운은 자리에서 일어섰다. 그는 포권을 하며 오각에게 말했다.

“그렇다면 출발하게 해주십시오. 어차피 하루 이틀에 끝날 일이 아니라면 저희는 이들을 믿겠습니다. 그렇다고 쉬이 풀려서 편히 갈 수 있는 것도 아니니까요.”

장운의 목소리에 모든 사람의 이목이 집중되었다. 일단 그의 결정이 일행의 결정임을 감안할 때 결과는 나와 있는 것이나 다름없었다. 다만 그가 아니라 다른 사람의 생각도 감안을 해야 했다. 그들을 지켜 나갈 사람들의 생각도 들어봐야 되는 것이다.

특히 들어봐야 하는 것은 오진영와 곽우, 그리고 자인손이었다. 자인손은 얼굴에 작은 웃음을 띠며 바로 입을 열었다.

“남들의 방해 때문에 배를 띄우지 못한다는 것은 있을 수 없는 일이지요. 우리는 장영채입니다. 그 누구도 우릴 막을 수는 없습니다. 적어도 이 장강에서는 말입니다.”

“맞습니다. 저 역시 있을 수 없는 일이라 생각합니다. 비록 더 이상의 지원은 힘들다고 하지만, 어차피 지원은 이 정도가 끝일 것이라 생각했습니다. 해주님께서는 따로 생각하신 것이 있다 하더라도 더 이상의 차출은 해를 위해 좋지 않음은 여기 있는 사람들 누구나가 다 알고 있는 이야기입니다."

자인손의 말에 오진영은 한 자 한 자 힘을 주며 이야기하고 있었는데, 사실 이번 일에 장영해에선 거의 반절에 가까운 힘을 쓰고 있었다. 이들을 호위하는 데 여기 있는 사람들뿐만 아니라 보이지 않게 암중으로 보호하는 사람들까지 내보내려 했던 것이다.

그러나 상황이 이렇다면 함부로 나설 수가 없었다. 장영해 자체가 이곳에선 큰 힘을 가진 것은 맞지만 그에 맞먹는 힘을 가진 단체 또한 분명히 있었다. 게다가 그 단체는 장영해와는 적대적인 노선을 걷는 자들. 당연히 조심해야 했다.

"그럼 곽우 네 생각을 듣고 싶구나. 넌 어떻게 생각하느냐?"

"……"

갑작스럽게 자신을 부르는 장영해주의 목소리에 곽우는 잠시 생각을 접었다. 그 역시 앞으로 어떻게 해나가야 할지를 생각하고 있던 참에 고개를 든 그의 눈에 수십여 개의 눈동자가 보였다.

왠지 살짝 부담되는 느낌도 있었지만 곽우는 그런 부담감이야 사실 그리 큰 신경을 쓰지 않았다. 그러나 이상하게도 한 사람의 눈길에는 긴장감이 어리고 있었다. 연오하의 눈길은 상당히 의식되고 있었던 것이다.

"그저 따를 뿐입니다. 출발하든 안 하든 제가 할 일은 여기 있는 이분들을 지키는 것. 그건 달라진 것이 없다고 생각합니다."

별다른 말을 하지는 않았지만 곽우는 이미 자신의 의견을 밝힌 것이나 다름없었다. 대부분의 결정에 따르겠다는 것이니 그것으로 끝이었다. 오각은 고개를 끄덕이며 말을 이었다.

"하면 나가시지요. 결정된 이상 지체하실 게 없을 것 같습니다."

오각을 위시한 사람들이 모두 나가자 그 뒤를 일행이 따랐다. 곽우도 아무런 말 없이 그 뒤를 따르려 했으나 문득 그의 어깨를 잡는 손 하나가 이를 막았다.

자운산이었다. 말없이 그를 바라만 보고 있던 그는 잠시의 시간이 흐른 뒤 입을 열었다.

"우아야, 명심하거라. 네가 지켜야 할 것은 저 사람들이다. 그 외엔 어떤 것도 중요하지 않다."

그의 말에 곽우는 힘차게 고개를 끄덕였다. 그것이 무엇을 의미하는지 모를 곽우가 아니었다. 직접적으로 이들의 목숨을 노리고 오는 사람뿐만이 아니라 그들이 가진 보물을 노리고 오는 사람들도 있다는 말이었다.

하나 이건 그야말로 그가 하고 싶은 이야기였다. 보물 같은 것은 그가 알 바가 아니었다. 중요한 것은 사람의 목숨이었다.

"좌우현 모두 준비! 닻을 올릴 준비를 하라!"

두 사람의 귓가에 위여산의 목소리가 들려오자 모두 신형을 움직였다. 이제 가야 하는 것이다.

자운산은 더 이상 아무런 말이 없었다. 그저 곽우의 등을 한 번 두드리고는 바로 선실을 나와 배에서 내리고 있었다. 그의 말처럼 그는 이 배에 타지 않을 작정이었던 것이다.

"준비되었습니다, 선장님!"

"닻을 올려라! 출항한다!"

"엿차!"

위여산의 목소리에 일꾼들이 분주히 움직이기 시작했고, 그 것이 시작이었다. 곽우가 탄 배는 좌우로 살짝 미동을 시작하더니 점점 항구에서 멀어져 갔다.

"어이, 조심하라고!"

"잘들 있어! 다시 올 때까지!"

여기저기서 안부 인사가 오가는 가운데 배는 점점 항구에서 멀어져 근 십여 장 넘게 순식간에 벌어지고 있었다. 그러자 위여산의 목소리가 들렸다.

"돛을 펼쳐라! 순풍을 받아 바로 간다!"

파라라라락!

거대한 소리와 함께 돛이 펼쳐지고 그 돛은 곧 찢어질 듯 크게 활처럼 휘었다. 제대로 바람을 받은 것이다.

"이제 가는 거예요, 누님?"

"그래, 이제 가는구나."

호랑의 목소리에 오하는 작은 웃음과 함께 답했다. 하나 웃는 와중에서도 그녀의 얼굴엔 한줄기 불안감이 나타나 있었다. 이미 적이 있음을 알면서도 움직이는 꼴이니 말이다.

그러나 그 불안은 이내 수그러들었다. 어느새 선수로 가 불어오는 바닷바람에 머리와 망토를 날리는 사내의 뒷모습 때문이었다.

　이유는 알 수가 없었다. 그를 포함해 호위대는 약 오십여 명. 믿어도 그들을 더 믿어야 되건만 그녀는 오직 한 사람만이 눈에 들어왔다. 유난히 시원한 웃음을 지닌 사내, 곽우의 뒷모습이었다.

第四章
사도 무자춘

1

쏴아아앗!

긴 물결이 치고 나가는 소리는 언제 들어도 가슴을 차분하게 만들었다. 힘들 때건 아니면 편안할 때건 곽우는 그 소리를 좋아했고 오늘도 그 소리를 느끼기 위해 선수에 나와 있었다.

두 발을 갑판에 굳건히 디딘 채 그는 어두운 바다를 바라보고 있었지만 이미 이경이 넘어 삼경으로 향하는 시간이기에 세상은 어두움 그 자체였다. 안력을 돋운다고 해서 보일 세상이 아니었다.

게다가 짙은 운무로 인해 시계는 거의 없다고 보는 것이 옳을 정도의 날씨였다. 그야말로 소리만 듣기 딱 좋은 날씨였는데, 하나 그렇다고 해서 경계를 게을리 할 수는 없었다. 사실

물소리도 좋았지만 오늘 번(番)을 서는 것이 자신인 것도 여기 나와 있는 이유 중의 하나였다.

달칵!

"……."

주위의 소리와는 아주 이질적인 소리가 들려오지만 곽우는 고개도 돌리지 않았다. 문이 여닫히는 소리야 보지 않아도 알 수 있었다. 게다가 이어 들려오는 무겁지도, 그렇다고 가볍지도 않은 발자국 소리의 주인이 누구인지조차 잘 알고 있었다.

"오늘도 나와 계시는군요. 날이 추운데 굳이 이러실 필요가 있나요?"

언제나 들어왔던 차분한 목소리가 들리자 곽우는 신형을 돌렸다. 그리곤 빙글 웃는 얼굴로 그녀에게 말했다.

"당연한 일입니다. 이것이 제가 할 일이니까요. 낭자야말로 오늘도 나오셨군요. 굳이 이렇게 하시지 않아도 될 일입니다."

곽우는 살짝 미안한 표정을 짓고 있었는데 그건 이렇게 연오하가 온 것이 처음이 아니었기 때문이다. 그녀는 그동안 매일 이 시간에 잠을 자지 않고 갑판에 올라왔던 것이다.

항구를 떠난 지 오늘로 칠 일째. 그런데 이상하리만치 조용한 항해를 해오고 있었다. 물론 아직 장영해를 벗어난 지 얼마 안 되어서 그럴 수도 있지만 그래도 위험하게 느낄 만한 아무런 징후가 없다는 것은 이상한 일이었다.

상황이 이렇다 보니 오히려 배 안에서 문제가 발생하려 했는데, 무사들의 긴장이 많이 풀어지고 있었다. 그리고 그 점이 곽우로 하여금 더욱더 경계심을 끌어올리는 계기가 되고 있었다.

그것이 오늘 곽우가 이 뱃전에 나와 있는 이유였다. 오늘이야 원래 번이어서 나왔지만 사 일 동안 내내 곽우는 나와 있었다. 다른 사람이 번을 서든 말든 말이다.

"그 어깨에 망토를 왜 쓰고 다니시는지 이제야 알 것 같군요. 역시 물에서 불어오는 바람은 상당히 매섭네요, 곽 공자님."

"하하, 처음 바람을 맞으시는 분들이야 다들 힘들어하시지요. 뭐, 저희야 오랫동안 이렇게 살아왔으니까요. 그나저나 제 것인가요?"

"아, 이 정신 하고는. 여기 있습니다, 곽 공자."

연오하는 얼른 손에 든 것을 곽우에게 내밀었다. 그녀가 내민 것은 작은 호로병이었는데 따뜻하게 데운 술이 들어 있었다. 아직은 추운 밤공기를 이기기 위해 취하지 않을 정도로 술을 준 것이고, 곽우는 많이 해본 듯 받자마자 뚜껑을 열어 입으로 가져갔디.

연오하는 그 모습을 그저 바라만 보고 있었다. 그건 곽우가 술 마시는 모습이 마음에 들어서가 아니었는데, 사실 그녀의 입장에서 보면 지금 곽우의 모습은 신기하기 그지없었다. 몸의 중심도 잡기 힘든 이런 배 위에서 저렇게 술까지 편하게 마시는 것을 보면 말이다.

어느 정도 배가 크다고는 하지만 기실 이 배의 움직임은 상당한 편으로 연오하는 처음엔 제대로 걷지도 못했다. 그런데도 한 손으로 술병을 잡아 따뜻하게 데운 술을 한 모금할 정도로 여유있는 움직임을 보니 신기할 수밖에 없었던 것이다.

"훗."

호기심에 눈을 반짝이던 연오하의 입에서 작은 웃음소리가 흘러나왔다. 그건 지금 곽우의 모습 때문이었는데, 한쪽 어깨에 두르고 있던 망토를 쫙 펴서 온몸을 두르고 있었던 것이 흡사 나무 둥치 같았던 것이다.

아마도 나름대로 추위를 막기 위한 수단인 듯했고, 따뜻한 술도 그렇게 이야기될 수 있었다. 많이도 아니고 조그만 호로병에 반 정도 담긴 것을 먹고 버티는 것이니 문제가 될 것은 없었다. 취하기 전에 추위가 먼저 엄습할 테니 말이다.

살포시 웃는 그녀의 웃음소리가 들리자 곽우는 호리병을 입에 문 채로 그녀를 향해 눈을 돌렸다. 작게 웃는 그녀의 눈꼬리가 왠지 이목을 확 끄는 가운데 곽우는 입을 열었다.

"뭐 재미있는 일이라도……."

"아니에요. 곽 공자의 모습을 보니 조금은 재미있는 생각이 들어서요. 어릴 때 부모님이 해주시던 괴물 이야기가 생각나요. 나무 뿌리 괴물이라든가? 하여튼 그런 것이었어요."

"괴… 물이요?"

한쪽 눈썹을 찡긋하니 올리며 곽우는 입을 열었고, 그녀는 하얀 치아를 보이며 웃기 시작했다. 한데 그 순간, 뒤에서 사람의 음성이 들려왔다.

"이거 이 늙은이가 분위기를 망치는 것이 아닌가 모르겠군. 허허, 어디로 돌아가야 되나?"

차분한 목소리의 주인은 자인손이었다. 그는 어느새 곽우와 연오하의 옆에 와 있었는데, 그러자 연오하는 살짝 얼굴을 붉히며 말을 이었다.

"아닙니다, 자 대협. 그냥 이런저런 이야기를 하는 중이었어요."

"하하하, 부당주님, 잠이 오지 않으십니까? 내일을 위해 조금 주무셔야 하지 않겠어요?"

연오하와 곽우의 목소리에 자인손은 그저 웃더니 이어 나직한 목소리로 대꾸했다.

"늙으면 잠이 사라진다고 하더니 그 말이 정답인 듯하다. 잠이야 오늘 안 자면 내일 자면 되는 것이니. 허허허, 그것보다 소저는 괜찮소? 다른 사람들은 지금 다 난리들인데."

"예. 이상하게도 전 괜찮습니다. 별달리 힘든 것도 없고요."

"허허, 그것참."

자인손은 신기한 눈으로 연오하를 바라보았는데 그건 곽우도 마찬가지였다. 지금 다른 일행은 거의 다 선실에 누워 있었고, 이는 배 멀미 때문이었다. 상당히 심한 배 멀미에 다들 고생하고 있었던 것이다.

그런데 연오하만이 그런 배 멀미에서 너무나 자유로웠다. 흡사 그런 것을 왜 하느냐는 듯 그녀는 너무도 멀쩡하게 선상

생활을 시작해 곽우로서는 오히려 당황스러울 정도였다.

돌이켜 생각해 봐도 그와 자인손이 처음 배에 승선했을 때조차 이렇지는 않았다. 그야말로 불가사의라고 할 수 있을 정도였던 것이다.

"아무래도 소저는 뱃사람의 체질을 타고난 모양이외다. 여태껏 이렇게 배를 많이 탔어도 소저 같은 사람은 본 적이 없소이다."

"저도 그렇습니다. 연 소저, 진짜 대단해요."

곽우까지 손가락을 들어 올리니 그녀는 괜스레 얼굴이 화끈해지는 것을 느낄 수 있었다. 배 멀미 하나 안 한다는 것이 엄지손가락을 들어 올릴 정도로 대단한 것인가 하는 생각이 문득 들었던 것이다.

아니, 사실 그것보다는 자신이 화젯거리가 되었다는 것만으로도 이렇게 얼굴이 화끈거렸다. 자신이 예쁘다고 말한 것도 아닌데 말이다.

"그나저나 앞으로도 이렇게 조용하게 흘러갔으면 얼마나 좋을까마는 이 평화가 언제까지 갈지 모르겠구나."

순간 신색을 바꾸며 자운산이 말하자 곽우와 연오하는 동시에 얼굴을 굳혔다. 그의 말처럼 지금의 평화는 언제 끝날지 모르는 일이었고, 게다가 반드시 깨어진다는 전제를 담은 평화였으니 말이다.

"될 수 있으면 오래가기를 바라는 수밖에요. 어쨌든 저들이 유리한 것은 사실입니다. 우리는 노출되어 있고 저들은 그렇지 않으니까요."

"그렇지. 그 점이 가장 걱정되는 부분이다. 암습을 받을 수밖에 없는 상황이라는 것, 그리고 그 적이 누구라는 것도 아직 모르니."

자인손의 목소리에 곽우는 조금은 가슴이 답답해졌다. 차라리 지금 누가 오고 있다고 하면 그에 대비를 하겠는데 그런 상황이 아니니 참으로 답답한 노릇인 것이다.

"하나 누가 오든 상관……."

"잠깐만, 우아야."

"네?"

곽우는 눈을 좁혔다. 날카롭게 빛나고 있는 자인손의 눈은 허공을 향하고 있었다. 물론 아무것도 보이지 않는 저 어둠의 끝이었다.

"무슨……?"

곽우가 말을 하다 말고 왼손을 허공으로 들자 손에 들고 있던 호리병은 땅에 떨어지고 그의 손엔 어느새 몸에 두르던 망토가 들려 있었다. 이어 곽우는 빠르게 왼손을 휘둘렀다.

파라라라락!

허공 가득 파공음이 들린다 싶은 순간 곽우의 망토가 연오하의 앞에서 쫙 펴졌다. 연오하는 그저 두 눈만 껌뻑이며 서 있을 뿐이었다.

파앙!

주름 하나 없이 팽팽하게 펴진 망토에 눈길을 던진 순간 연오하는 누군가 그녀의 어깨를 휘감는 것을 느꼈다. 이어 그녀는 현기증을 느끼며 어딘가로 몸이 빠르게 움직이는 것을 느꼈다.

"아앗!"

얼굴을 찡그리며 작은 비명을 지를 정도로 강대한 힘을 생각하건대 필시 그건 곽우의 팔일 터이다. 한순간 그녀의 어깨를 둘러 가슴으로 끌어당긴 곽우의 행동은 그것으로 끝이 아니었다.

휘리링! 콱!

오른손에 들고 있던 장창을 휘돌리더니 창날을 아래로 향하게 한 뒤 뱃전에 살짝 박아 넣고 있었다. 그러더니 그는 몸을 모로 세우며 넓은 장창 날의 뒤편에 숨었다. 연오하의 몸은 그의 가슴 앞쪽에 푹 파묻혀 있었고 말이다.

"고, 공자, 이게……."

대관절 무슨 일인지 물어보려던 연오하는 이내 입을 다물었다. 곽우가 왜 이런 이상한 행동을 하는지 바로 알 수 있었던 것이다.

파파파파팟!

허공에 띄워 올렸던 곽우의 망토는 순식간에 걸레가 되었다. 그것도 조각조각이 나버리자 연오하는 말도 못하고 입만 벌릴 뿐이었다. 이어 그녀의 귓가에 섬뜩한 소리가 들려왔다.

따다다당! 따당! 따다당!

쇠와 쇠가 서로 부딪치는, 신경을 거슬리는 소리가 들려오자 그녀는 순간 몸을 움찔거렸다. 그건 곽우의 장창 날에 뭔가가 부딪치는 소리였다. 문득 그녀는 눈을 돌려 바닥에 떨어진 것이 무엇인가를 보았다.

번뜩이는 예기가 느껴지는 삼각형의 뾰족한 화살이었다. 한데 일반적인 화살이 아니라 활촉의 크기가 세 배는 커 보였는데 그제야 그녀는 상황을 알 수 있었다. 적의 습격이 시작된 것이다.

"후미 번은 무엇을 하는 게냐! 어서 호각을 불거라!"

"네, 넷, 부당주님!"

삐이이이이익!

경계를 서던 자가 대나무로 만든 호신용 피리를 불어대자 밤의 정적은 대번에 깨어졌다. 이곳저곳에서 부산스런 목소리가 들려오자 곽우는 오른손을 움직였다.

시렁!

박혀 있던 장창을 뽑아 들며 그가 신형을 일으키자 연오하도 같이 일어섰다. 곽우의 품에 꽉 안겨 일어서던 그녀는 순간 소름이 끼치는 것을 느낄 수 있었다. 그녀가 있던 자리는 날아온 화살로 완전히 고슴도치가 되어 있었다. 곽우가 아니었다면 숨통이 끊어졌어도 벌써 끊어졌을 것이다.

그제야 그녀는 현실이 인식되었다. 그간 마치 유랑이라도 나온 듯 그렇게 움직였건만 절대 유랑이 아니었던 것이다.

누군가 그녀의 목숨을 노리고 있었고, 그것이 현실이라는 것이 느껴지자 그녀는 자신도 모르게 몸이 떨려왔다. 온몸의 힘이 빠지는 것과 동시에 귓가에 곽우의 목소리가 들려왔다.

"두려워 말아요, 연 낭자. 당신은 안전합니다."

"……."

별것 아니었다. 그저 안심시키려는 한마디임을 그녀는 잘 알고 있었지만 지금 이 순간 그건 마법과도 같은 효과를 내고 있었다. 그의 한마디에 거짓말처럼 몸의 떨림이 멈추어졌던 것이다.

확실히 몸에 힘이 들어가는 것을 느끼며 그녀는 주위를 다시금 둘러보았다. 공격의 흔적은 있었지만 더 이상의 공격은 없었다. 그리고 그 순간 뒤쪽에서 시끄러운 소리가 들려왔다.

콰앙!

"무슨 일이야!"

"이 녀석들, 무슨 경계를 이따위로! 모두 제 위치로!"

잠을 자거나 쉬던 사람들이 모두 깨어나고 있었다. 심지어 멀미로 누워 있던 추국과 연호랑까지 다 일어나게 된 것인데, 곽우는 그들을 향해 입을 열었다.

"예상했던 일이 일어난 것뿐입니다. 새삼스러울 것도 없는데 뭘 그리 놀라십니까?"

씨익 웃으며 그가 말하자 보던 사람들의 입에서 실소가 흘러나왔다. 그러자 오진영이 말했다.

"그게 지금 한 손으로 연 낭자를 안고 할 이야기냐? 무슨 풍류남아를 연출하는 경극도 아니고 뭔 대사가 그래?"

"에?"

곽우는 잠시 그게 무슨 말인지 몰라 멍해 하다가 이내 왼팔
의 힘을 풀었다. 그냥 안고 있는 정도가 아니라 연오하의 신형
을 거의 가슴에 파묻다시피 한 것을 이제야 알았던 것이다.

당황한 것은 곽우뿐만이 아니었다. 그의 품에 있던 연오하
역시 당황하긴 마찬가지였다. 곽우의 왼팔의 힘이 풀어지자
그녀는 얼른 연호랑의 곁으로 왔다.

"괜찮은 거냐?"

"응, 언니. 괜찮아."

핏기 없는 얼굴을 한 채 물어오는 추국에게 그녀는 나직한
목소리로 말했다. 추국은 빠르게 눈으로 그녀의 몸에 상처가
없는지를 살펴보다 이내 없는 것을 확인했는지 작게 한숨을
쉬었다.

이후 곽우를 향해 그 찌릿한 눈을 돌리자 곽우는 재빨리 시
선을 돌렸다. 죄지은 것은 없지만 그래도 민망한 상황은 맞으
니…….

다행히 상황이 상황인지라 더 이상 곽우에게 관심을 가지지
않았다. 보이지 않는 적에게 관심이 돌려진 것인데 너무도 당
연한 일이있다. 지금 중요한 것은 적이지 그가 아니었으니 말
이다.

그그그그그궁!

바로 그 순간 흐릿한 공기 속에서 기분 나쁜 소음이 흘러나
오고 있었다. 뭔가 삐걱대는 소리인 것 같기도 했지만 배에 탄
대부분의 사람들은 그 소리가 무엇인지 잘 알고 있었다. 이건

배에서 나는 소리였던 것이다.

꽤나 큰 배가 강물과 마찰하며 내는 소리였다. 그리고 그 소리는 물살을 역으로 탈 때 나는 소리였다.

그건 누군가 저 앞에서 거꾸로 오고 있다는 뜻이었다. 이윽고 그들의 눈에 한 척의 배가 눈에 들어왔다. 그저 외곽선만 보일 뿐이지만 규모는 대충 알 수 있었다. 꽤나 큰 것으로 이쪽의 배와 비교해도 별 차이가 없었다.

그리고 그 뱃전에 한 사람이 서 있었다. 물론 어떤 사람인지 보일 턱은 없었다. 한데 그때였다.

화르르륵.

횃불 하나가 피어오르며 그쪽에 서 있는 사람의 모습이 보였다. 사람들은 안력을 좁히며 그를 바라보았는데 거리는 약 이십여 장. 서로 간에 얼굴을 구분하긴 힘들었지만 그리 나이가 많지 않음을 짐작할 수 있었다.

박도보다는 크지만 구환도보다는 작은 도 하나를 차고 있는 사내가 제일 앞에 있었고, 그 뒤로 활을 든 궁수들이 보였다. 누가 봐도 이 활은 내가 쏜 것이라고 이야기하는 상황이나 마찬가지였다.

"건방진! 우리도 불을 밝혀라!"

화르르륵!

위여산의 말에 수부들이 움직여 뱃전에 불을 밝히자 이젠 이쪽의 광경이 드러났다. 그러자 저쪽 배에서 말소리가 들려왔다.

"본인은 사음회의 무자춘이라 한다! 책임자는 앞으로 나서라!"

그리 큰 소리는 아니었지만 그렇다고 안 들릴 정도는 아니어서 그의 무공이 어느 정도인지를 알게 했다. 물론 내력만으로, 또는 지금 일부러 적게 보일 수는 있지만 일류고수를 뛰어넘었다고 할 정도는 아니었다.

하나 중요한 것은 사음회라는 것이었고, 그 뒤를 이어 들린 무자춘이라는 이름이었다. 그는 무명의 소졸이 아닌 것이다.

"사도(絲刀) 무자춘? 이거 처음부터 강하게 나오는데?"

자운산이 조용히 입을 열자 사람들의 얼굴이 살짝 어두워졌다. 역시 사음회에서는 이들에게 보통 신경을 쓰고 있는 것이 아니었다. 사도 무자춘이라면 사음회의 이 할 이상의 전력인 것이다.

"책임자라고 하긴 뭐하지만 할 말이 있다면 어서 해봐라! 본인은 장영해의 오진영이다!"

"오호, 장영해의 소주께서 직접 나섰구면. 좋아, 좋아. 역시 장영해는 우리가 아니라 대검문을 선택했다라……."

무사춘은 비릿한 웃음과 함께 입을 열었다. 왠지 그렇게 예상하고 있었다는 듯했고, 그 점에 관해서는 그리 크게 신경 쓰지 않는 것처럼 보였다.

"두말하지 않겠다. 연오하와 연호랑을 넘겨라. 그럼 장영해의 책임은 묻지 않겠다. 알아듣겠나?"

"넘겨? 책임?"

오진영의 눈길이 매서워지고 있었다. 이제 보니 협상을 하러 온 것이 아니라 그냥 치겠다는 속셈이었다. 하긴 야간에 화살부터 날린 놈에게 무슨 대화를 바라겠는가? 오진영은 손을 흔들며 곽우에게 말했다.

"이봐, 곽우. 답을 달라는데?"

"그래? 그럼 답해줘야지."

오진영의 말이 끝나자마자 곽우는 바로 입을 열며 오른발을 움직였다. 그의 오른발이 아래에서 위로 차 올려지는 순간 바닥에 꽂혀 있던 뭔가가 허공으로 숫구쳤다.

티이잉!

그건 화살이었다. 보통 화살촉 크기의 세 배에 달하는 대함용(對艦用) 화살이 허공에 떠오른 것인데, 이어 곽우의 신형이 빠르게 움직였다.

허리를 힘껏 틀면서 그가 움직이고 있었다. 찰나간이지만 곽우의 양팔이 터질 듯 부풀어 오른 듯했는데 그의 신형은 한 개의 회오리가 되어 자리에서 빠르게 휘돌았다.

그리고 그 손에 들려 있던 장창은 쫙 퍼진 상태였다. 이윽고 그의 넓은 창날 면이 화살을 때렸다.

"차앗!"

파사삿! 따아아아앙!

화살대를 박살 내며 화살촉만이 창면에 팅겨져 앞으로 쏘아져 나가자 모두의 시선이 그 촉을 향했다. 거의 활로 쏜 것과 같은 속도로 나가는 그 촉은 정확히 무자춘을 향해 가고 있었다. 문득 무자춘의 눈빛이 반짝이는 것이 보이는 듯했다.

무자춘은 아무런 말을 하지 않고 있었다. 그저 왼손을 들어 올려 병기를 가슴까지 끌어올릴 뿐이었다. 그리곤 그의 오른손이 움직였다.

스릉, 따아아앙!

약 두 뼘 정도 빼어 든 그의 도면에 곽우가 날린 화살촉이 맞아 튕겨나고 있었다. 그 빼어 든 도의 옆으로 무자춘의 날카로운 눈매가 보였다.

"큭큭, 이것이 대답이라 이거냐?"

"그럼 장난일까?"

무자춘의 말에 오진영이 입을 열자 무자춘은 하얀 이를 내놓으며 웃었다. 한순간에 비릿한 웃음으로 인해 분위기는 급격하게 냉각되고 있었는데, 그때였다.

"그렇다면 방법은 단 한 가지, 무력뿐이군."

"빨리도 알아줘서 고맙다. 아니, 화살로 사람 깨워놓은 것을 감사하다고 해야 하나?"

애당초 방법이 틀렸다는 것을 깨우쳐 주기 위한 우회적인 말장난에 무자춘의 하얀 이는 점점 더 크게 보이고 있었다. 서로 간의 설전이 오가는 가운데 배는 어느새 십오 장 거리로 좁혀들고 있었다.

"좋아. 대체 뭘 믿고 이렇게 까부는지 한번 봐야겠군. 자운산 하나 믿고 까분다면 그것이 얼마나 오산인지 뼈저리게 느끼도록 해주겠다."

무자춘의 입에서 그르렁거리는 소리가 들려오자 일순 일행은 긴장하기 시작했다. 거리는 점점 더 가까워지고, 이렇게 간다면 머지않아 배는 서로 닿을 것이다. 그러니 활을 쏜다면 더더욱 위험한 순간인 것이다.

"뭐 어떻게든 해야 하지 않겠어요? 그냥 이대로 있을 거에요?"

답답한 마음에 추국이 입을 열었다. 아직 머리가 어질하다는 듯 휘청이는 몸을 보면 도저히 나서서 싸울 입장은 되지 않았으나 그녀는 이미 병기를 손에 쥐고 있었다. 여차하면 싸우겠다는 뜻인 것이다.

"아니, 정말 이대로 가만히……."

"그만 하거라, 추국아. 물에서는 이들이 전문가이니라. 방법이 있을 것이야."

아무도 반응이 없자 추국은 정말 나서려는 듯 신형을 옮기려다 장운에게 저지당했다. 그리고 그때 위여산의 입이 열렸다.

"소저께서는 잠시 뒤로 물러서 있으시오. 이미 활로 고슴도치를 만들려 했다면 그전에 했어야 했소이다. 이렇게 상대가 활을 가지고 있다는 것을 안 후엔 그리 두려울 것이 없소."

"에?"

위여산의 말에 그녀는 눈을 동그랗게 뜨며 반문했다. 대체 뭐가 두려울 것이 없다는 것인지 모를 이야기였는데, 그때였다. 위여산의 입술이 다시 열렸다.

"아무래도 믿기지 않으시는 모양이니 한번 보여 드리리다. 방선(防船)!"

"방선!"

타타타타타탁!

그냥 위여산이 말했을 뿐이었다. 한데 정말 일사불란한 움직임이 보여지고 있었는데, 어느새 주위에 커다란 나무 방패들이 빽빽이 꽂혀 있었다. 이래선 활이고 뭐고 소용이 없었다.

"활로 승부를 볼 놈들이었으면 말이고 뭐고 그냥 날렸을 것이외다. 그 활에 불이라도 붙였다면 더더욱 좋았겠지요. 하나 놈들은 그렇게 하지 않았소. 대신 우리로 하여금 그저 말을 하게 만들었을 뿐이오."

위여산의 말은 계속되고 있었다. 왠지 그의 말을 듣다 보니 지금의 상황이 누군가가 의도적으로 만들어가는 듯했는데, 그러자 이번엔 장운의 입술이 열렸다.

"일리있는 말씀입니다. 저 역시 제가 저자의 입장이라도 처음부터 화공을 썼겠지요. 그것이 정석이니까요. 한데 시간만 끌었다라……."

잠시 생각하는 듯 장운은 입을 닫았지만 생각할 것도 없었다. 그 이유가 뭔지는 어느 정도 눈치 채고 있으니 말이다.

"시간이 필요한 것이지요. 어느 정도 가까이 다가올 시간. 그래서 이 배에 오르려는 생각입니다."

"백병전을 하겠다는 말인가요?"

위여산의 목소리에 장운은 확인하듯 다시 물었다. 그의 말처럼 상대는 지금 백병전을 염두에 두고 있었다. 이유를 알 수는 없었지만 말이다.

"기습의 유리함을 버리고 굳이 정면승부를 한다라……. 대체 무슨 생각인지 알 수가 없군. 이것이야 우리도 바라는 바지만 뭔가 이상하지 않은가?"

"그렇습니다, 숙부님. 뭔가 따로 노리는 것이 있겠지요. 하나 우리에게 불리할 것은 없습니다. 이런 상황이라면 말입니다."

자신의 말에 확인하는 듯 말하는 곽우를 보며 자인손은 고개를 끄덕였다. 사실 가장 위험한 것이 이런 기습이었다. 한데 그 기습의 유리함을 버리고 백병전을 한다면 솔직히 별로 두렵지 않았다.

이곳에 있는 호위대원들은 상당한 실전을 거친 사람들이었다. 오십여 명 남짓이지만 수상에서 겪을 수 있는 싸움은 거의 대부분 거쳤다. 백병전 역시 그 안에 들어가 있는 것이다.

물론 저쪽 수부도 대단하다고 이야기할 수 있을지 모르지만 적어도 이 장강에서는 그들이 최고였다. 그 누구도 장영해를 이길 수는 없었던 것이다.

피피피피핑! 콰가가가각!

"……!"

갑자기 건너편 배에서 무엇인가 날아오르더니 뱃전에 틀어박혔다. 얼른 눈을 돌려 바라본 사람들의 눈에 보이는 것은 꽤나 큰 호수구였다. 그 뒤로는 단단한 밧줄이 연결되어 팽팽

히 늘어져 있었는데 이제 보니 배를 잡아당길 요량인 듯 보였
다.

"이것들이 사람을 바보로 보나! 끊어버렷!"

"넵!"

타타탁!

한 칼에 줄이 잘리면서 어느새 호수구들만 바닥에 널브러진
가운데 한 수부가 마지막 줄을 잘라 버리려 하는 순간이었다.
그의 눈앞에 누군가의 손이 나타났는데 바로 곽우였다.

"응? 왜 그러나, 곽우?"

"잠시만요, 주씨 아저씨."

말은 주씨에게 했지만 그의 눈은 수부 주씨가 아니라 저 앞
에 있는 배를 향하고 있었다. 곽우의 시선이 향하는 곳에는 한
사람이 있었는데 딱 하나 남은 줄 앞에 서 있는 것은 스스로를
무자춘이라 칭한 사람이었다. 한 발을 줄 위에 올린 채 마치
걸어오겠다는 듯한 표정을 짓고 있었던 것이다.

한데 웃기는 것은 그 뒤에 있던 자들이었다. 무자춘의 뒤에
있는 무사들은 올라올 기미가 없었다. 정말 무자춘만 건너오
려는 듯이 보였던 것이다.

"크훗, 이거 이거 이렇게 내 마음을 몰라주나? 뭐, 괜찮아.
어차피 한 줄이면 족하니."

비릿한 웃음을 지으며 정말로 무자춘은 밧줄 위로 몸을 움
직이고 있었다. 그 뒤에 선 자들은 뱃전에 붙은 둥근 쇠고리에
줄을 끼운 채 배가 가까워질 때마다 팽팽하게 유지되도록 잡

아당기고 있었다. 진짜 누구 하나 같이 올라올 태세가 아니었던 것이다.

"올라와라, 자인손! 내 한 번쯤 보고 싶었다! 일회창사의 실력을 말이다!"

자신있게 소리치는 그를 보며 조금 뒤쪽에 서 있던 자인손은 씨익 웃었다. 그리곤 그를 상대하기 위해 앞으로 한 걸음 나섰는데, 그때였다.

"부당주님, 일단 제가 나서보겠습니다."

"응?"

곽우가 뱃전에 발을 올려놓으며 말하고 있었다. 곽우는 그 상태에서 고개만 뒤로 돌린 채 말을 이었다.

"어떤 자들이 더 있는지 모릅니다, 부당주님. 혹 저 안개 속에 진짜 고수라도 있으면 큰일이지요. 어쨌든 저놈들은 다짜고짜 화살부터 날린 놈들. 무슨 짓을 해도 믿을 수가 없습니다."

일리있는 말이었다. 사실 처음부터 자인손이 나서는 것이 그리 좋은 일은 아니었다. 자인손은 이곳 호위단의 최고수. 혹여 그가 잘못되는 날엔 처음부터 힘들어질 수가 있었다.

어쩌면 상대는 그 점을 염두에 두고 첫 대면에 무자춘을 내놓은 것인지도 몰랐다. 생각이 거기까지 이어지자 자인손은 곽우를 향해 입을 열었다.

"내력을 포함한 거의 모든 것이 저자의 우세. 그러나 너라면 해볼 수도 있다고 생각한다. 할 수 있겠느냐?"

"물론입니다, 부당주님. 반드시 이긴다고 말씀드리긴 힘들어도 최선을 다한다는 것은 언제든 말씀드릴 수 있습니다."

탓!

사뿐히 줄 위에 올라서며 곽우는 눈을 들어 상대를 바라보았다. 무자춘은 비릿한 웃음을 지으며 곽우를 향해 소리쳤다.

"애송이가 날뛰는 걸 놔두는 것을 보니 자인손의 이름도 떨어질 때도 되었구나! 죽고 싶지 않다면 썩 비켜라!"

으르렁거리며 그는 곽우를 위협하고 있었다. 그러나 곽우는 그와는 대조적으로 한쪽 입술을 올리며 작은 웃음과 함께 입을 열었다.

"한밤에 남의 배에 활이나 쏘는 사람이 무슨 예를 차리고자 이름을 논하는 것이오? 농담이 심하시구려."

슬쩍 웃으며 하는 그의 말에 무자춘의 얼굴이 일그러지고 있었다. 그는 오른손을 도파에 올리며 다시금 입을 열었다.

"큭, 빌어먹을 놈이 주둥이만 살았군. 네 사부가 무공이 아니라 입심만 가르친 모양이구나."

스르르르롱!

그의 손에 섭뜩한 도가 들리고 있었다. 그리고 그 도가 보이는 순간 곽우는 앞으로 이미 움직이고 있었다. 결정했으면 더 버틸 필요가 없었다. 선공이 살 길인 것이다.

2

사도 무자춘이란 이름은 그냥 얻어진 것이 아니었다. 적어도 십여 년 이상 많은 격전을 치루는 와중에 그를 지켜보던 수많은 사람들이 붙여준 것이었다.

그것이 별호라는 것이었고, 그 별호는 결코 자신을 과시하기 위해 만들어지는 것이 아니었다. 남들이 불러주는 만큼 영광스러운 일이었고, 때론 그 별호를 위해 목숨을 걸기도 했다.

따라서 별호를 가지고 있는 것 자체로도 상당한 무위가 있음을 증명하는 것이었고, 일정 수준 이상의 무공을 가지고 있다는 뜻을 의미했다. 그러니 그 별호를 가진 사람과 싸운다는 것은 강자와 싸운다는 뜻이 될 수도 있는 것이다.

그러하기에 무공 수준이 낮은 사람들은 상대가 별호를 가지고 있다는 것 하나만으로도 부담을 느끼기 마련이었고, 이는 자멸을 불러오는 결과로 작용할 수 있었다. 그건 그간 강호를 살면서 수없이 경험해 왔다.

그런데 오늘은 그 경험이 전혀 통하지 않고 있었다. 혹시 어디서 별호를 가진 녀석이 강호초출 행세를 하고 있는 것이 아닐까 하는 생각이 들 정도로 그만큼 훌륭한 움직임을 보여주고 있었던 것이다.

곽우라 했다. 한데 그 이름은 정말 들어본 적이 없었다. 어째서 이 정도의 실력을 가진 사람이 무명이라는 것인지 이해가 되지 않을 정도였는데, 거대한 몸에 어울리지 않는 유연함이 있었고 또한 섬세함도 같이 갖추고 있었다.

병기까지 무식한 크기의 장창을 사용하는지라 처음엔 거리만 벌리지 않는다면 될 듯해 보였다. 그런데 전혀 그렇지 않은 상황이 펼쳐지고 있었던 것이다.

스스슷.

정말 모르는 사람이 본다면 무자춘 자신의 신형을 일컬어 유령이라 할 것이다. 전후좌우 흔들림이란 전혀 없는 채로 미끄러지듯이 이 줄 위를 타고 가니 말이다.

"훗."

무자춘은 작은 기합성과 함께 오른손을 들어 올렸다. 보통 박도보다 조금 더 큰 그의 기형도가 허공으로 들렸는데 기합 소리는 다름 아닌 그의 내력을 조절하는 소리였다. 이런 외줄 위에서 움직이면서 싸운다는 것은 정교한 내력 운용을 필요로 하니 말이다.

입으로 내는 기합성은 운용되는 내력의 잉여분을 체외로 배출하는 것 때문에 나는 소리였다. 그의 몸 안쪽에 올라온 내력이 균등하게 차 있어야 이러한 움직임이 가능하니 말이다.

그 상태에서 무자춘은 공격하고 있었다. 아무리 팽팽하게 잡아당겨진다고 한들 한 개의 줄일 뿐이었다. 딛고 서 있는 것만으로도 힘든 상황에서 공격까지 하고 있는 것이다.

그것도 좌우로 교묘하게 도를 비틀어 어디로 움직일지 모르게 말이다. 목, 가슴, 혹은 배일지도 모르는 목표를 설정하여 상대로 하여금 헛갈리게 만들었던 것이니 좌우로 도망칠 수 없는 이 공간이라면 가장 좋은 방법이고 말이다.

하지만 기껏 해봤자 전방 한 방향에서 나오는 공격이니 상대한다면 얼마든지 상대할 수 있는 것이 현 상황이었는데, 그가 보는 곽우라는 자는 충분히 간파하고도 남을 인간이었다.

그리고 그는 이 한 수로 자신이 승리할 것이라고는 생각하지 않았다. 그저 그의 반응을 보고 다음 수를 생각하는 것. 그것을 위해 던지는 수였기에 충분히 느리게 도를 움직였던 것이다.

피핑!

발밑의 줄이 크게 흔들리고 있었다. 하나 그건 자신이 한 짓이 아니었고 저 곽우라는 자가 한 짓이었다. 하긴 그 거구로 줄을 밟으며 움직이니 당연한 노릇이었다.

이 한 수의 동작만 보면 정말 황당한 노릇이었다. 상대는 전혀 내력 따위에 신경도 쓰지 않는다는 모습이었다. 몸무게 그대로 다 줄에 싣고 있다는 것을 적나라하게 보여주는 증거인 것이다.

그런데 희한하게도 그는 떨어지지 않고 있었다. 이렇게 투박하게 움직이면서도 떨어지지 않는다는 것이 그저 신기할 따름이었는데, 자세히 보면 곽우의 상체는 자신과 마찬가지로 잘 고정되어 있었다.

마치 줄타기를 하는 것과 같은 원리인 것이다. 무공이라기보다는 움직임의 원리에 충실한 것이 바로 이 곽우라는 자의 움직임이었다.

하지만 그 무엇보다도 가장 놀라운 것은 그의 병기 운용이었다. 장창의 중앙을 잡은 채 그는 무자춘의 공격을 막아내고 있었다. 그저 막아내는 것이라면 놀랍지도 않겠지만 왠지 이상한 느낌이 들었다.

병기와 병기의 부딪침은 반탄력이라는 것이 생기기 마련이었다. 오래되면 서로 간의 체력을 심하게 소모하는 결과를 낳기도 하는 반탄력은 그 어떤 경우라도 생기기 마련이었다.

한데 그 반탄력이 좀 이상하게 느껴지고 있었다. 분명 자신의 도법을 막아내는 것이 쉬운 것이 아닐 텐데도 생각한 것보다 반탄력이 많이 약했던 것이다.

무자춘 자신이 주력으로 삼고 있는 흔들림이 심한 도법이라는 것은 그저 막기만 힘든 것이 아니다. 막아도 정면으로 막을 수가 없는 것이었다. 이건 힘과 정확도에 대한 이해도가 없이는 시전조차 불가능한 도법이었다.

일단 투로를 보는 것은 불가능에 가까웠다. 사실 움직이는 도를 세상에 눈으로 볼 수 있는 사람이 있기나 한 것인지 의문이 들 정도였다. 그만큼 빠르게 움직이니 말이다.

그러니 이는 감각으로 막는 것이었다. 살기를 느끼고 그 살기가 다가오는 부분을 향해 병기를 움직여 막는 것이다. 그것이 일반적인 사람들이 무공을 하는 방법이었고, 그렇기에 반탄력을 최소화할 정도로 공격을 흘리기란 거의 불가능에 가까웠다.

물론 그보다 고수라면 그저 막아낸다는 표현은 쓸 필요도 없었다. 소위 일류고수 수준을 상회한다는 그들의 움직임이라면 공수를 모두 한순간에 아우를 수 있었다. 그 정도 수준이라면 이런 감각이 이해가 갔던 것이다.

기이하게도 무자춘은 지금 자신의 눈앞에 있는 자가 바로 그들과 유사하다는 생각을 지울 수가 없었다. 그리고 지금 그 점을 확실하게 확인하려는 것이다.

까라라랑!

역시나 이번에도 커다란 장창의 옆면에 그의 도가 미끄러지자 무자춘은 오른손에 힘을 주었다. 그렇지만 이 정도의 반응은 이전에도 봐온 반응이었으니 놀랄 것도 없었다. 하나 문제는 이 다음이었다.

오른 손목을 살짝 비틀며 쳐낸 그의 도가 격렬한 반응을 보이고 있었다. 내력을 도에 싣기 전에 일단 손목 부위에서 한 번 진동시키고 보내는 방법으로 이런 방법을 쓰면 그의 도가 보여주는 움직임은 눈으로 칼날을 보기 힘들 정도가 된다.

전섬위난(顚閃危難)이라는 한 수의 도법이지만 이것이 바로 그의 도법 중 기초가 되는 것으로, 그가 펼치는 모든 도법은 이 도법을 토대로 변화를 주고 있었다. 보통의 도법처럼 막으려하다간 낭패를 보기 쉽상인 것이다.

카라라라라락!

한 번의 칼질이나 순식간에 칠팔 합을 쳐내는 것 같은 효과를 보여준다. 또한 여기서 생기는 반탄력은 자연스럽게 상대의 병기를 뒤로 밀려나게 하는 역할을 했고, 그렇게 되면 무자춘의 도는 상대의 병기를 넘어 그 주인을 노릴 수 있는 것이다.

그리고 그것이 정상적인 상황이었다. 눈앞에서 커다란 장창을 휘두르는 이 곽우란 청년의 수준으로는 절대로 이 한 수를 막을 수가 없었다. 상식적으로는 말이다. 한데,

카라라락!

"……."

무자춘은 어금니를 꽉 깨물었다. 역시나 이전과 같은 결과가 나오고 있었다. 생각했던 것보다 반도 안 되는 반탄력이 느껴지면서 상대의 병기를 뒤로 밀어내는 데 실패했던 것이다.

밀지 못하면 밀리는 것. 상대의 병기를 뒤로 밀지 못했으니 그의 병기가 막혀 버렸다. 결과적으로 들어보지도 못한 이 곽우라는 청년이 무공으로 자신의 공격을 막아낸 것이다.

비록 구슬 같은 땀을 흘리면서 겨우겨우 막아내고 있었지만 이 거대한 장창으로 도를 막아 멈추게 만든다는 것 자체가 놀라운 일이었다. 더욱이 내력도 아닌 움직임의 원리로 막아내고 있으니 말이다.

곽우가 무자춘의 공격을 막는 방법에 대해 그는 어느 정도 짐작은 하고 있었다. 부딪치는 순간 관절을 최대한 부드럽게 하는 것, 하나 그건 쉬운 일이 아니었다. 내력이 운용되지 못한다면 절대로 불가능한 방법인 것이다.

아마도 저 두터운 팔이 이를 가능하게 하는지 모르지만 상대는 무자춘 자신이었다. 내력을 안 쓰는 것도 아니고 벌써 칠성가량의 내력을 사용하는데도 이 정도라면, 이건 이야기책에나 나올 법한 상황인 것이다.

고수. 굳이 이자의 수준을 나누라면 고수라 할 수 있었다. 이 정도의 실력을 가진 자가 하수라는 것은 말이 안 되었다. 아울러 이자를 키워낸 사람이 누군지도 궁금해지고 있었다. 장영해에 그만한 힘을 가진 사람이 있다는 것이 조금은 이상했던 것이다.

"과연 한 수가 있기는 있는 놈이었구나. 저 일회창사 자인손이 네 스승이더냐?"

말과 함께 그는 곽우의 모습을 다시금 살폈다. 역시나 내력보다는 외공에 치우친 듯한 그 모습은 별다른 것을 느끼지 못하게 만들었다. 복색조차 전형적인 장영해의 사람이 분명하니 이 호송을 위해 초빙한 사람은 아닌 것 같았다.

"이 꼴로 한 수가 있다고 말하기는 힘들겠지만 내 스승님에 관한 것은 알려 드릴 수 있소이다. 숙부님이 아니라 운 자, 산 자를 쓰시는 분이오."

"자운산? 등평창호 자운산?"

자운산이라는 말에 무자춘은 눈을 빛내며 물어왔고, 곽우는 고개를 끄덕였다. 그러자 그의 목소리가 다시금 들려왔다.

"훗, 그래. 그랬었군. 그랬단 말이지."

뭐가 그런 것이라는 것인지는 모르지만 무자춘은 조용히 웃었다. 그리곤 오른손에 바짝 힘을 주며 다시 입을 열었다.

"등평창호 자운산이라면 조금 달리 상대해 주어야겠군. 애당초 내가 오해를 했군. 그자가 그곳에 있다는 것을 기억했어야 하는데."

카아아앙!

곽우와 무자춘은 서로 떨어졌다. 두 사람의 간격은 약 일 장여. 그간 거리를 주지 않으려 했던 무자춘의 태도와 정반대의 상황이 연출되고 있었다.

"아무래도 이번 승부, 조금 더 진지해져야 될 것 같구나."

우우웅!

나직한 그의 목소리와 함께 무자춘의 몸에서 작은 소리가 들려왔다. 굳이 알려고 하지 않아도 그가 내력을 일으키고 있음을 잘 알 수 있었다. 그야말로 본신의 힘을 모두 보여주려 하고 있었던 것이다.

"정말 놀랍군. 직접 눈으로 보지 않았다면 믿지도 못할 노릇이야. 저 정도로 신형을 다잡을 수가 있다니……."

장운은 솔직한 감상을 말했다. 곽우의 모습은 정말 놀라웠다. 아니, 놀랍다 못해 기사(奇事)라 해도 틀림이 없을 정도의 움직임이었던 것이다.

물론 곽우가 선풍선법을 익히고 있는 것은 잘 알고 있었다. 그러나 그건 평지에서의 이야기였다. 배와 배를 한 줄로 엮은 채 그 위에서 싸울 수 있을 정도로 신형을 놀리는 것은 선법을 익혔다고 해서 쉽게 할 수 있는 것이 아니었던 것이다.

"철이 들기도 전에 배를 탄 녀석입니다. 사람들이 아프면 그 대신 타주기를 수십, 수백 번을 한 놈이지요. 그 누구보다 흔들리는 배의 움직임에 정통한 사람이 곽우입니다."

"음?"

문득 들려오는 목소리에 장운은 눈을 돌렸다. 그곳엔 오진영이 있었는데 그는 곽우의 모습을 그저 바라만 보고 있을 뿐이었다.

물론 언제든지 출수할 수 있도록 그는 검파에 손을 올린 채 날카로운 눈으로 곽우를 바라보는 중이었다. 아니, 그만이 아니라 장영해의 무사 모두가 뭔가 준비를 하고 있는 듯했다. 한데 그들의 신경은 곽우에게 가 있지 않은 듯했다.

뭔가 조금은 이상한 상황이었다. 분명히 곽우는 저 무자춘의 무위에 비한다면 거의 무공이 없는 것이나 마찬가지였다. 단 한 가지 선풍선법으로 버티고 있는 것이었다.

물론 이들은 곽우가 익힌 것이 선풍선법이라는 것을 잘 알지는 못할뿐더러 그것에 어떤 묘용이 있는지 전혀 알고 있지 못하는 눈치였다. 한데 그럼에도 불구하고 지금 곽우가 어떠한 상황에 있는지 잊은 듯 편한 눈길을 주고 있었던 것이다.

"어릴 때부터 그렇게 배를 타서 신법이 완성되었단 말인가요? 그래서 지금 이렇게 맘 편하게 보고 있는 거예요? 정말로 그렇게 생각해요?"

그리고 이 상황을 이상하게 생각하는 것은 장운뿐만이 아닌 듯했다. 추국의 목소리가 들려오자 장운은 자신도 모르게 고개를 끄덕였다.

"신묘한 보법 하나 지녔다고 목숨이 유지될 것이라 생각해요? 보법을 위주로 하는 것이 곽 공자가 싸우는 전법이라면 저

외줄 하나에 의지하는 현 상황은 그저 죽으라는 소리밖에 안
될 텐데 아직도 상황이 어떤지 모르겠어요?"

정말 답답하다는 듯 그녀의 언성이 조금 높아지고 있었지만
오진영을 위시한 장영해의 위사들은 모두 묵묵부답이었다.

아니, 어떤 자들은 본격적으로 시선을 돌려 장강 쪽을 향하
고 있었는데, 그러자 추국의 얼굴이 조금 더 일그러졌다. 이건
말로 해서 될 상황이 아닌 것이다.

"아무래도 자 대협께서 신경을 쓰셔야 될 것… 어멋!"

구구구구!

추국이 입을 여는 순간 배가 갑자기 움직이기 시작했다. 선
장이 진로를 튼 것인데, 추국을 위시한 사람들은 무슨 일인가
하다가 이내 고개를 끄덕였다.

이대로 가다간 배와 배가 서로 부딪칠 것이다. 당연히 배는
방향을 틀었는데 그건 적선도 마찬가지였다. 서로가 교묘하게
좌우로 틀면서 부딪침을 피하고 있었다. 그러나 곽우와 무자
춘이 의지하고 있는 줄 하나는 역시 그대로 팽팽하게 유지되
고 있었다.

"우욱!"

갑작스럽게 움직이는 상황에 추국의 입에서 작은 괴성이 흘
러나왔다. 또다시 배 멀미가 고개를 들고 있었으나 상황이 상
황인지라 그녀는 내력으로 꽉 눌렀다.

장운은 잠시 그녀의 뒤로 돌아가 장심에 대고 살짝 기를 불
어넣어 주었고, 그제야 그녀는 신색을 되찾을 수 있었다. 이어

그의 목소리가 허공에 울렸다.

"아무래도 자 대협께서 생각이 있으신 모양이구나. 잠시 더 지켜보도록 하자."

말은 자신들의 일행에게 하는 듯했지만 실제로는 모든 사람이 들을 수 있는 목소리였다. 이는 경각심을 불러일으키려 하는 목적이었는데, 그건 저쪽의 상황이 심상치 않아서였다.

누가 봐도 이제 무자춘이 전력을 다하려 하는 것을 느낄 수 있었던 것이다. 이젠 곽우가 뒤로 빠져나와야 되는 상황이었다.

이 정도 이야기했으면 이젠 곽우 대신 자인손이 나서야 하는 상황이라고 장운은 판단했던 것이다. 그 상황을 바라고 실례인 줄 알면서도 이야기를 했고 말이다.

그런데 상황은 그렇게 흘러가지 않고 있었다. 자인손이 나서기는커녕 그는 오히려 뒤로 한발 빠지면서 입을 열고 있었다.

"비록 저는 뱃사람은 아니지요. 어릴 때 제 형님과 함께 창술을 사사받고 강호에 나왔지만 배를 탄 것은 이십여 년이 채 안 됩니다. 장영해에 몸을 담은 후 배를 탔으니 말입니다."

스륵.

자인손은 등에 멘 보자기를 풀어 헤치고 있었다. 자인손이 언제나 메고 다니던 것으로 연오하 일행은 은근히 그것이 무언인가 궁금했었는데 그 안에는 세 개의 봉이 잘 접혀 있었다.

"그러나 그 이십여 년이 안 되는 뱃사람의 생활 중에 뼈저리게 느낀 것이 하나 있습니다."

키링.

　세 개의 봉을 하나로 묶은 쇠고리를 풀어내며 자인손은 오히려 곽우에게서 점점 멀어지고 있었다. 그가 움직이는 곳은 곽우가 있는 곳의 정반대. 칠흑 같은 어두움 속에 물든 장강 쪽이었다.

　"기습을 포기하고 일 대 일의 싸움을 원하는 자가 있다면, 그걸 믿어서는 안 된다는 것입니다."

　차아아앙!

　한순간 그의 손에서 거대한 장창이 솟아나고 있었다. 삼단으로 분리되어 있던 창이 하나로 합쳐진 것인데 일 장은 안 되더라도 반 장은 훨씬 넘는 길이였다.

　"바로 지금처럼 말이지요!"

　스슷! 파라라라랑!

　허공에 그의 장창이 춤을 추는 순간 뱃전에 선 그의 주변으로 일진광풍이 불었다. 그리고 그 광풍 사이로 비릿하게 흘러오는 역한 기운이 있었다.

　그건 바로 피 냄새였다. 딱히 어디랄 것도 없이 피 냄새는 한순간에 모든 뱃전에서 확 일어나고 있었고, 그 진한 피비린내와 함께 허공에 흐릿한 물체들이 보이는 듯했다.

　터텅! 터터텅!

　순식간에 다섯 사람의 신형이 갑판 위로 널브러졌다. 모두 다 흑의를 입고 온몸에 흠뻑 물을 뒤집어쓴 채 달빛에 반짝이는 모습을 보니 강 속에서 숨어 있다가 나온 것을 어렵지 않게 짐작할 수 있었다.

피피피핏!

자인손이 움직이는 것을 시작으로 장영해의 무사들이 모두 움직였다. 누군가 이야기하지 않아도 그들은 모두 뱃전에 올라서서 어두운 장강을 내려다보고 있었다. 이미 그들은 이런 상황을 예측하고 있었던 것이다.

"곽우가 반드시 이길 것이니 신경 쓰지 않는 것이 아닙니다. 그가 믿음직스러워 이렇게 다른 짓을 하는 게 아닙니다, 장 대협."

"……."

이번엔 장운의 귓가에 오진영의 목소리가 들려왔다. 그는 다른 사람들이 나서서 뱃전에 오르려는 괴인영들을 막고 있는 것과 달리 연오하와 호랑의 옆에 서 있었다.

"우리가 해야 할 일을 알고 있기 때문입니다. 우리가 해야 할 일은… 여러분을 안전하게 지키는 것입니다."

"……!"

그의 목소리에 장운은 괜스레 목덜미가 부끄러워지는 것을 느꼈다. 확실히 이건 오해였다. 장운을 비롯한 사람들이 지금 이 배의 목적이 어디에 있는가를 잊고 있었던 것이다.

모두가 다 안전하게 가는 것이 아니라 바로 자신들을 지키기 위함이었다. 그것을 위해 곽우가 나선 것이다. 오진영과 자인손은 이곳에서 사람들을 지키기 위해 버티고 있었던 것이다.

만일 저 무자춘에게 자인손이 붙었다면 그것이야말로 적이 원하는 상황이었다. 나이가 있고 그 나이만큼 많은 경험을 가지고 있던 장운은 스스로가 부끄러워지는 순간이었다.

매복자가 물속에 숨어 있어 기척을 감지 못했으니 이들이 없었으면 정말 위험할 뻔한 일이었다. 적어도 이 장강의 경험은 이들보다 일천한 것이 자신의 입장이었다.

"그저… 이기길 바랄 뿐입니다. 곽우가."

정말 하기 싫은 이야기를 하는 듯 오진영의 목소리는 좋지 않았다. 지금 이 순간 그가 할 수 있는 것은 그것뿐이었다. 이미 이 배에 오른 이상 곽우는 알고 있을 터였다. 자칫하면 목숨을 잃을 수도 있음을 말이다.

이건 환상이 아니었다. 분명 곽우의 눈에 무자춘의 도는 세 개로 보였다.

그것도 빠르게 휘둘러 흐릿한 환영을 보여주는 것이 아니었다. 뚜렷한 세 개의 박도가 그의 눈에 보이고 있었던 것이다.

어떻게 그럴 수 있는지 사실 곽우는 알고 싶었지만 상대는 알려줄 사람이 아니었다. 마치 불을 피우듯 일렁이는 그의 모습엔 분명 세 개의 도가 옆에 늘어뜨려지고 있었다.

"다른 생각은 하지 말고 여기에 집중하는 것이 좋을 것이다. 이 한 수로 네놈의 명줄이 끊길 수도 있다. 아닐 것 같나?"

"……."

아니라고 이야기할 수 있다면 참으로 좋은 순간이었다. 하나 애석하게도 곽우는 무자춘의 말을 잘 이해할 수 있었다. 그만큼 쉽지 않은 상황이 될 것을 잘 알고 있었다.

무자춘이 이야기하는 것은 다른 것이 아니었다. 지금 그가 타고 있는 배에 다른 세력들이 오르려 하고 있었다. 비록 눈앞에 적을 두고 있지만 이미 그 정도는 예상하고 있는 바였다.

처음부터 이럴 생각이었던 것이다. 무자춘이 눈을 돌려놓으면 그 틈을 타서 목적을 달성하려 했던 것이다. 솔직히 곽우를 비롯한 장영해의 사람들은 이런 상황이 될지 알고 있었다.

아마도 무자춘이 생각하는 상황은 지금 눈앞에 있는 사람이 곽우가 아니라 자인손이 되었어야 했다. 장창의 고수인 자인손만 묶어버리면 그다음은 참으로 쉬울 것이라 생각했던 것이다.

물론 지금 이런 상황을 예측하지 못한 것은 아니었다. 하나 다른 사람이 올라오면 빠르게 베어버리면 그만이라고 생각했다. 그리고 맨 처음 들어보지도 못한 이름을 가진 자가 나타났을 때까진 그의 예상은 틀리지 않았다.

그런데 뭔가 틀어지고 있었다. 이유는 단 하나. 이 곽우라는 자의 무공 때문이었는데, 그의 무공이 생각보다 강한 것이 문제였다.

아니, 그냥 강하다고 말하는 것도 조금 문제가 있는 것이 그리 쉽게 이야기할 것이 아니었다. 분명 무자춘이 보기에 이 곽우라는 자의 무공은 그리 높다고 볼 수가 없었다.

내력으로 따지자면 도저히 이해할 수가 없을 정도였는데, 이자의 내력이 어느 정도인지 확실히는 알 수 없지만 분명 자신보다 한참 아래였다. 이 정도의 내력이라면 지금 자신이 올린 내력 정도까지도 필요가 없었다.

지금 그는 칠성을 지나 팔성의 내력을 끌어올렸다. 이 정도라면 그보다 하수가 아니라 거의 동등한 힘을 가진 사람과 싸울 수 있을 정도였던 것이다.

그저 조금씩 키워 올린 것이 어느새 이 지경까지 되다니 그야말로 황당함의 극치였다. 그리고 그것이 지금 그로 하여금 더욱더 강대한 내력을 끌어올리게 하는 이유가 되었다.

스스슷.

좌우로 흔들 듯이 그의 박도가 허공에 춤을 추자 어지러운 환영이 연속적으로 일어났다. 내력으로 휘감은 대기가 그러한 모습을 만든 것이었고, 그건 무자춘이 정말 이 한 수로 끝낼 생각이라는 반증이었다.

"삼우일의참(三友一意斬)이라는 초식이다. 살아난다면 이 자리에서 내가 물러나 주지. 합!"

피이잉!

말과 함께 그는 오른발을 슬쩍 내밀었지만 그것만으로도 그의 신형은 좌우로 흔들리며 앞으로 쭈욱 나오고 있었다. 곽우는 자신도 모르게 한 발 뒤로 물러서며 상황을 살폈다.

눈에 보이는 것은 모두 세 개의 박도. 물론 어떤 것이 진짜인지 알 도리는 없었다. 살기로 진검을 찾는다면 좋겠지만 그럴 수 있다면 상대가 무자춘이 아니었다. 사도라는 이름은 그냥 생긴 것이 아니었던 것이다.

믿을 것은 이 커다란 장창뿐이었다. 창날 면을 대고 모로 서

면 맞지 않을 정도로 큰 장창. 곽우는 다시금 몸 앞에 창날을 비틀어 막았다. 한데,

"웃기는구나. 그따위 잔재주로 이 한 수를 피할 수 있을 것 같나!"

파가각!

"……."

곽우의 눈이 살짝 커졌다. 서로 간에 부딪치는 이 짧은 순간 동안 참 많은 생각을 했다. 여러 가지 경우의 수를 놓은 채 어떤 것이 현실로 나타나게 될지를 생각했건만 그 생각 중 현 상황과 같은 것은 아무것도 없었다.

세 개의 도가 모두 기이한 각도로 움직이고 있었다. 물론 그냥 움직이는 것은 아니었다. 정면에 놓인 창날을 스치듯 훑으며 움직인 것이었고 창날에 부딪치는 순간, 뭔가 허공에 안개처럼 흩날리는 작은 반짝임이 있었다.

그건 쇳가루였다. 그것도 육안으로 확인될 정도의 가루. 내력으로 일으킨 박도가 그의 병기를 할퀴고 지나갔다는 소리가 되는 것이다.

어떠한 기운도 느껴지지 않건만 그건 정말 무서운 일이었다. 더욱이 그대로 끝이 아니었다. 튕긴 세 개의 기운은 모두 곽우에게 다시 되돌아오고 있었던 것이다.

마치 끈끈한 실이라도 달려 있는 듯한 그 모습에 곽우는 적잖이 놀라고 있었다. 더욱이 그 실체를 볼 수가 없는 노릇인지라 그저 세 개의 기운이 날아오고 있다는 감각만이 느껴지고

있었다.

  좌측 머리 위쪽에서 하나, 오른쪽 가슴 쪽에 하나, 그리고 하단전 부근에 하나가 느껴지자 곽우는 아득한 기분이었다. 이 상황에서 어떻게 하면 피할 수 있는지 도무지 생각할 수가 없었던 것이다.

  문제는 지금 있는 곳이 외줄 위라는 것에 있었다. 피할 곳이라고는 전방 혹은 후방뿐, 그러나 전방이라면 나가자마자 바로 다음 공격이 들어올 것이 뻔했다.

  후방으로 빠진다 해도 그리 다른 상황은 나오지 않았다. 어떻게 한 것인지는 모르나 한번 방향이 틀어진 공격이 또다시 나올 수 있는 확률이 너무나 높았으니 이도저도 할 수 없는 상황이었다.

  그러나 이대로 있을 수는 더더욱 없는 상황. 곽우는 어금니를 꽉 깨물었다. 자신도 모르게 오른손을 쭉 내밀면서 장창을 오히려 앞으로 밀어내었다.

  '끝났군.'

  마음속으로 가장 먼저 드는 생각이었다. 지금 그의 눈앞에 있는 이 곽우라는 자의 운은 여기까지였다.

  삼우일의참은 그가 아주 애용하는 초식이기도 하지만 그의 무공의 정수이기도 했다. 오늘날 사도라 불릴 수 있게 해준 가장 중요한 것이 바로 이 초식이었던 것이다.

  수백, 수천 번을 사용한 도법이기에 틀릴 리가 없었다. 감각

또한 지금 제대로 먹혀들어 가고 있음을 알 수 있었다. 특히나 곽우의 반응은 그러한 확신을 주고 있었다.

다 포기한 듯 장창을 앞으로 밀어내고 있었던 것이다. 이 정도의 반응이라면 더 볼 것도 없었다. 그는 세 개의 내력을 하나로 모았다.

삼우일의참은 그냥 단순한 박도의 움직임이 아니었다. 그건 다름 아닌 어검술의 기초였다. 모르는 사람들은 단순히 도를 빨리 움직여 생기는 잔상이라 생각할 수 있지만 실은 세 개 다 모두 실체였던 것이다.

물론 그중 하나는 진도(眞刀)였지만 나머지도 진도에 못지 않은 힘을 가지고 있었다. 내력으로 이를 조절하고 있었던 것이다.

그의 별호가 사도인 것은 바로 이 때문이었다. 내력의 힘으로 이를 조절했던 것이고, 그리하여 상대는 진도를 찾다가 세 개의 도를 모두 맞아 패퇴하는 결과를 가져왔다. 곽우라는 상대를 둔 지금도 별다른 상황은 펼쳐지지 않았다.

무자춘은 내력을 움직여 두 개의 도를 내리눌렀다. 상단과 하단으로 가는 것이 그것이었고, 중단으로 치고 들어가는 것이 진도였다. 그렇게 초식은 결과를 맺는 듯했다.

파아아앗!

순간 그의 손에 익숙한 감각이 느껴졌다. 뭔가를 베어내는 듯한 그러한 기이한 느낌, 그리고 이 어울리지 않는 무게감없는 느낌.

토톡.

그의 도에서 작은 핏방울이 흘러내리고 있었다. 이미 내력으로 만든 두 개의 도는 허공으로 흩어진 후였다. 역시나 곽우는 타격을 입었다.

그런데 이 타격은 그가 원하는 타격이 아니었다. 뭔가가 미진한 느낌. 살과 뼈를 가르는 그런 육중한 느낌이 아니라 옷깃만 스치는 그런 느낌이었다. 정타로 맞은 것이 아니었던 것이다.

"무슨……!"

무자춘은 잠시 상황을 살펴보다 이내 눈을 부릅떴다. 그의 눈앞에 뭔가 길게 뻗은 것이 보여서였는데 자세히 살펴보니 그건 창대였다. 곽우의 장창이 허공에 떠올라 있었던 것이다.

혹시나 이대로 공격이 들어오려나 하는 생각이 들었지만 그건 이내 아니라는 판단이 섰다. 장창의 창날은 오히려 멀어지고 있었던 것이다.

마치 공중에 보이지 않는 한 축이 있는 것처럼 느껴지고 있었고, 그 축을 중심으로 장창이 움직이고 있었던 것이다 축의 중심은 무자춘의 어깨 위 정도? 무자춘은 일순 자신의 눈을 의심할 수밖에 없었다.

창날이 이쪽에 있다면 이 창날을 쥔 사람은 반대편에 있을 것이 뻔한 노릇이니 말이다. 한데 바로 그 점 때문에 황당한 것이다. 그 반대편에는 발을 딛고 서 있을 것이 아무것도 없었으니 말이다.

설마하는 마음에 눈을 돌린 무자춘은 두 눈을 부릅떴다. 너무 놀라 오른손에 쥔 도를 휘둘러 공격하는 것조차 잊을 정도 였다. 그도 그럴 것이 저 거구의 곽우가 지금 허공을 날고 있었으니……

허공에 보이지 않는 그 한 점을 축으로 공중으로 유려하게 돌아가고 있었던 것이다. 진정 보면서도 믿기지가 않는 모습에 무자춘은 수중의 병기를 휘두르는 것조차 잊었다. 흡사 꿈을 꾸는 듯 그렇게 멍한 표정만 지을 뿐이었다.

출렁.

유려한 곡선을 그리며 돌아온 곽우의 신형은 다시 외줄 위에 올라서고 있었다. 넘어질 듯 흔들리며 위태하게 중심을 잡고 있었지만 무자춘은 공격을 하지 않았다.

무자춘은 곽우가 완전히 중심을 잡을 때까지 한참을 기다린 후 입을 열었다. 이미 그가 보여주었던 살기는 씻은 듯이 사라진 후였다.

"이게 무슨 신법이지?"

서로가 적이라는 것도 잊은 순간이었다. 무자춘은 이 한 수는 정말 죽을 때까지 잊지 못할 한 수라 생각하고 있었다. 이내 그의 귓가에 곽우의 목소리가 들려왔다.

"따로 대단한 신법은 없소. 오직 내가 익힌 것은 선풍선법이라 불리는 신법일 뿐."

"선풍… 선법이라……"

곽우의 말을 잠시 따라 하던 무자춘은 잠시 고개를 들어 하늘을 바라보았다. 그는 뭔가 조금 더 생각하는 듯하더니 이내 양 무릎을 굽혔다.

끼이이이! 파아앙!

체중을 아래로 내리누르자 줄이 확 내려가고 있었다. 이어 그는 양 무릎을 펴며 공중으로 솟구쳤다. 줄의 탄력까지 합쳐져 무려 이 장여가 넘게 솟구치고 있었다.

또 다른 공격일 수 있기에 곽우는 빠르게 신형을 날려 원래의 자리로 돌아왔다. 무자춘이 내려서는 곳은 곽우가 있던 곳. 그리고 무자춘은 내려서자마자 빠르게 도를 휘둘렀다.

쩌어어엉!

"읍!"

곽우는 장창을 들어 막아내었다. 하나 이번에 실린 공격은 날카로움보다는 힘을 위주로 한 공격인지 밀어내는 힘이 엄청나게 크게 느껴졌다. 순식간에 곽우의 신형은 뒤로 밀려 어느새 등 뒤에는 배의 난간이 위치해 있었다.

어느새 무자춘은 반대편 뱃전 위로 올라선 상태였다. 그는 잠시 곽우를 바라보며 아무런 말도 없이 노려보기만 할 따름이었다. 이어 그의 오른손이 들리며 박도가 허공으로 올라가자 여기저기서 작은 소음이 들려왔다.

첨벙첨벙!

뭔가 물로 들어가는 소리. 바로 이 배에 덤벼든 흑의인들이 철수하는 소리였다. 이유는 모르지만 무자춘은 더 이상의 공격을 거둔 것이다. 곽우는 눈을 들어 무자춘은 바라보았고, 그러자 그의 목소리가 들려왔다.

"약속은 지킨다. 일검을 막아내었으니 오늘은 그만 가주지.
하나 다음번에도 이럴 것이라고는 생각지 마라."

터엉! 피리리리!

들고 있던 오른손을 내려 박도를 뱃전에 꽂아버리자 두 배
를 연결한 줄이 끊어졌다. 그는 이어 뒤도 볼 것도 없다는 듯
신형을 돌려 선실로 돌아갔고, 순식간에 그의 모습은 그가 타
고 왔던 배와 함께 어둠 속으로 사라져 버렸다.

"괜찮은… 우 공자! 다쳤군요!"

사라져 가는 무자춘의 모습을 보던 곽우는 한 여인의 목소
리에 고개를 돌렸다. 그곳엔 어쩔 줄 몰라 하는 연오하가 서
있자 곽우는 그저 씩 웃으며 말을 할 뿐이었다.

"괜찮습니다, 연 낭자. 그저 스친 것 뿐이에요. 그저 스친
것……."

별것도 아닌 것처럼 그냥 대수롭지 않다는 투로 곽우는 입
을 열었다. 하나 그의 얼굴빛은 그리 좋지 않았다. 상처로부터
흘린 피가 꽤 되었던 것이다.

하지만 진정으로 곽우의 얼굴빛이 좋지 않은 것은 피를 흘
렸기 때문이 아니었다. 처음 겪어보는 고수다운 사람과의 승
부에서 느낀 것이 너무나도 많았던 것이다.

태어나서 이런 기분은 처음이었다. 가슴속 깊이 피어올랐던
이 알 수 없는 기운은 두려움이었다. 제대로 공격 한 번 해보
지 못한 기억이 내내 그의 머릿속에서 떠나지를 않고 있었다.

第五章

강상에서

1

"장난하냐? 이봐, 무자춘. 지금 그걸 말이라고 해? 갓 강호에 나온 애송이를 어떻게 하지 못해서 그냥 왔다고? 애꿎은 애들만 고기밥을 만들어놓고서?"

"……."

신랄하게 질책하는 목소리에도 무자춘은 아무런 말을 할 수가 없었다. 가슴이 쓰린 이야기이긴 하지만 사실이기에 말이다.

"이 오잔이 술 먹으러 이곳에 온 줄 아나? 우리 애들 한 명 키우는 데 돈이 얼마나 드는 줄 알아? 그런데 그런 애들까지 바다에 밀어 넣고 그냥 와?"

사내는 사음회주 오초악의 아들 오잔이었다. 그는 생각보다 조금 작은 체구였지만 독기 서린 눈빛은 오초악과 다르지 않았다. 보통 사람이라면 그 앞에서 이런 눈빛을 받는 것만으로도 얼어버릴 것 같은 눈이었다.

한데 왠지 무자춘은 그리 두려워하는 기색이 아니었다. 흡사 지껄이고 싶으면 맘대로 해보라는 듯이 느껴질 정도인지라 되레 오잔의 눈이 더더욱 사나워지고 있었다.

"이봐, 무자춘. 지금 내 아버지가 널 아낀다고 이렇게 나오는가 본데 정말 이러다 국물도……."

"오잔… 너 말이야."

문득 들려오는 무자춘의 목소리에 오잔의 입이 다물려졌다. 침묵을 깨고 나온 무자춘의 음성이 상당히 낮다는 것은 그의 기분도 그리 좋지 않다는 것을 의미하는 것이었으니…….

"잠시라도 좋으니 주둥이 좀 닥치고 있지?"

"뭐야!"

콰아아아앙!

오잔의 오른손이 탁자를 내려쳤고, 탁자는 거의 부서질 듯이 흔들리고 있었다. 진짜로 탁자가 부서지는 것은 아니었지만 때론 시각적인 효과보다는 청각적인 효과가 더 클 때도 있었다.

그러나 그 정도 큰 소리를 들으면서도 무자춘은 덤덤한 반응이었다. 오잔은 콧김을 내뿜으며 무자춘에게 덤빌 듯한 모습이었지만 그는 그렇게 하지 못하고 있었다. 하나 점점 그의 오른손이 탁자 위에 올려놓은 도파를 향해 움직이고 있었다.

그만큼 분노하고 있었던 것이다.

"뽑으려면 얼른 뽑지? 하나 그 도를 뽑는다면 결과는 한 가
지다."

"……."

"넌 죽는다."

"…으득!"

대답 대신 오잔은 어금니를 깨물었다. 이어 그의 오른손이
그저 허공을 꽉 움켜쥐며 부들부들 떨었지만 그것으로 끝이었
다. 더 이상 그는 무자춘을 압박할 수 없었던 것이다.

그가 속한 곳은 사음회. 사음회가 지향하는 것은 흑도였고
순수하게 패도를 지향하고 있었다. 그러다 보니 왕왕 싸움이
일어났고, 그 결과로 서열이 정해지고 있었다.

오잔 같은 경우는 그저 현 교주의 예우 차원일 뿐이었다. 물
론 오잔의 무공이 그리 녹록한 것은 절대로 아니었다. 사음회
중에서 상당한 고수 급에 들어가지만 눈앞에 있는 사람과 비
교한다면 전혀 이야기가 달랐다.

무자춘은 명실상부한 오초악의 왼팔이었다. 회 내에 있는
적혈쌍도(赤血雙刀) 문표(汶標)와 함께 이 사음회를 지탱하는
두 개의 기둥이었던 것이다.

무자춘은 진짜로 베고자 한다면 베는 사람이었다. 누가 뭐
라 하든 그의 말은 반드시 지켜졌고, 이번에도 마찬가지였다.
그래서 그는 곽우를 약속대로 살려 보냈던 것이다.

결국 오잔은 그냥 조용히 앉을 수밖에 없었다. 무자춘은 그

를 향했던 날카로운 눈빛을 거두며 입을 열었다.

"어차피 내가 받은 명령은 저들의 죽음이 아니다. 조금이라도 그들의 행보를 더디게 만드는 것. 이미 내가 봉 군사에게 받은 작전은 수행했다. 물론 앞으로 몇 번 더 저들의 발목을 잡아야겠지만 말이야."

"봉평 따위의 말이 나보다 중요하다는 것인가, 무자춘?"

잘 참던 오잔의 눈꼬리가 다시금 올라가고 있었다. 그냥 무공이 안 되서 무자춘에게 당하는 것이야 어쩔 수 없었다. 무자춘은 그만한 대우를 받을 만큼 강한 사람이었고, 이 사음회를 여기까지 발전시키는 데 가장 큰 공신이나 다름없었으니 말이다.

그러나 봉평은 다르다. 무공이라곤 숨 쉬기밖에 모르는 놈이 잔머리만 조금 굴리는 정도였다. 더욱이 들어온 지도 얼마 안 되는 놈이니 당연히 그의 뇌리 속엔 그리 대단한 사람으로 보이지 않았던 것이다.

그러나 그건 그의 머릿속에서만 그렇다는 이야기였다. 물론 눈앞에 있는 무자춘은 전혀 다른 생각을 하고 있었다.

"그걸 말이라고 하나? 당연히 중요하다. 무공이야 내가 너보다 낫지만 머리로는 그 친구를 당할 수가 없다. 당연히 그의 말을 존중한다. 내 말이 틀린 것 같나?"

"……."

무자춘의 목소리에 오잔은 다시 이를 부득부득 가는 표정이 되었다. 그러나 이번에도 그는 어떠한 것도 할 수가 없었다.

그저 일어서서 독기 어린 표정으로 말을 내뱉을 뿐이었다.

"오냐, 무자춘. 당신의 생각이 틀렸음을 증명해 주지. 내가 회의 골칫덩이들을 싹 없애주마. 아니, 우리 주머니로 집어넣어 앞으로 요긴하게 쓰도록 하지. 두고 보라고!"

찬바람을 쌩하게 일으키며 오잔은 신형을 돌렸다. 그리곤 방을 나갔는데 무자춘은 그저 피식 웃을 뿐이었다. 그 표정은 그러거나 말거나 하는 표정이었던 것이다.

아니, 실은 다른 생각으로 머릿속이 복잡했다. 그 곽우라는 자의 생각이 머릿속을 떠나질 않고 있었다.

참으로 기이한 일이었다. 조금 전까지만 해도 강호 초출에게 당했다는 것 자체가 치욕이라는 생각이 가득했지만 냉정히 생각해 보니 조금은 이상한 점이 드러나고 있었다.

그중 가장 특이한 것이 그 움직임과 내력이었다. 왠지 내력이 전혀 없는 듯 보였지만 그건 말이 되질 않았다. 사실상 그의 내력을 맨몸으로 사람이 받아내기란 불가했던 것이다.

물론 곽우가 대단한 외공을 가지고 있었다면 상황은 조금 달라졌을 터이다. 지금으로선 그 편이 제일 맞는 소리인 듯하나 그거야 모를 일이고 확실한 것은 한 가지, 선풍선법이라는 보법이었다.

처음에 들었을 때는 생소한 듯했지만 왠지 지금은 그 이름이 많이 낯익다는 생각도 들고 있었다. 물론 그것이 정확히 어디인지는 모르지만 말이다.

"흠, 특이한 놈이야. 곽우라고 했던가?"

무자춘은 고개를 갸웃거리며 이제 생각을 마치려 했다. 어차피 머릿속에서 다른 생각은 떠오르지도 않으니 이것으로 그만이었다. 그는 자리에서 일어나 처소로 가려 했다. 한데 그 순간이었다.

"……!"

움직이려던 그의 신형이 멎었다. 마치 석상이라도 된 듯 아무런 말과 행동이 없었는데, 그건 머릿속에 뭔가 하나의 사실이 기억났기 때문이다. 선풍선법이 어디의 보법인지 말이다.

"대검문!"

틀림없이 대검문이었다. 현재는 이환보라는 이름으로 불리고 있지만 선풍선법은 그 원형에 해당하는 것이었다. 분명 그렇게 들었던 기억이 났던 것이다.

"곧 온협(穩峽)에 당도하게 됩니다. 그럼 본격적인 양자강의 지류에 들어가게 되지요. 첫 번째 휴식지인 남경까지는 약 일주일 거리 정도 됩니다."

위여산의 목소리에 사람들은 고개를 끄덕였다. 남경까지 일주일이라면 그리 먼 것은 아니지만 정말 일주일 안에 갈 수 있을지 그건 아무도 예측할 수가 없었다.

물론 여기 있는 사람들은 그렇게 제 시간 안에 가는 것을 원하지만 누군가 그렇지 않게 만들고 있었다. 이들이 탄 배를 향해 간헐적인 공격이 그간 계속되어 왔던 것이다.

무자춘을 만난 후 약 삼 일째 되는 날이었다. 최대한 빠르게 왔는데 결과적으로는 그리 빠르게 온 것이 절대로 아니었다. 생각보다 조금은 험난한 여정에 다들 걱정하고 있었던 것이다.

작은 선실에는 지금 연오하 남매를 비롯하여 추국과 장운이 자리 잡고 있었다. 그리고 장영해의 오진영과 자인손, 그리고 위여산이 모여 있었는데 이들은 향후의 대책을 논의하기 위해 모인 것이었다.

"일단 온협으로 가면 어느 정도는 신변이 보장되니 하루라도 빨리 그곳으로 가는 것이 중요합니다. 그러기 위해 지금부터는 전력을 다해 움직이겠습니다."

"온협에 뭔가 있나요? 어째서 거기에 가면 신변이 보장된다는 것이죠?"

연오하는 큰 눈을 반짝이며 물어왔는데, 그러자 위여산은 웃었다. 뱃사람들의 경험 때문에 하는 이야기이니 틀림없긴 하겠지만 그게 말하기가 조금 그런 것이었다.

"허허, 그렇소이다, 연 소저. 그곳에 가면 뭔가 있지요. 이 늙은이의 친우가 한 명 있소이다."

"아, 그러신가요?"

대신 입을 연 자인손의 말에 그녀는 그런가 보다 했지만 사실 잘 이해가 가지 않았다. 친구가 있으면 도움이 된다는 이야기인데 한 사람으로 그렇게 안심이 되는 것은 말이 안 되었다. 물론 그 사람이 강호의 최고수라면 몰라도 말이다.

"온협에 친우가 있다니요? 혹 성함을 알 수 있나요?"

그녀 대신에 옆에 있던 추국이 눈을 빛내며 물어왔는데 왠지 그녀는 뭔가 알고 있는 듯한 눈초리였다. 그러자 이번엔 오진영의 입이 열렸다.

"아주 대단한 분이시지요. 수은(水隱)이라 불리는 분입니다."

"수은 별유산(鱉柳散) 대협! 그렇군요."

이름을 들어보았다는 듯 추국은 고개를 크게 끄덕이며 말을 이었다. 수은이라는 이름이라면 충분히 그럴 수 있었다.

수은 별유산은 한마디로 은자였다. 온협에 자리 잡은 채 낚시로 세월을 낚는 사람으로서 강호에서는 그리 많은 사람이 알고 있지 않았다.

그러나 그건 강호라는 커다란 틀 안에서 봤을 때의 이야기였고, 강서성 내의 무림에서 본다면 이야기가 달랐다. 그 누구보다 큰 세력을 형성하고 있었던 것이다.

또한 별유산은 그 유명한 칠무강(七武江) 중의 일인이었다. 구파일방을 제외한 무림에서 장문인 급에 비할 수 있는 무공을 가진 일곱 사람 중 한 사람이었던 것이다.

"별수원(鱉水園)의 주인이 친우시라면 충분히 그럴 수 있지요. 하면 그곳까지 가는 것이 제일 큰일이군요."

"그렇습니다. 추국 소저께서 잘 알고 계시는군요. 별수원의 힘이라면 적어도 남경까지는 큰일은 없을 것입니다."

위여산의 목소리에 그녀와 장운은 고개를 끄덕였다. 별수원은 별유산이 세운 장원으로 말이 좋아 장원이지 상당한 크기였다. 식객만 수백여 명에 달하는 그 장원은 하나의 무림문파나 다름없었다. 특히 후재를 양성하는 데 상당한 공을 들이는 사람이 바로 별유산이었던 것이다.

본인은 강호 활동을 많이 하지 않았지만 대신 그는 많은 제자들을 길러 세상에 내보내었고, 사실상 별호는 다 그의 제자들의 활약으로 만들어진 것이었다. 그만큼 많은 제자들의 힘이라면 꽤나 도움이 되는 상황인 것이다.

"후, 그럼 그때까지 가는 것이 문제가 되겠군요. 아직까진 그리 큰일이 없었지만 앞으로가 문제인데……."

추국은 작은 한숨과 함께 입을 열었다. 정말 앞으로가 문제였다. 여행의 초입에서부터 일이 힘들다는 것이 마음속 깊이 느껴지고 있었던 것이다. 물론 그것은 그녀만 느끼는 것이 아니었다.

"한데… 우 형은 어디 있어요? 여기 안 들어와요?"

문득 들려오는 연호랑의 또랑또랑한 목소리에 사람들의 고개가 어딘가로 향했다. 아마도 선미의 뱃전에 가 있을 것이고 거기서 혼자 죽어라 장창을 휘두르고 있을 터이다.

"혼자 있을 시간이 좀 필요하단다. 조금만 더 있으면 보게 될 것이란다, 연 공자. 허허허."

자인손은 허허롭게 웃으며 입을 열었지만 사실 곽우의 상황은 그도 염려하고 있는 것 중 하나였다. 아니, 제일 걱정되는 것이 바로 곽우의 마음이었다.

곽우는 지금 목면 천으로 온몸을 감싼 채 다니고 있었다. 거의 목내이가 되어 다닐 지경이지만 그러면서도 그는 날마다 연공을 멈추지 않았다. 선풍선법을 계속 반복하고 있었던 것이다.

왜 그런지 자인손은 잘 알고 있었다. 그것이 곽우가 가진 전부였으니 말이다. 그것 외에 그가 내세울 것은 그 육체가 가지고 있는 신력 외엔 없었다.

그러나 신력은 이미 깨어진 후였다. 여태껏 상대해 본 사람들은 곽우의 신력에 놀라고 한풀 꺾일 정도로 낮은 내력을 지닌 사람들이었다면 무자춘은 달랐다.

무자춘은 이 강호에 명성이 자자한 고수였다. 사실 자인손으로선 왜 무자춘이 곽우를 살려두었는지 모를 정도였다. 그 승부에서 곽우가 조금 스친 것 빼곤 멀쩡히 온 것이 더 비정상적인 상황이었던 것이다.

어쩌면 장강에서만 살아온 곽우에겐 무자춘을 만난 것이 조금은 힘든 일이었을 것이다. 무자춘은 강호에서도 알아주는 고수. 진정 고수라 불리는 자와 자신과의 차이를 심하게 깨닫게 되었으니 말이다.

"왜요? 힘들어해요?"

역시나 또랑또랑한 눈으로 연호랑은 입을 열었고, 사람들은 아무런 말을 할 수가 없었다. 이 어린아이에게 입을 열어 가르쳐 주기도 조금 뭐한 상황이니 말이다.

"그 참 이상하네. 뭐가 문제지?"

"응? 뭐가 이상하니?"

계속되는 연호랑의 목소리에 추국은 머리를 쓰다듬으며 입

을 열었다. 그러자 연호랑은 골똘히 생각하는 듯하다가 이내
입을 열었다.

"무공에 관해선 잘 모르지만… 고수라는 것이 있다고 들었
어요. 그리고 얼마 전에 봤던 그 무자춘이란 사람, 고수 아니에
요?"

아마도 호기심 어린 눈으로 곽우와 무자춘의 대결을 지켜본
모양인데 확실히 어린아이는 아이였다. 자칫하면 죽을 수도
있는 상황에서 곽우만을 바라보고 있었다면 말이다.

"그래. 고수지. 사도 무자춘은 고수 급에 들어가는 사람이
란다. 한데 그건 왜 묻지?"

추국은 싱긋 웃으며 말을 이었다. 그는 이 초롱초롱한 아이
가 무슨 말을 하든 귀엽다는 표정이지만 그 표정은 이내 한순
간에 바뀌고야 말았다.

"그런 고수와 싸워서 곽우 형이 비긴 거 아니야? 근데 뭐가
걱정이지? 난 정말 걱정이 안 되는데."

"……."

추국은 잠시 멍한 표정을 지었다. 이 아이의 말은 사실 옳은
것이 아니었다. 곽우는 무자춘의 손에서 겨우 살아났다는 표
현이 옳았다. 전력을 다한다면 곽우는 무자춘의 손에서 죽을
확률이 높았던 것이다.

한데 그전에 다른 생각이 들었다. 이유야 어쨌든 곽우는 그
와 싸워 멀쩡히 살아 있었다. 승부에서 진 것이 아닌 것이다.

그 한 가지만으로 곽우는 인정받아 마땅했다. 내력이 없는

것은 다른 문제겠지만 일단 곽우의 움직임만은 인정할 만한 것이었다.

　진짜로 서로가 최선을 다해 부딪친다면 곽우가 허망하게 패하진 않을 터였다. 즉 가능성이 무궁한 사람은 곽우였던 것이다.

　"그래, 곽 공자의 무공도 보통은 아니야. 하나 곽 공자는 내력이 없단다. 아마도 그 문제 때문에 지금 고민하고 있을 거야."

　"아, 내공."

　언뜻 주워들은 말이 있는지 연오하은 고개를 끄덕이며 입을 닫았다. 내공이라는 말이 나오자 주변의 사람들 모두 공감하고 있었다. 역시나 곽우에게 가장 큰 문제는 그것이었다. 내력이 없다는 것.

　"흐음, 과연 그럴까나?"

　그런데 문득 다른 소리가 들려오자 사람들의 시선이 움직였다. 그곳엔 자리에서 일어나 선실 문으로 향하는 장운의 모습이 보이고 있었다.

　"아무래도 바닷바람을 좀 쐬어야겠습니다. 나이가 드니 머리가 아프군요. 허허허."

　"그러시지요."

　웃으며 말하는 자인손의 말에 장운은 조용히 밖으로 나섰다. 그가 나가자 잠시 실내에 침묵만이 흐를 뿐이었다. 모두가 자신만의 생각을 골똘히 하는 듯 보였던 것이다. 그러던 한순간 연오하의 음성이 들렸다.

"정말… 곽 공자님는 내력이 없는 것인가요? 제가 내공 같은
건 잘 몰라도 무인에겐 정말 중요한 것이라 알고 있는데요."

그녀의 목소리에선 안타까움이 절절히 묻어 나오고 있었다.
그녀가 이렇게 말할 정도이니 다들 곽우의 내공이 없음을 아
쉬워하고 있는 것이었다. 오진영은 고개를 좌우로 저으며 말
을 이었다.

"그 녀석은 엄청난 힘을 타고난 놈이라 내력이 필요없었지
요. 이번 경우처럼 강한 상대를 만난 적이 없었을 겁니다. 게
다가 그놈 힘은 무서울 정도라 무자춘을 상대로 그토록 버틸
수 있었던 겁니다. 솔직히 제가 상대했더라면 전 이미 패퇴했
을 거구요."

솔직한 그의 발언에 추국은 고개를 끄덕였다. 확실히 곽우
의 힘은 놀라웠다. 내력을 힘으로 막아낸다는 것은 거의 불가
능에 가까웠다. 특히나 상대가 사도 무자춘 같은 실력자라면
말이다.

무자춘이면 지금 눈앞에 있는 자인손 급이었다. 자인손은
강호에서도 손꼽히는 고수였다. 곽우의 연배보다 한참 위의
사람이니 그만큼 대단한 힘을 가지고 있다는 뜻인 것이다.

"그 봐요. 내 말이 맞죠?"

"응?"

또다시 들려오는 연호랑의 말에 오진영은 눈을 크게 뜨며
입을 열었다. 오진영은 그게 무슨 말인가 했는데 이어 아이의

입술이 열렸다.

"곽우 형은 고수라니까요? 근데 뭔 걱정을 해요?"

"…훗, 그렇구나."

오진영은 귀여운 아이의 머리를 한번 쓰다듬어 주곤 살짝 웃었다. 그렇게 믿고 싶으면 믿으면 되는 것이었다. 굳이 아이의 꿈을 깰 필요는 없었다.

"에이, 진짠데……."

다들 그냥 그렇다는 식으로 얼버무리자 연호랑은 입을 삐죽 내밀었다. 그가 생각하는 곽우는 진짜 고수였다. 그것도 그가 태어나 처음 보는, 그의 어머니보다도 고수였던 것이다.

틱.

슬며시 창날에 아로새겨진 홈을 손으로 만지다 이내 손톱으로 튕겨보자 그 깊이가 느껴졌다. 아니, 사실 깊이라고 할 것까지는 없었다. 손톱으로 긁어야 그 깊이가 느껴질 정도로 얕게 패인 것이니 말이다.

그러나 중요한 것은 이것이 단단하기 이를 데 없는 백철(白鐵)이라는 것이었다. 들리는 말에는 만년한철(萬年寒鐵)이나 묵철(墨鐵) 같은 대단한 철들이 있다고는 하지만 곽우가 아는 가장 단단한 것은 이 창이었다.

그런데 내력으로 이 단단한 창두의 옆면을 긁어버리다니 놀라운 일이었다. 진짜 내력에 관한 것을 처음 경험해 보았던 것이다.

사실 이전까지 곽우는 내력에 관해 그리 크게 생각해 본 적이 없었다. 또 있다고 해도 그리 심각하게 생각하지도 않았고 말이다. 그러나 지금은 상황이 달랐다.

마음속으로 왜 사부가 자신에게 내력을 가르치지 않았는지 원망 비슷한 감정이 들었던 것이다. 이렇게 백철에 흠집을 낼 정도로 대단한 내력을 지닌 사람과 싸운다는 것은 이란격석과 같은 일이라는 생각이 들었다.

"허허, 꽤나 마음이 아픈 모양이구나. 그리도 억울하더냐?"

"아, 나오셨습니까?"

여전히 곽우는 환한 웃음을 지으며 상대를 맞았다. 목소리의 주인공은 장운. 그는 잠시 곽우의 얼굴을 뚫어지게 바라보더니 이내 말을 이었다.

"흠… 난 지금쯤 죽어라 하고 장창만 휘두를 줄 알았건만 제법이구나. 훌훌 털어버린 것이냐?"

장운의 목소리에 곽우는 뜨끔한 표정을 지었다. 사실은 좀 전까지 실컷 휘두르고 난 후였다. 자신이 가진 것이 무엇인지 곰곰이 생각해 봐도 신법 하나뿐이 없었던 것이다.

당연히 그 신법을 있는 힘껏 밟았다. 있지도 않은 적을 가상으로 만들어놓고 대응방법을 모색했던 것이다. 물론 실전에서 쓸모가 있는지 모르지만 말이다.

"그렇지 않아도 조금 전까지 실컷 움직인 상태입니다. 하하하!"

뒷머리를 긁적이며 곽우는 웃었다. 이 상황에 어울리지 않

는 그 환한 웃음에 잠시 장운은 실소를 머금었는데, 곽우는 곽
우였다. 저 멋진 웃음은 여전했던 것이다. 물론 일말의 씁쓸함
도 같이 느껴졌지만.

"그건 그렇고, 자네는 창술을 배우지 않았나? 그렇다면 창
술로 공격이라도 해보지 그랬나?"

"물론 배우긴 했습니다. 하나 그 순간 뭐라고 해야 하나. 마
치 고양이 앞의 쥐처럼 선공을 한다는 것은 불가능해 보였습
니다. 일단은 후수를 보려고 했지요."

"음, 그랬었군."

장운은 내심 그의 말이 이해가 갔다. 그건 바로 무형지기(無
形之氣)였다. 극한의 내력 차로 인해 느껴지는 강대한 벽과 같
은 느낌. 자연스럽게 수세로 돌아서게 만드는 것이 바로 이것
이었다.

많은 고수들은 자연스럽게 이 무형지기를 터득하게 되었다.
그리고 무공의 크기에 따라서 무형지기 역시 커지는 것이었
다. 사도 무자춘 정도 고수의 무형지기라면 아마도 견디기 어
려웠을 터이다.

"선수후공(先守後攻)을 생각했었습니다. 그래서 한 번의 공
격을 받고 바로 움직였지요. 도박 같은 것이었지만 당시엔 어
쩔 수 없었습니다."

"……."

장운의 두 눈썹이 꿈틀거렸다. 뭔가 달랐다. 이 이야기는 이
제 고수라 부를 수 있는 사람과 대련한 강호 초출이 말할 수 있

는 것이 아니었다. 상대의 무형지기를 이겨냈다는 소리와 다를 바가 없으니 말이다.

곽우가 가진 육체적인 힘이 놀랍지만 무공을 익힌 사람과 비슷한 정도라는 것은 어느 정도 이해할 수 있었다. 사실 따지고 보면 외공으로 내공에 맞서는 것이니 말이다.

그런데 이건 달랐다. 무형지기를 이겨내는 것은 내력도 있지만 팔 할은 정신력이었다. 그런 정신력은 수많은 실전 속에서 다듬어지는 것으로 육체의 힘으로 될 것이 아닌 것이다.

"그럼 그 멋들어진 신법도 다 계산을 한 것인가? 내 평생 강호를 돌아다녔어도 그러한 신법은 본 적이 없네. 정말 대단한 움직임이었어."

슬쩍 장운은 운을 떼었다. 이렇게 된 이상 곽우라는 사람의 모든 것을 다 알고 싶어졌던 것인데, 곽우는 그저 웃는 듯하더니 슬쩍 얼굴을 붉히며 입을 열었다.

"그럴 리가 있겠습니까? 그건 그야말로 운이었습니다. 이렇게 하면 되겠지가 아니라 이렇게라도 해보자라는 심정으로 한 것이었지요. 운 좋게 그게 성공된 것이고요."

아무것도 아니라는 듯 그는 입을 열었지만 장운은 절대 그렇게 생각할 수가 없었다. 그건 운이 아니었다.

공중에서 신형을 움직이는 것. 그건 인간이 가진 꿈이었다. 비록 곽우는 무거운 중병기의 이점을 이용해 공중에서 잠깐 움직였지만 그것이 가지는 의미는 작지 않았다.

사실상 곽우의 신법은 거의 완성 단계에 있었다. 선풍선법은 원 운동을 기본으로 해서 움직이는 신법. 물론 그 외에도 다른 효용이 있기는 하지만 순수하게 움직임에 관하여 이야기 한다면 그렇단 것이었다.

쇳덩이를 줄로 매달아 휘돌리듯 크게 장창을 휘돌린 뒤 그 원심력을 이용해 곽우는 무자춘의 뒤로 돌아갔었다. 그냥 무심코 그것을 보면서 장운은 얼마나 놀랐는지 몰랐다. 그것이 의미하는 것을 다른 사람도 아니고 장운 자신은 너무나 잘 알고 있었기 때문이다.

"마침 거기서 무자춘이 끝내서 그렇지 이후에 공격이 이어졌다면 저의 필패였습니다. 하나 앞으로 다시 만난다면 그렇게 끝나지 않도록 할 겁니다. 이젠 저도 공격다운 공격을 해보려고요. 물론 마음은요."

분명 객기에 가까운 말임을 잘 알면서도 장운은 마음이 쿵쾅이는 것을 느낄 수가 있었다. 지금 그의 말을 들으면 들을수록 정말 곽우는 그렇게 할 것 같은 생각을 지울 수가 없었던 것이다.

"이런 말 하면 좀 이상하게 들릴지 모르지만 이 늙은이의 부탁 하나 들어주겠나?"

"무엇인지요, 어르신?"

장운의 목소리에 곽우는 공손히 답했고, 그러자 장운은 싱긋 웃으며 말을 이었다.

"자넬 진맥 한번 해볼 수 있을까? 조금은 무례하다는 것을 알고 있네만."

상당히 조심스러운 얼굴로 그는 입을 열었다. 확실히 함부로 할 수 없는 부탁이기는 했다. 진맥은 남의 내력을 송두리째 살펴보고자 하는 것과 다름없었던 것이다.

"뭘 그 정도를 가지고 그러십니까? 여기 있습니다. 얼마든지 살펴보세요."

곽우는 아무렇지도 않게 손을 내밀었고, 그러자 장운은 오른손을 들어 곽우의 손목을 살폈다. 한참을 계속 만지고 있었지만 역시나 별다른 것은 없는 듯 그의 얼굴은 실망감이 비쳐 오르고 있었다.

"저는 정말 내력이 없습니다. 과거 많은 분들이 다들 그렇게 생각하고 진맥하셨습니만 다들 고개를 흔드시더라구요."

별것 아니라는 듯 곽우는 입을 열었고 장운도 이내 웃었다. 과연 곽우에게 내력의 증거는 없었다. 일반인과 다름없었던 것이다.

"뭐, 그래도 잘해보렵니다. 사부님께서 형편없는 무공을 가르쳐 주진 않으셨을 테니까요."

휘이이잉, 팡!

자유로운 오른손을 휘돌리며 장창을 한껏 돌리자 허공에서 멋들어진 소리가 들려왔다. 그 소리에 만족한 듯 곽우는 입가에 미소를 지었는데, 그때였다.

"…자네, 다시 한 번 해보게."

"예?"

뜬금없이 들려오는 장운의 목소리에 곽우는 무슨 소리인가

했다. 장운의 손이 곽우의 오른손을 가리키고 있는 것을 보니 아마도 장창을 돌려보라는 소리인 듯싶었다.

"아, 예."

그제야 곽우는 무슨 소리인지 깨닫고 이내 손을 돌렸다. 그리곤 똑같은 파공음을 만들어내었다.

파아앙!

역시나 다를 게 없는 소리였고, 곽우는 눈을 돌려 장운을 바라보았다. 하나 장운은 여전히 날카로운 눈빛으로 뱃전만 바라볼 뿐 별다른 반응이 없었다. 이윽고 그의 손이 곽우의 손에서 떨어져 나왔다.

"됐나요?"

"아, 그래. 허허허, 이 늙은이가 잠시 착각을 했나 보네."

곽우는 뭔가 장운의 신색이 변한 것을 보고 이상하게 생각했지만 더 이상 물어볼 수는 없었다. 갑자기 나타난 또랑한 목소리 때문이었다.

"곽우 형님, 수련 그만 하고 나랑 놀아요!"

"응?"

어느새 한쪽에 연호랑이 나와 있었고, 그 옆에 연오하와 추국이 같이 서 있었다. 그러자 곽우는 환한 웃음을 지으며 발걸음을 옮겼다.

"하하하, 요 녀석, 이 형이 너랑 놀라고 이 배에 탄 줄 아냐?"

"그럼 뭐 해요? 그거라도 안 하면 난 심심해 죽어요."

이미 양팔과 두 발을 쭉 벌린 그 형상을 보니 목마를 태워달라는 소리였다. 곽우는 활짝 웃으며 연호랑의 신형을 안아 올려 어깨 위에 올려놓았다.

"녀석, 이제 됐냐?"

"역시 최고야, 최고!"

"애, 호랑아!"

헤벌쭉 웃는 연호랑의 옆에서 연오하가 난감한 얼굴을 했지만 그 얼굴은 곧 곽우의 환하게 웃는 얼굴에 가려지고 말았다. 곽우는 그대로 선수로 향했고, 일행 모두 그의 뒤를 웃으며 따르고 있었다.

희한한 일이었다. 딴 건 몰라도 곽우를 보는 사람은 언제나 웃게 되었다. 그가 무슨 짓을 하든지 말이다.

하나 이 순간만큼 장운은 웃을 수 없었다. 곽우를 진맥했을 때 그는 가슴이 철렁한 기분이었다. 곽우가 힘을 쓰는 순간 분명 그는 느꼈던 것이다.

기운이 움직이고 있었다. 내력이 없다면 있을 수가 없는 현상이 지금 곽우의 몸에서 일어나고 있었다. 한데 다행스럽게도 장운은 그게 무슨 현상인지 아주 잘 알고 있었다.

"이보게, 자운산. 자네 정말 내게 큰 짐을 지우려 하는구먼. 허허허."

그저 저 하늘을 보며 허허롭게 웃을 뿐이었다. 장운은 문득 오른손을 허공으로 들어 올렸다. 그러자 그의 손엔 언제부터 들고 있었는지 작은 대롱이 하나 들려 있었는데 이어 그 대롱이 잠깐 떨리는 듯했다.

쉿, 파아아앙!

엄청난 폭음과 함께 허공에 괴이한 형상이 떠올랐다. 검은 하늘에 밝은 빛의 회오리가 이는 형상에 사람들은 모두 긴장했고, 자고 있던 사람들까지 적의 침입으로 생각했는지 다들 뱃전으로 뛰어올라 오고 있었다.

"무슨 일이냐? 어디야?"

특히나 오진영은 두 눈에 불을 켜며 소리쳤지만 그건 곧 공허한 메아리로 변했다. 그 누구도 그의 말엔 대답해 줄 수가 없는 것이 적이 만들어낸 것이 아니었기 때문이다.

"우아! 불꽃놀이다, 불꽃놀이!"

"호, 호랑아, 적일지도 몰라요. 조금 조용히."

연오하와 호랑의 대화가 멀리서 들리는 가운데 장운은 시치미를 뚝 떼고 움직였다. 긴장하는 사람들 사이로 움직이는 그의 얼굴엔 작은 웃음이 걸려 있었는데, 그건 이런 장난이 재미있어 그런 것이 아니었다.

참으로 오랜만에 보는 사람들을 생각하며 그런 것이다. 어쩌면 필생의 일이 될지도 모르는 일이 바로 이 배에서 일어나고 있었다. 그 일을 생각하며 조용히 웃음 지었던 것이다.

2

쏴아아아!

바닷물을 가르는 소리가 시원하게 들려오는 가운데 사람

들은 모두 뱃전으로 나와 주변을 둘러보고 있었다. 그러나 그저 한가하게 어두운 세상을 바라보고 있는 것은 절대로 아니었다.

한 명 한 명이 모두 긴장된 눈으로 어둠 속을 뚫어지게 바라보는 가운데 주위는 적막만이 흐르고 있었다. 모두들 딱히 어딘가를 향해 보는 것은 아니었지만 절대로 소홀히 할 수 없는 상황이었다.

"제길, 차라리 그냥 덤빌 것이지."

누군가의 입에서 작은 목소리가 흘러나오자 모두의 고개가 절로 끄덕여지고 있었다. 절로 이심전심이란 생각이 드는 순간이었다. 오진영은 그 모습을 보며 작게 입을 열었다.

"좋지 않군요. 이자들이 심리전이라도 펼치기로 한 것일까요?"

"서로 간에 왕래도 없던 사람들이 그럴 리가 있나? 그냥 모두가 다른 무리의 이리 떼라 보면 되지. 먹이를 노리고 있는데 그 먹이를 누가 채가지 않을까 다른 무리를 경계하는 이리 떼 말이다."

자인손 역시 좋지 않는 낯빛으로 입을 열었다. 주변 상황에 촉각을 기울이고 있는 것은 그 역시 마찬가지였다. 기실 그들은 지금 일촉즉발의 상황에 놓여 있었던 것이다.

무자춘의 공격이 지나간 지 오늘로서 사 일째였다. 그간 이상하리만치 평온한 나날을 보냈지만 평온하다는 것은 저들이 덤비지 않았다는 것일 뿐, 정신적으로 평온한 것은 아니었다.

알 수 없는 괴선박들이 배 주위에 머물고 있었던 것이다. 곽우 일행이 타고 가는 배와 속도를 맞추어 천천히 움직이고 있었지만 크기는 일행이 탄 배에 비하면 나룻배와 다름없었다.

하나 문제는 그 숫자. 하루하루 지날수록 숫자가 불어나더니 기어이 이십여 척이 넘는 숫자가 배 주변에 나타난 것이었고, 그 정도의 숫자라면 경시할 수가 없었다.

게다가 이자들은 뭔가 다른 행동을 하는 것도 아니고 그냥 배 주변만 살피고 있었으니 먼저 치기도 쉽지 않은 상황이었다. 아니, 혹시 모를 경우 전력이 분산될 수도 있으니 말이다.

"보물을 보고 오는 사람이 이 정도라니… 과연 뭍에서라면 움직이기도 쉽지 않겠군요."

오진영의 목소리에 자운산은 고개만 끄덕였다. 더 말을 해서 무엇 하랴? 보물에 관한 사람들의 욕심은 정말 끝이 없었다. 이곳이 강상이니 이렇듯 사람들이 함부로 덤비지 못하는 것이지 육지라면 당장 암습을 했을 터이다.

"한데 아무리 중요한 보물이라 하더라도 이렇듯 빨리 사람들이 모이다니 조금 의외입니다. 더욱이 저 배들, 왠지 일체감이 느껴지는군요."

"응?"

뜬금없는 곽우의 목소리에 자인손은 눈을 가늘게 떴다. 이 장강에 요즘 안개가 짙게 껴 있는데다가 작은 배들이 많아서 신경이 분산되고 있었는데, 그러고 보니 조금 비슷해 보이기도 했다.

특히나 그 크기나 형태가 아주 일정해서 어딘가에서 한꺼번에 온 것이 분명했고, 그건 다 같은 단체라는 뜻도 되었다. 특히나 그들이 풍기는 분위기가 상당히 유사했으니 더 생각할 것도 없었다.

"그거야 알아보면 될 일입니다. 시호야, 화안시(火眼矢)를 준비해라."

"예, 대인!"

위여산의 목소리에 시호라 불린 사내가 등에서 궁을 꺼내 들었다. 그는 품속에서 뭔가 꺼내더니 화살 끝에 주섬주섬 달아 잇고는 이어 허공을 향해 활시위를 당겼다.

끼이이이이!

강궁의 시위가 한껏 당겨지고 시호의 팔뚝이 불룩하게 커지자 그 옆에 있던 사내가 활촉 부위에 화섭자를 켰다. 그는 재빨리 화살촉 부위로 손을 옮겼다.

화르륵!

활촉에 무언가를 발라놓았는지 화섭자가 닿자마자 바로 횃불처럼 타올랐고, 그러자 시호는 바로 허공으로 활을 조준하곤 오른손을 놓았다.

피이이이잉!

화살은 공기를 가르며 힘차게 울었고, 사람들의 눈은 일제히 그 화살을 향하고 있었다. 어두운 밤하늘에 피어오르는 불길은 너무나 잘 보여 안 보려고 해도 안 볼 수가 없는 상황이었다. 그리고는,

퍼어어엉!

허공에서 작은 폭음과 함께 수많은 불덩어리가 물로 떨어져 내리고 있었다. 그리고 그 불덩어리들이 물에 닿을 때까지 그 주변을 환하게 밝혀주고 있었다.

"호오, 이런 방법이……!"

"우와!"

장운은 감탄성을 질렀고 연호랑은 눈을 반짝이며 시선을 떼지 못했다. 하나 다른 사람들은 신기한 광경보다도 다른 것을 보았는지 인상을 구긴 채 손을 툭툭 털며 소리치고 있었다.

"이제 보니 혈수귀(血水鬼) 놈들이었구나! 빌어먹을 놈들!"

상대가 밝혀졌다는 것만으로 사기가 올라가는 듯 사람들은 상당히 흥분하기 시작했다. 그러자 추국을 비롯한 연오하 일행은 일순 의아한 표정을 지었고, 그 모습을 지켜보던 오진영이 입을 열었다.

"장강엔 별의별 놈들이 다 있습니다만 그중 가장 질이 나쁜 놈들이 있습니다. 별로 보여 드리고 싶지 않은 놈들인데 결국 보게 되셨군요. 모두 저놈들에게 좋은 기억이 없는 사람들이라 이런 반응들을 보이는 것입니다. 혹여 피에 굶주린 것은 아니니 염려하지 마십시오."

"질이 나쁜 놈들이요?"

역시나 연오하는 되물었고, 그녀의 입장에선 이해할 수 없는 것이 당연했다. 그러자 이번엔 곽우가 입을 열었다.

"생각보다 이 강엔 많은 수적 패가 있습니다. 저들 역시 그런 수적 떼 중 하나이지요. 그런데 이자들은 그놈들 중에서도 상당히 질이 나쁜 놈들입니다. 살인은 물론이고 인신매매까지 서슴지 않는 놈들입니다. 동전 세 잎에 사람을 죽일 수도 있다고 공공연하게 떠들고 다니는 놈들이지요."

"낭인단의 성격도 띠고 있다는 것이군요."

곽우의 목소리에 추국이 대답하자 곽우는 살짝 고개를 끄덕였다. 그러나 그 말을 듣고 있던 대다수의 사람들은 그리 좋은 얼굴이 아니었고, 자인손이 그런 사람들을 대변이라도 하듯 말을 이었다.

"아무리 수적이라 한들 생명이 귀한 것은 마찬가지. 그들도 물목을 빼앗을 뿐 사람의 목숨까지 해하는 일은 많이 없습니다. 그러나 저들은 다르지요. 생명과도 같은 배에 불을 지르는 것도 예사. 여기 있는 대원들 중 저들에게 원한이 없는 사람이 없을 지경입니다. 이렇게 화내는 것이 당연하지요."

수많은 이야기를 다 말로 할 수는 없다는 듯 자인손은 말을 맺었지만 여전히 연오하를 비롯한 사람들은 고개를 갸웃거렸다. 장운은 그들에게 고개를 좌우로 저으며 그만 말하라는 눈치를 주었다. 이들의 생활을 모르는 이상 더 이상의 질문은 화만 나게 할 뿐이었다.

연오하를 비롯한 아이들의 강호 경험이 부족해서 그런 것이지, 실은 이 혈수귀라는 놈들은 상당히 잘 알려진 놈들이었다. 장운도 어느 정도 이야기를 들어본 적이 있으니 말이다. 한마디로 사람도 아니라는 것이 정석이었는데, 수적들의 집단으로

명성이 높은 장강수로채에서도 이들을 동류로 취급하지 않을
정도였다.

당연히 이들을 흑련에서 안을 이유도 없었다. 한마디로 인
간 말종의 집단을 흑련에서 끌어안았다간 무슨 꼴을 당할지
아무도 모르니 말이다.

"용병이라……. 그렇군. 네놈들이 그냥 올 리가 없겠지."

눈을 치켜뜨며 오진영이 말하자 모두 생각이 같은 듯 똑같
이 고개를 끄덕였다. 의뢰를 받아 이쪽으로 온 이들이 왜 그동
안 그냥 지켜보기만 했는지 잘 알 것 같았다.

기다린 것이었다. 혈수귀들은 일정한 거처가 없는 자들. 모
이는 것이 그리 빠르지가 않았고, 그것이 이들의 유일한 단점
이었다. 한마디로 어느 정도 모일 때까지 기다리고 있었던 것
이다.

그리고 그 기다림은 이제 끝이었다. 허공에 화안시를 날렸
을 때부터 이들의 움직임은 이미 변하였다. 뱃머리를 돌려 모
두가 배로 덤벼들기 시작했던 것이다.

"수왕궁의 협조는 필요없다는 건가? 갑자기 이들은 왜 데리
고 왔지?"

한쪽 입술을 씰룩이며 무자춘이 말하자 오잔은 비틀린 얼굴
을 만들었다. 굳이 말하지 않아도 불만 가득한 표정을 지은 채
그는 무자춘에게 툭 내뱉었다.

"내가 하는 일에 신경 끄시지. 그놈들은 이미 빌어먹을 봉평

그놈의 말을 따르게 되었으니 당연히 쓸 수 없는 거지. 게다가
차라리 이렇게 황금으로 목숨을 사는 것이 더 편한 걸 모르나?"
　신경 끄라면서도 오잔은 무자춘의 말에 꼬박꼬박 입을 열고
있었다. 무자춘은 피식 웃었는데 역시 아직 어린 티가 팍팍 나
는 놈이었다.
　자신이 한 일이 조금이라도 잘 풀리면 바로 티내고 싶어 안
달이 난 놈인 것이다. 대단한 부모를 둔 녀석들이 거의 대부분
이 모양인지라 대강 이해가 되는 상황이기는 했다. 뭔가 스스
로 해냈다는 느낌을 받기 위해 조금만 찔러놓으면 알아서 다
술술 부는 것이다.
　지금도 오잔의 얼굴엔 득의양양한 표정이 가득했다. 이미
동맹 관계를 맺은 수왕궁의 힘을 빌리지 않았다는 것, 즉 스스
로 모든 것을 다 알아서 했다는 것을 알아달라고 하는 듯이 말
이다.
　그러나 이 혈수귀들을 고용하는 데 드는 돈은 사음회의 무
사들이 목숨을 걸고 벌어온 돈이었다. 제 주머니 속의 돈처럼
사용하는 것이지만 아마도 이놈에겐 그러한 생각 자체가 없을
터였다. 말해봤자 입만 아플 것이다.
　"호오, 꽤 괜찮은 방법을 사용했군. 하기야 황금만큼 편한
것이 없지. 한데 다 죽일 셈이냐? 아직은 이르다고 생각하지
않나?"
　무자춘의 말은 공격이 너무 이르다는 점을 지적한 것이었
다. 사실 황금으로 사람을 산 것까지는 좋았는데 그 사람들의

실력은 그리 좋지 않았던 것이다.

당연히 이들은 저 배의 사람들을 당해낼 도리가 없었다. 지금이야 여기저기서 혈수귀들이 모여들어 숫자적 우위를 점하고 있으니 기세는 좋지만 그것도 오래가진 못할 것이다.

이럴 바엔 조금 기다렸다가 무자춘이 데려온 자들과 여기 오잔에 데리고 온 자들을 섞어 넣는 것이 나을 것이다. 아무래도 이들보다는 실력이 좋으니 말이다.

"큭. 이봐, 무자춘, 나도 생각이 있어 진행한 일이야. 이놈들이야 다 죽어 나자빠지든지 간에 아무런 관심이 없지. 그리고 당신 말대로 저들을 막을 수 있다고 생각하는 것도 웃기는 일이고."

정말 뭔가 준비를 했다는 듯 그는 득의양양한 미소를 짓고 있었다. 무자춘이 상황을 보며 조금 궁금해 하는 눈치를 보이자 오잔은 하얀 이를 보이며 입을 열었다.

"저놈들이 아니라 저들의 수괴라면 충분하지. 삼상귀들 정도면 충분하다 못해 넘칠 테니 말이야. 크흐흐."

뭐가 그리 좋은지 몰라도 괴소를 흘리며 오잔은 마음껏 웃어대기 시작했다. 상당히 흡족한 무언가가 있는 듯한 모양을 보며 무자춘은 피식 웃으면서도 고개를 살짝 끄덕일 수밖에 없었다.

오잔이 경망스럽게 말을 하긴 했지만 확실히 삼상귀 정도면 인정할 만한 실력을 갖추었다고 할 수 있었다. 사실상 혈수귀는 이 삼상귀 때문에 강호에 알려져 있으니.

호상귀(好喪鬼) 장주운(長株韻), 예상귀(藝喪鬼) 안도(安度), 초상귀(初喪鬼) 고요음(高曜愔)이 바로 그들이었다. 셋 다 호수구를 독문병기로 하면서 이 장강에서 살아가는 자들로, 아무리 수적 떼들이라고는 하나 그들의 무공은 그리 만만하게 볼 것이 아니었다.

특히나 호상귀 장주운의 무공은 대단해서 안도와 고요음이 한꺼번에 덤벼도 힘들 것이라는 것이 그들을 아는 사람들의 공통적인 생각이었다. 안도나 고요음이 일류고수라 말하기에 부족함이 없는데도 장주운은 이 둘과 격이 달랐다.

"이제 우리가 할 일은 하나뿐이지. 저 빌어먹을 놈들이 배를 작살내고 그 안의 사람들을 작살내면, 그때 가서 그냥 용호검만 집어 들면 된다는 거지. 덤으로 대검문을 옥죄일 선물도 좀 얻고 말이야. 큭큭큭, 누구보다는 훨씬 나은 방법이지. 무식하게 제 몸뚱어리로 난리치다니… 쯧쯧."

마치 이것이 정석이라는 듯이 그는 득의양양한 얼굴이었다. 이어 갑자기 타고 온 작은 나룻배의 갑판에 주저앉더니 품속에서 작은 병 하나를 꺼내 들었다.

"자, 그럼 어디 신나게 즐겨볼까나?"

포옹.

기분 좋은 소리와 함께 그윽한 술의 향이 은은하게 퍼지자 오잔은 한 모금 입속에 털어 넣으며 즐거운 얼굴을 했고, 무자춘은 그저 무덤덤하게 그를 바라볼 뿐이었다.

어두운 밤하늘에 절로 목울대를 꿀렁이게 만드는 짙은 향이

느껴지는 것이야 좋은 일이지만 그것 외에 다른 향도 느껴지
고 있었다. 가슴을 절로 답답하게 만드는 끈적한 피비린내가
느껴지고 있었던 것이다.

카라라락!
세 개의 호수구를 한꺼번에 막아낸 곽우는 어금니를 꽉 깨
물었다. 그리곤 양팔 가득 힘을 주며 힘차게 뿌려내자 곽우의
힘에 의해 호수구들이 뒤로 밀려나기 시작했다.
까라랑!
호수구들이 허공으로 떠오르고 있었다. 애당초 이들은 곽우
의 상대가 될 턱이 없었다. 곽우는 한 마리 사자처럼 빠르게
이들의 중앙에 파고들고는 허리를 살짝 숙이면서 양발에 힘을
주었다.
터어엉!
양발의 탄력을 이용하여 그는 앞으로 신형을 폭사했고, 이
어 허리를 틀었다. 그러자 오른 어깨가 한 사내의 가슴에 닿았
다.
퍼어억!
"컥!"
숨 쉬기도 힘들다는 듯한 답답한 비명이 사내의 입에서 흘
러나왔고, 이내 그의 신형은 허공으로 치떴다. 곽우는 빙글 신
형을 돌리며 오른손을 크게 들어 올렸다.
부우우웅!

거대한 장창이 허공에서 움직이자 바람을 가르는 소리가 매섭게 들려왔다. 호수구를 낀 두 명의 사내는 곽우를 향해 덤비려다가 그 기세를 보고 멈칫했다.

그리고 그 작은 움직임이 승부를 결정했다. 곽우는 내려치던 장창의 진로를 틀었다. 아니, 허리를 왼편으로 틀어 자연스럽게 그 방향이 바뀌게 만든 것이다.

휘잉!

왼편에 있던 사내가 양발을 들고 허공에 몸을 띄우고 있었다. 곽우는 재빨리 오른발을 앞으로 내밀며 신형을 휘돌렸다. 그러자 그의 왼발이 허공으로 크게 휘돌려지고 있었다.

빠각!

"컥!"

왼발 뒤꿈치에 걸리는 둔탁한 기분을 느끼며 곽우는 오른손을 들어 장창을 그의 오른 어깨 위에 걸쳐 올렸다.

그리곤 어깨를 발판 삼아 미끄러지듯이 장창을 밀었다. 이어 허리를 틀면서 힘껏 장창을 밀어내자 신형을 돌린 그의 눈에 달려들던 사내 하나가 보였다.

그는 오른손의 호수구를 들어 장창을 막으려 하고 있었다. 호수구는 낫처럼 휘어진 기형 병기. 아마도 잡아채어 옆으로 돌리려는 것 같았으나 그건 곽우의 힘을 너무나 얕보는 처사였다.

콰가가각!

"헛!"

절로 헛바람이 나오는 상황이었다. 곽우의 장창은 거의 흔들림없이 허공에서 직선으로 날아오고 있었고, 호수구는 오히려 장창에 딸려가고 있었다. 사내는 부지불식간에 허공으로 몸을 띄웠다.

파아앗!

곽우의 장창은 간발의 차이로 허공을 찌르고 있었다. 사내는 공중으로 뜬 채 잠시 한숨 돌린 기분이었지만, 그건 정말 기분일 뿐이었다. 이어 곽우의 움직임이 변하고 있었다.

"합!"

탓!

왼발을 앞으로 내밀며 허리를 틀자 곽우의 손에 들린 장창이 회전하기 시작했다. 이어 곽우는 한순간 왼손까지 움직여 양손으로 장창을 쥐었다.

부우우웅!

터질 듯이 부풀어 오른 팔뚝이 아니더라도 곽우가 지금 얼마나 힘을 주었는지 소리만 들어봐도 잘 알 수 있었다. 그 팔을 본 사내는 얼굴이 사색이 되었지만 피할 수 있는 방법은 없었다. 공중에서 움직일 수 있는 신법은 그리 쉽게 배울 수 있는 게 아닌 것이다.

그러고 보니 다분히 의도적인 상황이었다. 공중으로 사람을 띄워놓고 치는 방법을 생각한 것일 뿐이었다. 왠지 저 커다란 덩치가 여우같이 보인다고 생각하는 순간, 그는 더 이상 생각을 할 수가 없었다. 그저 호수구를 가슴께로 놓은 채 어금니를 꽈악 깨물 뿐이었다.

쩌어어엉!

"크아악!"

호수구가 박살이 나면서 그의 신형이 허공으로 크게 떠오르고 있었다. 순식간에 일 장여를 날아 그가 도착한 곳은 배가 아니라 강물이었다. 떨어질 때 그가 봤던 마지막 모습은 배의 옆면. 그리고는 푸른 강물 속으로 떨어져 내렸다.

풍덩!

큰 물보라를 일으키며 사내의 신형이 어두운 장강에 가려 사라지자 곽우는 신형을 돌렸다. 일단 그의 주위엔 더 이상 혈수귀들이 없었다. 아니, 있고자 해도 있을 수가 없는 것이 정상이지만 말이다.

곽우의 장창이 워낙 그 반경이 커 사람이 있을 수가 없었던 것이고, 덕분에 만만해 보이는 오진영한데 붙어버려 그로선 아주 죽을 맛이었다. 하나 아직까지 오진영은 잘 버티고 있었다.

이미 사방에 붉은 피가 홍건하게 뿌려진 후였다. 벌써 꽤 많은 혈수귀와 대원들이 죽거나 다친 상황이라 이대로 가면 양쪽 모두 공멸을 할 우려가 높았다.

그나마 다행인 것은 시간이 흐르면서 점점 상황이 정리되어 갔다. 선수에 서 있는 자인손이 그 명성만큼의 위력을 보여주고 있었으니 당연한 일이었다. 애당초 저들이 자인손에게 덤비는 것이 실수라 여겨질 정도였던 것이다.

서서히 배의 상황이 진정되는 국면이 느껴지자 곽우는 재빨리 삼층 누각으로 올라갔다. 그곳에 그들이 지켜야 할 연오하 일행이 위여산과 같이 있었던 것이다.

"상황은 어떤가, 곽우?"

"예, 조금만 더 있으면 진정될 것 같습니다, 위 대인."

위여산은 고개를 끄덕였다. 다행이라는 얼굴색과 왠지 불안한 기색이 같이 나타나고 있었는데 그것이 무엇을 말하는지는 굳이 말로 하지 않아도 잘 알 수 있었다.

상당한 타격을 입은 상황이었다. 물론 타격이야 저 혈수귀 놈들이 더 많이 입었을 것이나 그들은 공세였고, 자신들은 수세였다. 게다가 앞으로 얼마나 더 많은 사람의 공격을 받아야 하는지 짐작조차 하기 힘든 상황이었다.

상황이 다 끝나고 집계를 해봐야 알겠지만 상황은 그리 좋아 보이지 않았다. 곽우는 고개를 돌려 연오하를 향해 입을 열었다.

"보기 좋지 않으셔도 잠시만 기다려 주십시오. 일단 최대한 빨리 정리를 해보도록 하겠습니다."

"아니… 전 상관하지 않으셔도 됩니다. 모두의 안위가 우선입니다, 곽 공자."

곽우의 목소리에 연오하의 작은 목소리가 대답처럼 들려왔다. 목소리에서 작은 떨림이 느껴지는 것이 조금은 두려운 모양이었다. 물론 그건 너무나 당연한 일이었다.

무림인이 아닌 이상 살아가면서 이 정도의 피를 볼 일은 없었다. 뭐, 국경지대의 사람들이라면 심심찮게 보는 것이 국지전이란 이름의 전장이지만 이곳은 장강이었다. 이만한 살상이 이루어지는 것은 쉽게 볼 수가 없었던 것이다.

굳이 말로 하지 않아도 연오하의 얼굴색은 하얗게 질려가고 있었다. 아무래도 이 상황이 끝나야 그녀의 얼굴색이 돌아올 것 같았는데, 곽우는 다시금 그녀에게 입을 열었다.

"그야 물론입니다. 하나 제일 중요한 것은 소저……."

말을 하다 말고 곽우는 신형을 빠르게 돌렸다. 뒷목을 찌르는 듯한 강렬한 기운이 자신을 향해 오고 있었던 것이다.

아니, 누구를 향한 것인지는 확실치 않았으나 이건 틀림없는 살기였다.

그것도 혈수귀들이 내뿜을 수 있는 그런 살기가 아니었다. 폐부를 찢어내는 듯한 강렬한 살기는 이들 수준보다 훨씬 더 큰 무공을 가진 자가 분명했다. 곽우는 어금니를 꽉 깨물며 앞으로 달려나갔다.

탓! 터어엉!

삼층 누각 주변에 있는 손잡이를 딛고 곽우는 허공으로 날아올랐다. 조금이라도 연오하의 앞에서 적을 떨어뜨리고자 하는 생각에서 나온 행동이었는데 귓가에 스쳐 들려오는 칼바람 소리를 들으면서 곽우는 온 신경을 전방에 기울였다.

그러자 그의 눈에 호수구 한 쌍이 보였다. 분명 형태는 익숙한 호수구였으나 그 호수구의 크기가 가공스러웠다. 물경 반장여에 이르는 거대한 호수구 두 개가 보였던 것이다.

그 호수구들이 움직이기 시작하자 곽우는 오른손을 앞으로 길게 찔렀다. 양손으로 호수구를 끼고 있는 사내이니 그 중간에 끼워 넣으면 될 일이었다.

파아아앗!

언제나처럼 섬전같이 그의 장창이 허공을 갈랐고, 이내 두 개의 호수구는 그 창을 막기 위해 하나로 뭉쳐지고 있었다. 그리곤 첫 번째 격돌이 이루어졌다.

쩌렁! 카카칵!

병기들이 하나로 엮이고 있었다. 십자로 모아놓은 호수구의 혈조 사이로 곽우의 장창이 밀려들어 가 있었다. 의도하지 않던 힘겨루기가 시작되자 양편은 나아가던 신형을 정지한 채 서로의 모습을 살폈다.

곽우만큼이나 큰 사내였다. 하나 곽우와는 달리 근육보다는 비계가 훨씬 많아 보이는 체형으로 전형적인 장사의 모습이었다. 그런 자가 기형적으로 큰 호수구를 착용하니 그것조차 그리 커 보이지 않을 정도였다.

힘겨루기이긴 하지만 공중에서의 일이었다. 서로 간에 밀어붙인 신형은 그 힘을 다하고 내려서고 있었다. 삼층 누각의 높이에서 떨어져 내린 두 사람은 양발에 힘을 준 채 갑판 위에 올라섰다.

쿠우우웅!

둔중한 소리가 흐르고 두 사람은 서로의 얼굴로 눈을 돌렸다. 곽우의 눈에 그제야 사내의 얼굴이 들어왔다.

통통하다고 해야 맞는 표현이었다. 살이 찌긴 했지만 왠지 그 얼굴에선 많이 찐 듯한 느낌이 들지 않았으나 그 목을 보면 그런 생각이 싹 사라지고 있었다.

이중을 넘어 삼중 턱의 사내였던 것이다. 떨어지는 충격에 그 살들이 아직도 떨리고 있었고, 그 떨림이 멎을 순간 다시금 살이 심하게 흔들리고 있었다. 그리곤 사내의 입술이 열렸다.

"이거야 원, 생각지도 못한 재미가 있었구먼."

사내의 두툼한 입에선 역시나 묵직한 저음이 흘러나왔다. 곽우는 그에게 신경을 쓰면서도 주위를 둘러보기에 여념이 없었는데, 그러자 사내의 턱살이 다시 떨렸다.

"떨거지 놈들은 신경 안 써도 된다. 넌 나만 보면 되는 거야. 단 한 놈도 내 옆엔 오지 않는다."

"……."

마치 곽우의 마음속을 들여다보기라도 했다는 듯 그는 곽우를 향해 입을 열었다. 그러자 곽우는 씨익 웃으며 입을 열었다.

"일 대 일로 한번 해보자는 것인가? 결투라도 벌이자고?"

"호!"

곽우의 목소리에 사내가 뜻밖이라는 표정을 지었다. 왜 그런 표정을 지었는지 곽우는 알 수 없었지만 곽우의 얼굴에 떠오른 웃음을 본 사람들은 다들 그런 생각을 하고 있었다. 역시 이 상황에서도 곽우의 웃음은 묘하게도 친근하게 보이고 있었던 것이다.

"결투라……. 그것도 좋겠지. 기왕에 하는 것 제대로 해보자. 내 이름은 안도, 예상귀라 부르며 이 혈수귀들이 내 아이들이다."

시링!

얽힌 호수구를 단번에 풀어내며 안도가 입을 열자 곽우는 이채를 띠었다. 큰 덩치에 맞지 않게 상당히 유연한 동작을 보여주고 있었던 것이다.

물론 유연성은 곽우 역시 지지 않을 자신이 있었다. 하나 같은 유연성이라면 병기의 수발에서 안도가 유리한 상황이었다. 장창보다는 아무래도 손에 매달린 호수구가 훨씬 빠를 테니 말이다.

"곽우, 장영해의 곽우라 한다."

휘이잉!

들고 있던 장창으로 크게 원호를 그리며 곽우는 입을 열었다. 그러자 안도의 입술이 열렸다.

"곽우… 곽우라……. 훗훗, 즐거운 한때가 될 것 같군그래."

말과 함께 안도의 몸에서 작은 기운이 느껴지기 시작했다. 천천히 두 사람 사이엔 숨 막힐 것 같은 긴장감이 감돌기 시작했고, 그 긴장감은 그들만이 느끼는 것이 아니었다. 지켜보던 모든 사람들의 눈에서도 긴장감이 흐르기 시작했다.

第六章
삼상귀

1

　상황이 급박해진 것은 굳이 눈으로 보지 않아도 귀로 충분히 알 수 있었다. 자신이 있는 곳은 배의 선수 부근. 곽우는 그곳에서 약 삼 장여 정도 떨어진 뒤편에 있었다. 목소리가 안 들릴 수가 없는 상황인 것이다.

　분명 그의 귓가에 한 사내의 목소리가 들렸고, 그 목소리는 스스로를 예상귀 안도라고 말했다. 그렇다면 이 상황이 조금 더 빨리 정리되어야만 했다.

　예상귀 안도가 왔다면 나머지 두 사람도 와 있을 확률이 높았다. 혈수귀들이 가지고 있는 가장 큰 전력은 물론 그 숫자에 있지만 그 외에 이 혈수귀를 이끄는 세 사람의 무공도 있었다. 혈수귀 전체의 오 할 이상이라는 그들 삼상귀 모두가 이곳 어디에선가 있을 확률이 높았던 것이다.

당연히 그의 손길이 바빠졌다. 빠르게 큰 원을 그리며 자인손은 자비를 거두었다. 더 이상 시간을 끌면 자신이 손해였다.

피리리링! 촤촤촤촤촤!

"큭!"

"우욱!"

답답한 신음성과 함께 자인손의 장창이 허공을 할퀴자 피가 흩뿌려졌다. 삽시간에 두 명의 사내를 뒤로 물러서게 한 그는 신형을 돌렸다. 잠시 허공으로 피어오른 피 안개에 혈수귀들이 시선을 돌린 사이 그는 곽우에게 가고자 함이었다.

스웃! 파아앙!

한 발 크게 굴러 뒤로 향하는 순간 이미 그의 몸은 허공을 비상하고 있었다. 저 앞에 곽우와 안도가 대치하는 장면이 보였는데, 그 순간이었다.

"……!"

자인손은 허공에서 신형을 뒤집으며 창대를 휘돌렸다. 그의 장창은 크게 휘어지더니 이내 허공의 한 지점을 향해 화살처럼 쏘아졌다.

그리고 그 장창이 자인손의 눈앞으로 온 순간 자인손은 오른손을 크게 떨구었다. 그러자 장창이 좌우로 흔들리며 그 형상 자체가 사라져 버렸다.

따라라라랑!

귀청을 때리는 소리가 허공에서 들려왔다. 자인손은 그 충격에 바로 아래로 떨어져 내렸고, 이내 그의 발은 갑판에 닿았다. 그리고 발이 닿았다고 생각하는 순간 자인손의 몸이 다시 앞으로 움직였다.

파아앙!

빠르게 손을 놀리며 자인손의 장창은 거의 보이지도 않을 정도로 회전시켰다. 눈으로 볼 수도 없으니 막는다는 것은 불가능에 가까워 보였으나 그 불가능을 가능으로 만드는 사람들은 분명 존재했다. 지금처럼 말이다.

카카칵!

두 개의 호수구에 그의 장창이 얽히고 있었다. 자인손은 내력을 운용하며 빠져나가려 했지만 호수구의 주인 역시 내력을 운용하고 있는지 소음만 일며 빠질 생각을 안 하고 있었다.

조금은 작달막한 체구에 번들거리는 대머리가 인상적인 사내였다. 한쪽 입술이 살짝 비틀려 올라가 있어 비웃는 듯이 보였는데 왠지 그 웃음은 웃음이라 말하기 힘든 것이었다.

그 얼굴에 흐른 웃음은 그가 지은 웃음이라기보다는 그냥 만들어진 것 같은 느낌이 들었다. 마치 얼굴 한쪽이 마비되어 웃는 모습이 고정되어진 것 같았는데, 그 얼굴을 본 순간 자인손의 어금니가 꽉 깨물렸다.

"호상귀 장주운……."

틀림없이 호상귀 장주운이었다. 삼상귀 중에 가장 강하다는 그가 지금 자인손의 눈앞에 있는 것이다.

"과연 일회창사, 안력도 수준급이군."

칭찬인지 비웃음인지 모를 말을 남긴 채 장주운은 진짜로 웃었다. 이번엔 한쪽만 활짝 웃는 기이한 모습이 되고 있었는데 장주운은 그 웃음 사이로 입을 열었다.

"꼭 한번 만나고 싶었소이다, 자인손. 오늘 그대의 힘을 한번 볼까나?"

키링!

얇은 장창을 풀어내며 장주운이 내력을 끌어올리자 자인손 역시 내력을 끌어올리기 시작했다. 이자는 그냥 선선히 대할 수 있는 사람이 아니었다.

우우우웅!

거의 팔 할에 가까운 내력이 자인손의 몸에서 치솟아오르고 있었다. 눈앞에 있는 호상귀 장주운은 그 정도로 강한 인물이었던 것이다.

"예상귀 안도에 호상귀 장주운까지! 설마 삼상귀가 다 오는 것인가!"

오진영의 입에서 불안한 목소리가 흘러나왔다. 삼층의 누각에서 지켜본 전황은 완연한 대립 구도가 형성되었다고 말할 수 있었다.

일단 첫 공격은 효과적으로 막아낸 셈이었다. 혈수귀들의 공격은 더 이상 위협이 되지 못할 것이나 상황은 더더욱 악화되고 있었다. 혈수귀보다 더 강한 자들이 왔으니 말이다.

아직 초상귀 고요음의 모습이 보이지 않고는 있지만 어디엔가 있을 것이란 생각을 떨칠 수가 없었다. 오진영은 자신도 모르게 머리칼이 번쩍 서는 듯한 느낌을 받았다.

"오 공자, 너무 긴장하는 것 아니에요? 아무리 저자들이 강하다 한들 우리도 어느 정도 힘이 있습니다. 조금 진정하세요."

문득 뒤에서 추국의 목소리가 들려오자 오진영은 작게 고개를 끄덕였다. 그러나 아무리 생각해도 추국의 말은 그리 도움이 되질 않았다. 초상귀 고요음은 그리 만만한 자가 아니었던 것이다.

이들의 별호는 그냥 지어진 것이 아니었다. 호상귀는 언제나 반쪽이 웃는 얼굴이기에 기분 좋게 상대를 보내준다는 의미가 있었고, 예상귀는 최선을 다해 죽음을 선사한다는 섬뜩한 뜻이 있었다.

이 둘은 솔직히 그냥 그런가 보다 하고 넘어갈 수 있었다. 그러나 초상귀는 달랐다. 초상귀는 그를 보는 사람은 죽는다는 의미를 담고 있었던 것이다.

전문적인 살수 이상의 실력을 가진 사람이 바로 그였다. 그렇기에 오진영이 긴장하고 있었던 것이다. 오진영은 끊임없이 주변을 바라보며 경계에 여념이 없었다.

"후, 그러나저러나 진짜 이상하네. 분명 곽 소협은 내력이 없을 텐데 저 안도라는 자와 동수로 보이니……."

젊어서 고생은 사서도 한다는 말이 있듯이 고민하는 것이야 본인의 문제였다. 오진영이 이토록 집중하며 고민을 하고 있으니 그것이야 할 수 없는 일이었다.

추국의 신경은 이제 곽우에게 쏟아지고 있었고 그녀는 점점 곽우에게 이상한 점을 느끼고 있었다. 이젠 곽우의 무공을 절대로 경시할 수가 없었던 것이다.

처음에 곽우를 봤을 땐 정말 뭐 저런 사람이 날 보호할 수 있을까란 생각을 한 것이 사실이었다. 가진 것이라고는 힘밖에 없는 것이 곽우였고, 실제로 그가 말하는 것도 그랬었다.

한데 지난번 사도 무자춘과의 대결도 그렇지만 지금 예상귀 안도를 상대로 곽우는 대등한 모습을 보여주고 있었다. 아니, 점점 더 안정되어 가는 모습을 보여주고 있었던 것이다.

"총관님, 그렇게 생각하지 않으세요? 저 곽 소협은 진짜 신기한 것 같아요. 아무리 천력을 지닌 사람이긴 해도 안도 정도면 꽤 내력이 있는 고수 아닌가요?"

"물론이다, 추국아. 꽤가 아니라 상당한 경지이지."

왠지 뼈가 있는 대답에 추국은 장운을 바라보았다. 하나 장운은 그저 눈으로 곽우의 신형을 보기에 바빴는데, 그러자 추국은 다시 입을 열었다.

"총관님, 웬만하면 이제 좀 알려주세요. 저 곽 소협이 익힌 선풍선법이라는 것, 그거 단순한 보법이 아닌 것 같은데요?"

"음?"

급작스런 질문에 장운은 추국의 얼굴로 시선을 돌렸다. 사실 그녀뿐만이 아니라 여기 있는 사람 거의 대부분이 다 귀를 쫑긋거리고 있었다.

"허허허, 이 녀석아, 이전에 그토록 너에게 가르쳐 주려고
애썼던 것을 이제야 다시 가르쳐 달라는 것이냐?"

"예?"

이번엔 추국이 놀라고 있었다. 순간 그녀의 머릿속에 과거
의 편린들이 휙휙 지나가기 시작했고, 그 편린 중 하나를 생각
해 낼 수 있었다.

하도 힘들어서 울었던 기억. 그 기억이 진하게 남는 훈련이
하나 있었다. 어릴 때부터 그녀를 아끼던 장운이지만 무공만
큼은 엄하게 가르쳤고, 특히 이 훈련 때는 더더욱 그런 것 같았
다.

그건 훈련이라 보기 어려웠다. 상체와 하체에 모두 모래
주머니를 매달고 천장에 매달린 추를 피해야 했다. 그것도 줄
곧 네 시진 이상씩을 말이다.

"설마 그때 그 말도 안 되는 훈련들을 말씀하시는 것인가
요?"

"녀석, 넌 선풍선법의 수련을 해보지 않았더냐? 기억하기
싫을 정도로 힘든 기억이었나 보구나. 허허허."

장운은 웃었다. 정말로 허허롭게 웃고 있었는데, 하나 그건
웃음뿐 실제 그의 눈은 다시 곽우에게 향하고 있었다. 그의 일
거수일투족을 보면서 다시 입을 열었다.

"몸은 바람같이, 마음은 세상을 비추는 햇살과 같이 언제나
밝고 가벼운 것이 기본이란다! 기억하겠지?"

"……"

뜬금없는 이야기에 추국은 두 눈을 동그랗게 떴다. 갑자기 장운이 외친 말은 그냥 외친 것이 아니었다. 내력을 실어 외쳤던 것이다.

당연히 저 앞에 있는 사람들도 들었을 터이다. 이해하기 힘든 일이지만 그는 다시금 소리치고 있었다.

"구름이 있다면 그 구름을 넘어갈 것이며 비가 온다면 그 비를 흘려야 될 것이다! 하늘과 바람과 구름과 비! 이것이 우리가 보는 세상의 이치! 그 이치를 느끼려 노력한 것이 바로 선풍선법이란다!"

역시나 장운의 말은 내력을 싣고 허공으로 날아가고 있었다. 아무리 싸우느라 정신이 없더라도 그의 말은 곽우의 귓가에 박힐 수밖에 없었다.

"때로는 바람이 되고 때로는 구름이 되거라! 또 때로는 세찬 비가 되고 때론 하늘에서 떨어지는 번개가 되는 것! 그것이 바로 선풍선법의 진정한 이치! 거스르지 않고 동화되는 순간의 움직임을 형상화한 것임을 아직도 모르겠더냐?"

"……."

추국은 황당한 얼굴이 되었다. 이건 자신에게 이야기하는 것이 아니었다. 저기 있는 곽우에게 이야기하는 것이나 다름없었다. 물론 그 이야기가 대체 무엇을 뜻하는지는 아무도 모르지만 말이다.

"이것은 자연의 이야기이니라! 거칠게 흐르는 바람의 힘일 수도, 때로는 잔잔하게 흐르는 산들바람의 힘일 수도 있단다!

우리는 그저 그 소리에 귀를 기울인다면 되는 것이겠지!'

"후."

마치 시구 같은 느낌에 추국은 작은 한숨을 쉬었다. 동문서
답도 정도껏이지 알려달라고 했더니 차라리 신경을 끄는 것이
나을 듯한 답변이었다.

"어디… 한번 볼까나?"

사람들의 이목이 다시금 곽우에게 집중되자 장운도 곽우에
게 시선을 던졌다. 들릴 듯 말 듯한 나지막한 혼잣말을 중얼거
리며 그는 입을 닫았다. 날카롭게 빛나는 그의 눈만이 곽우의
일거수일투족을 놓치지 않을 뿐이었다.

자연의 이야기. 만일 자신이 선풍선법을 알지 못했다면 웬
뚱딴지같은 소리냐고 하겠지만 곽우에게는 다른 의미로 다가
오고 있었다.

물론 장운은 빗대서 이야기한 것이었다. 진짜로 그 바람이
어떤 의미가 있어 곽우에게 중요한 무엇인가를 제공하는 것은
아니었다.

궁극적으로 몸을 움직이는 방법을 자연에 빗대어 말한 것이
다. 흐르는 바람 사이를 뚫고 또 빗물 사이를 흐르며 흐트러진
구름을 휘저으며 가는 것이다.

순환(循環). 비록 그 형상은 달라질지언정 바람, 구름, 비, 번
개는 모두 하늘에서 보여지는 것이었다. 자연이란 큰 틀 안에
서 보면 그것들은 하늘의 형상이 그 모습을 달리하는 것 뿐인

것이다.

물론 다 관념적인 이야기였다. 하나 그 관념적인 것에서 형(形)이 시작되는 법이니 새겨들어야 할 이야기였다. 물론 그 형이란 것은 정해진 틀이 없었다. 스스로가 깨우쳐야 하는 것이다.

그저 그 의미대로 움직일 뿐이었다. 말로는 그렇게 이야기할 수 있지만 실제로는 참 힘든 것이었는데, 곽우는 듣고 싶지 않아도 들려오는 장운의 목소리를 다시금 생각했다.

"거 참, 시끄러운 노인네로군. 딱 보니 뭔가 획책하고 있는 것 같은데 날 앞에 두고 그건 쉽지 않은 일이지. 그렇게 생각하지 않나?"

두터운 입술 사이로 다시금 굵은 목소리가 흐르자 곽우는 어금니를 꽉 깨물며 다시 상대에게 집중하기 시작했다. 잠시의 시간이 흐르고 안도는 손을 멈추더니 말했다.

"뭔가 도움이 된 건가? 정말 처음 인상과는 전혀 다른 무공을 하고 있구먼그래. 강함 속에 부드러움이라……. 아주 좋아. 큭큭."

뭐가 그리 좋은지 모르지만 안도는 즐겁다는 듯이 웃고 있었다. 하나 그 웃음 속에 한줄기 긴장감이 서려 있음을 그는 감추지 않고 있었다.

"좋아, 그 부드러움의 끝을 보자고!"

파아아앙!

허공 가득 거대한 그림자가 떠오르고 있었다. 그냥 보는 것만으로도 압도될 만큼 안도의 몸은 거대했다.

하나 곽우는 침착하게 대응하고 있었다. 장창을 치켜든 채 무언가를 노리듯 안도는 양손을 빠르게 휘두르며 곽우에게 덤벼들었다.

카라라락!

불꽃이 일면서 곽우의 장창이 튕겨 나가고 있었다. 교묘한 호수구의 놀림에 그렇게 된 것인데 곽우는 뒤로 크게 한 걸음 물러나며 상황을 주시하고 있었다.

탓! 파아앙!

한 발이 땅에 닿은 순간 안도는 빠르게 곽우를 향해 덤벼들었다. 곽우의 병기는 장창. 거리를 주면 절대로 안 되었다. 반대로 곽우는 일정 거리를 벌리려 애쓰고 있었지만 말이다.

따다다다당!

접근하려는 자와 떨어지려는 자. 서로 신형을 놀리는 가운데 빠른 합이 이루어지고 있었다. 그러나 아무리 곽우가 빠른 찌르기를 하더라도 호수구보다 빠를 수는 없었다. 이윽고 한 순간 안도의 입에서 기합성이 터졌다.

"차압!"

빠각!

갑판이 부서지는 소리가 들리는 듯하더니 그의 오른 다리가 커다랗게 부풀어 오르고 있었다. 그리곤 지금까지와는 전혀 다른 속도로 곽우에게 덤벼드는 안도였다.

그야말로 섬전. 어떻게 해볼 도리도 없이 곽우는 피하기에 급급한 상황이었다. 그러나 완전히 피할 수는 없는 노릇이었다. 하얀 빛줄기가 허공을 가르는 순간 곽우의 몸에서 기이한 소리가 들려왔다.

쫘아아앗!

호수구가 곽우의 옆구리를 길게 찢어버리고 말았지만 곽우의 표정은 변함이 없었다. 다행히 그저 스친 듯했는데 곽우는 다시 자세를 잡고 있었다. 안도는 그 모습을 보며 잠시 숨을 골랐다. 왠지 느낌이 좋지 않았던 것이다.

안도가 조금 불안한 느낌을 가지는 것은 바로 이것이었다. 방금 전 자신의 한 수는 곽우가 피할 수 있는 공격이 아니었다. 느껴지는 곽우의 무공은 절대 이런 공격을 피할 수가 없었던 것이다.

아무리 봐도 삼류에서 조금 나은 정도의 내력이었다. 그 정도의 내력이라면 거의 없다고 해도 과언이 아니었고, 실제로 그냥 조식만 잘해도 그 정도 이상의 내력을 낼 수 있었다.

그런데 곽우는 피하고 있었다. 사실 지금 그가 내고 있는 이 보법은 유력보(流力步)라는 것으로 그리 쉽게 피할 수 있는 것이 아니었다. 보통 사람이 본다면 사공이라고 할 정도로 대단한 보법이었던 것이다.

아니, 그를 포함한 장주운과 고요음이 그리 고운 눈으로 보이지 않는 가장 큰 이유가 바로 이 무공에 있었다. 세 사람이 공통으로 익히고 있는 유력편공(流力編功)이라는 무공 때문인 것이다.

간단히 말해 몸속의 힘을 한쪽으로 집중시켜 그 효과를 더욱더 크게 만드는 것이다. 방금 전에도 한쪽 발에 힘을 집중시켜 그 효과를 더더욱 크게 만들었던 것을 예로 들 수 있었다.

한데 그것이 저 곽우에게 통하지 않은 것이다. 분명히 말하건대 처음엔 조금 통했었다. 그리고 그때 곽우를 조금 가지고 놀고 싶은 마음에 안도는 스스로 그리 큰 타격을 주지 않았다.

그런데 지금은 그것이 큰 후회로 다가오고 있었다. 몸 이곳저곳 스친 자국 사이로 피가 흐르지만 그건 처음의 이야기였다. 이젠 곽우가 다 피해내거나 혹은 막아내고 있었다.

간발의 차이였다. 간발의 차이로 언제나 그의 병기가 빗나가고 있었고, 왠지 모를 불길한 느낌은 바로 거기에 있었던 것이다.

"훗, 이쯤 하면 공격 좀 해보지 그래? 언제나 수비만 할 건가?"

"지금 네가 날 생각해 주고 있는 건가?"

곽우는 어이없다는 말투로 입을 열었다. 그러자 안도는 싱긋 웃으며 고개를 끄덕였고, 곽우는 조금 빈정이 상했다.

수세에 몰려 있다고 가지고 노는 듯한 기분이 든 것이다. 곽우는 양손의 장창을 다시금 말아 쥐었다. 이젠 그가 선수를 할 수 있는 상황이 자연스럽게 만들어진 것이다.

이유는 모르겠지만 요즘 들어 곽우는 계속 수세만 취하고 있었다. 아무리 생각해도 자신도 그 이유를 잘 모를 정도였는데, 어쨌든 지금은 그간의 생각들을 툴툴 털어버릴 수 있는 절호의 기회였다.

"그렇게 원한다면… 간다!"

타타타탓! 쉬이이잇!

도약과 함께 곽우의 장창이 허공을 날기 시작했다. 안도는 왠지 달라진 것 같은 곽우의 모습에 서서히 긴장감을 더해가고 있었다. 하지만 곽우의 눈엔 그저 빙글거리며 사람 약 올리는 안도의 모습만이 보일 뿐이었다.

"와, 곽우 형님이 공격한다!"

어린 꼬마의 눈에도 곽우가 펼치는 무공이 어떤 것인지 잘 보였다. 연호랑의 말처럼 이제 곽우가 공세로 돌아서고 있었고, 공세로 돌아선 곽우의 장창은 그리 녹록지 않은 것이었다.

장창류를 사용하는 사람들이 가장 먼저 배우는 것은 역시 찌르기였다. 그 한 가지만 보면 그 사람의 창술 수준을 알 수 있을 정도였는데, 곽우의 찌르기를 논하자면 상당한 수준이었다.

"생각보다 많은 수련을 거친 친구였구먼. 찌르는 동작이 상당히 부드러운걸."

장운까지도 놀란 마음을 솔직히 표현할 정도로 곽우의 동작은 군더더기란 것이 전혀 없었다. 게다가 빠르고 정확했다.

어깨를 앞으로 살짝 내미는 듯하는 순간 이미 그의 장창은 허공을 가르고 있었다. 솔직히 좀 아닌 사람들은 어깨가 흔들린 후 약간의 시차를 두고 창날이 나오기 마련이었다.

물론 일반인들은 그 차이를 구분하지 못한다. 그러나 고수라면 단번에 그 차이를 간파할 것이고, 그 약간의 차이가 승부를 바로 결정지을 것이다. 장창의 공세를 슬쩍 비켜 나가는 것은 둘째 치고 바로 반격이 들어오니 말이다.

찌르는 공격은 단순하지만 강력했다. 게다가 일단 막아내기가 보통 힘든 것이 아니었는데, 한 점에 온 힘을 타격하는 기술이기에 온전히 막아내기란 거의 불가능에 가까운 기술인 것이다.

하나 그만큼 허점도 많았다. 일단 목표가 피하면 방향을 바꾸어가는 것이 불가능했다. 게다가 길면 길수록 회수 역시 쉽지 않았다. 반격을 당할 수 있는 상황을 너무 많이 만들 수 있었던 것이다.

많은 무림인들이 창을 택하지 않은 이유도 이 점이 제일 컸다. 물론 휴대하기 힘든 것도 있지만 창은 단순한 기술의 반복이었다. 그 어떤 병기보다 집중력을 잃기 쉬운 병기였던 것이다.

그러나 그 창을 사용하는 사람이 곽우 정도의 수준이면 이야기가 달랐다. 저 찌르기 하나만으로 안도를 뒤로 연신 물러나게 하는 곽우라면 말이다. 이대로 가면 곽우의 승리가 불을 보듯 뻔한 상황이었다.

"이야, 정말 멋지구먼. 다시 봐야겠어, 곽우 저 사람."

살짝 툴툴대던 추국까지 엄지손가락을 치켜세우며 이야기

하자 괜히 연오하의 입가에 미소가 감돌고 있었다. 그 정도로 지금 곽우의 분위기는 좋아 보였는데 왠지 장운의 눈은 그리 좋아하는 눈이 아니었다.

"글쎄, 과연 그럴까?"

"예?"

뜬금없는 그의 말에 추국은 두 눈을 동그랗게 뜨며 물었지만 장운은 아무런 말이 없었다. 그저 조용히 곽우만을 바라볼 뿐이었다. 다만 그의 굳게 다물린 입술만이 그의 마음을 대신 보여주는 듯했다.

쉬이잇! 파아앙!

목표점에 도달한 곽우의 장창에서 공기를 찢는 소리가 들려왔다. 장력도 아닌 장창에서 이런 소리가 날 수 있는 것은 단 한 가지. 워낙에 중병기였기에 가능한 일이었다.

물론 그냥 중병기라고 가능한 것은 아니었다. 여태껏 아무리 힘든 일이 있어도 단 하루도 쉬지 않고 수련한 덕분이기도 했다. 장창의 수련에 있어 가장 중요한 세 가지 수련을 끊임없이 해왔다.

찌르기와 종 베기, 그리고 횡 베기. 장창의 원리는 이 세 가지였다. 바로 이것이 곽우가 가진 초식의 전부였다. 나머지는 그 응용에 불과했던 것이다.

커다란 바위에 일 촌 정도의 점을 찍고 그 점을 목표로 찌르기를 벌써 십오 년 이상 해온 곽우였다. 적어도 정확히, 그리고 빠르게 찌르는 것에선 그 누구에게도 지지 않는다고 자신하는 그였던 것이다.

그런 자신감 때문이었을까? 곽우를 상대하던 안도는 더 이상 입을 열고 있지 않았다. 그저 양손에 든 호수구를 놀리며 곽우의 장창을 연신 막아내기에 급급했는데 곽우는 한 걸음 크게 앞으로 내디디며 오른손을 뒤로 쭉 빼내었다.

쉬이이이잇!

귓가에 이는 바람 소리를 들으며 곽우는 상대의 모습을 살폈다. 안도는 곽우의 신형을 보며 잔뜩 경계하는 모습을 보이고 있었는데 잠시 안도의 신형을 살피던 곽우는 오른손을 앞으로 쭉 내밀었다.

파아아앗!

그의 오른손에 들린 장창이 빛살이 되어 날아가고 있었다. 정확히 안도의 목 어림을 조준한 장창은 보이지 않는 빠른 속도로 향했는데, 그러자 안도의 오른발이 갑판을 박차고 있었다.

파아아앙!

또다시 오른발이 커다랗게 부풀어 오르며 섬전같이 뒤로 물러나자 곽우 역시 앞으로 뛰어들었다. 확실히 승세를 잡은 지금의 이 상황을 놓칠 수는 없었다.

안도는 빠르게 뒤로 물러나긴 했지만 아직 땅에 발을 딛지 못하고 있었다. 또한 곽우의 장창은 그 공격 범위가 상당한지라 곽우는 쫓아 나가면서도 계속 장창을 밀었다. 그러자 그의 장창은 안도의 목에서 약 이 척 정도를 남겨두고 그의 신형을 쫓고 있었다.

이 한 수로 싸움을 끝낼 수는 없겠지만 유리한 형국은 차지할 수 있는 상황이었다. 그렇게 곽우의 장창이 허공을 가를 때였다.

까가가각!

"…큭!"

앞으로 나가려던 그의 신형이 멈추어 서고 있었다. 그리고 이어지는 어깨가 부서질 듯한 고통. 그건 누군가 그의 장창을 막아선 것을 의미했다.

한쪽 눈을 찡그리며 상황을 바라본 그의 눈에 두 개의 호수구가 보이고 있었다. 정확히는 두 개의 호수구를 교차하여 장창을 막은 것으로 그것은 안도의 호수구가 아니었다.

처음 보는 사람이었다. 아니, 안도와 싸우기 전 주변 상황을 둘러볼 때 딱 한 번 본 사람이기는 했다. 그는 바로 자인손과 싸우던 호상귀 장주운이었던 것이다.

빠질 것 같은 어깨의 아픔은 둘째 치고 뭔가 조금 이상한 생각이 들어 곽우는 눈을 돌렸다. 그러자 이상한 느낌의 원인이 바로 밝혀졌다. 어느새 굳은 얼굴의 자인손이 와 있었던 것이다.

"애당초 이럴 생각이었나?"

자인손의 입에서 낮은 목소리가 들려오자 장주운의 입가에 작은 미소가 걸렸다. 곽우는 이를 악물며 스스로를 자책할 수밖에 없었다. 그가 상대하던 안도가 어느새 누각을 향해 달리고 있었던 것이다.

안도는 일부러 곽우를 이쪽으로 데리고 온 것이었다. 그는 지금 양 허벅지가 터질 듯이 부풀어 오른 상태였고, 섬전같이 누각을 향해 올라가고 있었다. 입가엔 작은 조소를 담은 채 말이다.

"이런!"

곽우는 양손 가득 힘을 준 채 허공으로 신형을 날리려고 했다. 이미 늦은 감이 있었지만 막아야 했다. 그런데 그 앞을 다시 장주운이 막아섰다.

"일 합에 날 이길 수 없다면 두 사람 다 갈 수는 없겠지. 그렇지 않나, 자인손?"

"……."

장주운의 목소리에 곽우는 어금니를 꽉 깨물었다. 이제 이들의 의도를 알 것 같았다. 애당초 목표는 저 위의 사람들. 여기 있는 자인손이나 자신이 아니었던 것이다.

일 합에 이길 수 없다면 두 사람 다 갈 수 없다는 이야기는 시간에 관한 이야기였다. 지금 곽우가 달려가면 모를까 자신을 떨어뜨려 놓고 간다면 그 시간이 이미 늦어버린다는 뜻인 것이다.

하지만 그렇다고 해서 그냥 있을 수 없었기에 곽우는 장창을 들었다. 하나 그보다 먼저 장주운에게 덤빈 사람이 있었다.

"어서 가거라! 여긴 내가 맡지!"

카라라라랑!

자인손의 목소리와 함께 그의 장창이 허공에서 춤을 추었다. 장주운은 그 장창을 막느라 손이 바빴지만 여전히 곽우와 누각 사이를 교묘하게 막고 있었다. 곽우를 의식하고 있는 것이 분명했다.

"차앗!"

곽우는 더 생각할 것도 없이 몸을 날렸다. 힘껏 공중으로 떠 장주운의 몸을 넘어서려고 했는데, 그때였다.

쉬이이잇!

"……!"

어느 틈에 장주운이 허공으로 치솟아오르고 있었다. 그는 그냥 오른 것이 아니라 방향을 교묘하게 잡은 채 곽우와 자인손을 일자로 놓은 것인데, 이어 그의 양손이 허공에서 휘둘려졌다.

곽우는 장창은 들어 왼 어깨로 가져갔다. 넓은 창 면을 왼 어깨에 놓은 채 다가올 충격에 대비했다. 이윽고 왼 어깨에 극렬한 통증이 느껴지며 그의 신형은 아래로 추락했다.

쩌어어엉!

"흡!"

입을 꽉 다물며 참으려 했지만 대단한 고통이 밀려왔다. 곽우는 양발을 벌리며 갑판 위에 내려섰다.

쿠우웅!

"우아야!"

놀란 자인손이 달려와 곽우의 몸을 살폈지만 정작 곽우는 자신의 몸에 신경 쓰고 있지 않았다. 그의 신경은 오직 한 가지. 저 앞에서 달려가는 안도가 향하는 곳이었다.

아니, 정확히는 그곳에 있는 한 여인, 연오하였다.

"감히 잔재주를!"

파아아앙!

뒤쪽에서 자인손이 섬전같이 장주운을 향해 달려나갔지만 곽우의 신경은 그곳에 없었다. 마치 아무것도 보이지 않는다는 듯 누각을 바라볼 뿐이었는데, 순간 그의 머릿속에 한 장면이 보였다.

연오하의 몸에서 붉은 피가 흐르고 있었다. 절대로 있을 수 없는 일이 지금 일어나려 하는 상황인 것을 곽우는 통렬하게 깨닫고 있었다. 물론 그렇게 놔둘 수는 없었다.

"너… 이놈."

작게 중얼거리며 그는 호흡을 빠르게 하기 시작했다. 스스로 느껴지는 가슴속의 고동이 천둥치듯이 느껴지는 순간이었다.

2

역시나 꿍꿍이가 있는 자들이었다. 생각 외로 곽우의 공격이 정교하긴 해도 저 안도라는 자가 계속 피할 정도는 아니었다. 장운이 알고 있는 삼상귀는 모두가 유력편공이란 괴이한 무공을 익히고 있으니 한순간 수세를 공세로 만드는 것은 일도 아니었다.

물론 상대가 자인손이라면 이야기가 다르지만 곽우라면 안도가 그리 힘들이지 않고 상대할 수 있는 상황이었다. 그런데도 불구하고 극단적인 수세로 돌아설 때 이미 어느 정도 뭔가 있을 것이라는 생각을 하고 있었다.

"오라! 여기 있는 우리는 허수아비로 보이나?"

문득 옆에 서 있던 오진영의 입에서 호기스런 목소리가 들려오고 이어 그를 위시해 장영해의 무사들이 원진을 형성하기 시작했다. 그들은 인의 장막을 만들며 연오하와 호랑, 그리고 추국을 감싸고 있었는데 이 정도면 어느 정도 안전하다고 볼 수 있었다.

게다가 아직 그와 추국도 나서지 않는 상황이었다. 그들의 안위는 아직 걱정할 단계는 아니었지만 장운은 오진영의 앞으로 나갔다. 이젠 그가 나서야 할 때라는 것을 스스로 직감한 듯 보였다.

"장 총관님, 어서 뒤쪽으로……."

"아닐세. 저자는 내가 맡지. 자네에겐 오하와 호랑을 부탁하네."

날아오는 안도를 보며 장 총관은 입을 열었고, 오진영은 고개를 끄덕이며 뒤로 물러났다. 그 역시 장운이 고수라는 것을 잘 알고 있었다. 자존심이 상하는 일이긴 하나 장운이 나선다면 이길 확률은 확실히 올라갔던 것이다.

“음.”

난간 위에 한쪽 다리를 올린 채 어느새 누각의 아래에 도달한 안도를 보며 장운은 침음성을 흘렸다. 왠지 모르게 이상한 느낌이 계속 들고 있었다. 분명 이들의 수가 간파되었는데도 말이다.

곽우의 신형을 따돌리는 것으로 이미 그들의 속셈이 파악되었는데도 이상하게 장운은 마음을 안정시킬 수가 없었다. 진정 괴이한 일이었다.

두근.

“흡!”

곽우는 왼손으로 가슴을 움켜쥐었다. 가슴속의 고동 소리가 그 어느 때보다 큰 가운데 곽우는 온몸에 힘을 주었을 뿐이다. 조금이라도 더 빨리 가야겠다는 생각일 뿐 그 외엔 어떠한 생각도 없었다.

그런데 명치 끝에서 엄청난 고통과 함께 몸을 움직일 수조차 없는 상황이 벌어지고 있었다. 게다가 문제는 그러한 고통뿐만이 아니었다.

손발 끝이 기이하도록 저리고 있었던 것이다. 단 한 번도 이런 적이 없어서 곽우는 고통 속에서도 적잖이 당황하고 있었다. 하나 지금은 그런 것보다 더 신경 쓰이는 일이 있었다.

호상귀 장주운. 그가 문제였다. 곽우는 그저 한달음에 저 누각 위로 올라서고 싶었으나 눈앞에 그가 버티고 있었던 것이다.

거리라고 해봤자 고작 사 장여. 가고자 한다면 촌각 안에 갈 수 있겠지만 이 앞에 있는 호상귀 장주운은 아직도 곽우의 모습을 눈에 담고 있었던 것이다.

곽우가 몸을 날리면 그 또한 막아설 생각인 것이다. 문득 곽우는 머릿속에 한 마리의 새가 그려지고 있었다. 창공을 훨훨 날아가는 한 마리의 새. 그러나 그 새는 저 장주운의 호수구에 의해 갈가리 찢겨지고 있었다.

마음만은 하늘을 넘어가지만 새처럼 나는 것도 소용이 없었다. 뭔가 더욱더 빠르고 강한 것이 필요했다. 새보다도 더 높고 빠르게 날 수 있는 것.

바람. 그것은 바람이었다. 흐르는 대기라면, 보이지 않는 빠름이라면 가능할 것 같았다. 하나 인간이 바람이 될 수는 없었다.

하지만 그러면서도 곽우는 바람이 되기를 바랐다. 둥실 허공에 몸을 띄운 채 바람처럼 저 앞으로 내달리고 싶었다. 그리고 그것만이 지금 상황을 타개할 수 있는 가능성이 있었다.

"……!"

그저 몸을 하늘로 띄워 가볍게 만든다는 생각뿐이었다. 오직 그 생각만을 했을 뿐인데 왠지 그의 몸은 점점 이상해지고 있었다.

두근.

기이하도록 크게 들려오는 가슴의 고동 소리는 여전하지만 문제는 그 소리 외에 명치 어림을 불로 지지는 듯한 고통이었다. 그러나 고통보다도 두려운 마음이 커졌다.

단 한 번도 이런 적이 없었기에 곽우는 당황했지만 그 감정보다는 다른 생각이 더 급했다. 곽우의 머릿속에 무언가 형상이 떠오르고 있었던 것이다.

아주 오래전의 기억이었다. 너무나 떠올리기 싫어서 기억 속의 저편으로 집어넣었던 그 기억이 이 고통으로 인해 다시금 떠오르고 있었는데, 곽우는 입술을 깨물었다. 기억은 지우고 싶어도 자꾸만 떠오를 뿐이었다.

“우아야, 어서 저쪽……."

잠시 한숨을 돌리는 사이 자인손은 곽우에게 외쳤다. 이제 승부를 볼 요량으로 덤빌 터이니 어서 저쪽으로 가라는 말을 할 참이었다.

그런데 왠지 곽우의 모습이 이상했다. 두 눈은 저 앞에 있는 누각 위를 향하고 있었건만 그 초점이 전혀 맞지 않았던 것이다.

“우아야!"

뭔가 잘못되어 가는 것이 분명했다. 눈은 고사하고 곽우는 지금 가슴을 부여잡으며 몸을 살짝 떨고 있었다. 이상한 생각에 자인손은 곽우의 어깨에 손을 올려 그를 깨우려 했다. 한데,

스파팟!

“웃!"

자인손은 자신도 모르게 작게 비명을 질렀다. 무언가 곽우의 몸에 흐르고 있었다. 이건 마치 내력의 막이 씌워진 것처럼

느껴지니 정말 모를 일이었다. 그가 아는 곽우는 내력이 없었으니 말이다. 자인손은 자신이 지금 싸움 중이라는 것도 잊고 눈을 좁혀 곽우의 모습을 살펴보았다.

옅은 푸른색의 기운이 곽우의 몸 주위에 약 이 촌 정도 위로 일렁이고 있었던 것이다. 안력을 집중해야 겨우 볼 수 있을 정도의 일렁임이지만 자인손은 도무지 이해할 수가 없었다.

이건 분명히 내력이었다. 곽우의 몸에 일어나는 일이었지만 자인손은 이것이 곽우가 자의적으로 하는 것이라고는 생각지 않았다. 누군가가 곽우의 몸에 이상한 짓을 하고 있는 것이 분명했다.

그 누군가를 알기 위해 그는 곽우에게 좀 더 신경을 쓰고 싶었지만 상황은 이를 불가능하게 만들고 있었다. 그의 등 뒤로 어느새 장주운의 기운이 느껴졌던 것이다.

카라라락! 파아아앙!

창대를 휘돌리며 장주운의 호수구를 튕겨낸 자인손은 입술을 굳게 다물었다. 일단은 냉정한 상황 파악이 우선이라 생각한 그는 눈을 돌려 저 위쪽의 누각을 바라보았다.

안도가 섬전같이 달려가고 있지만 어느새 그 앞에는 장운이 서 있었다. 한때 대검문의 삼대호법이었던 그가 서 있다면 사실 상당한 벽이나 다름없었다. 그 뒤로 오진영의 모습이 보였고, 또 그 뒤로 연오하와 연호랑, 그리고 추국이 보였다.

추국과 오진영까지 건재했고, 그리고 그 뒤를 이어 장영해의 무사들이 빙 둘러싸고 있었다. 아직까진 그리 걱정할 만한 상황이 아니었던 것이다.

"후우, 결국 난 나만 생각하면 되는 것이었나?"

앞을 막고 있는 장주운을 향해 그는 나직한 목소리를 내었다. 그와 함께 그의 전신에선 숨 막힐 듯한 압력이 피어오르기 시작했다. 장주운을 상대로 자인손은 본신 내력을 다할 생각을 한 것이다.

곽우에 대한 생각은 비록 걱정이 되지만 잠시 접어야만 했다.

죽음이라는 것을 생각했었다. 비록 어린 나이이지만 죽음을 생각할 정도로 곽우의 상황은 암담했다.

흑선단. 아주 오래전의 기억이 떠올랐던 것인데, 그의 나이 열한 살 때의 일이었다. 어째서 이 기억이 지금 떠오르는지 정말 이해할 수 없었지만 그때의 일이 오늘 다시 생각나고 있었다.

곽우는 부모가 누군지 몰랐다. 철이 들 무렵 거리에서 생활하고 있었고, 그저 그런가 보다 하고 살았다. 딱히 사고를 치고 다닌 것은 아니지만 그냥 그렇게 살다가 흑선단의 패거리들에게 잡혔었다.

별다른 이유는 없었다. 근골이 좋으니 팔면 돈이 될 것 같다는 생각에서였다. 당시 해적단들로 인해 많은 아이들이 붙잡혀 와 팔려가곤 했는데 그중 곽우도 끼어 있었다. 그리고 그 속에는 지금 둘도 없는 친구가 된 오진영도 끼어 있었다.

　오진영은 당시 장영해의 소주라고 이야기했지만 잡혀온 친구들 누구도 믿지 않았다. 같이 잡혀 있던 십수 명의 아이들과 함께 작은 갑판 아래의 밀실에 갇혔고, 그렇게 어디론가 팔려가기 위해 이동했다.

　그러다 장영해의 습격을 받았다. 무슨 일이 일어나고 있는지 아무도 알 수가 없었지만 일단 배는 점차 침몰해 갔고, 아이들은 모두 죽을 처지가 되었다. 숨이 막혀 죽을 수밖에 없었던 것이다.

　그때 왜 그랬는지 모르지만 곽우는 모두를 위해 발판이 되었다. 자신이 죽을 수도 있었지만 그건 미처 생각지 못한 채 모두가 숨을 쉴 수 있도록 발판이 되어주었고, 커다란 그의 몸은 발판이 되고도 남았다.

　결과적으로 그때 모든 사람들이 다 구출되었다. 자신 역시 자운산의 손에 구출되었지만 모두가 먼저 구출되고 혼자 남았을 때, 그 짧은 순간의 기억이 지금 머릿속에 강렬하게 남아 있었던 것이다. 아니, 남아 있었는지 몰랐다. 지금에서야 이렇듯 또렷하게 기억이 되니 말이다.

　숨은 이미 참을 만큼 참았고 조금만 더 있으면 그는 숨을 쉬지 못해 죽을 상황이었다. 곽우는 그때 발버둥 치며 위로 나아가려 했다.

　뽀그르르르.

　힘을 쓰면 쓸수록 곽우의 입에선 작은 물방울이 쉼없이 흘러나왔다. 눈을 들어 본 하늘에 일렁이는 빛이 보였다. 저곳까지만 가면 그는 살 수 있을 것이라 생각했지만 그것은 불가능했다. 허우적대면 댈수록 그의 몸은 가라앉았던 것이다.

그냥 그렇게 보고 있을 뿐이었다. 이제 그가 할 수 있는 일이라고는 이렇게 죽음을 맞이하는 것뿐. 곽우는 차라리 포기를 택했다.

양손을 쭈욱 벌리고 물속에서 대자로 뻗어버린 것이다. 어차피 될 수 없는 일이라면 그는 버둥거리고 싶지 않았다 열한 살의 나이 어린 소년이 할 생각은 아니었지만 그 당시엔 그런 생각이 들었다.

그런데 그 순간 곽우는 참 이상한 경험을 했다. 순간 몸이 위로 뜨고 있었다. 어떠한 것도 하지 않았는데 위로 떠올랐던 것이다.

작은 팔 동작 하나 필요가 없었다. 그저 몸 주변을 둘러싼 물이 하는 대로 그대로 따랐을 뿐이다.

그리고 십팔 년이 지난 오늘 그 기억이 새롭게 떠오르고 있었다. 물론 상황은 조금 다르지만 그때의 그 느낌과 상당히 유사했다.

"……"

명치 어림에 느껴지는 이 불같은 뜨거움은 때로는 고통이될 정도지만 그와 함께 몸 어림 이곳저곳에 정반대로 뼈가 시릴 정도의 차가움이 느껴지고 있었다. 십팔 년 전과 비교한다면 숨은 가쁘지 않아도 고통은 같았다.

그와 함께 그의 몸 곳곳에서 알 수 없는 힘이 솟아났다. 어느 부분에서 얼마나 힘이 들어왔는지 딱히 집어서 말할 수는 없지만 등 쪽의 서늘한 감각과 함께 연계하듯 몸 여기저기서 기운이 느껴지고 있었다.

가슴 부위의 뜨거움이 지배하고 그 부위에서 멀수록, 즉 손끝, 발끝이 시리도록 차갑다면 등 쪽의 기운은 이 둘의 중간 정도의 힘을 보여주고 있었다. 마치 중도를 지킨다는 듯한 느낌이었는데 이것이 대관절 어떤 현상인지 곽우는 알 길이 없었다.

그러나 그 현상 때문인지 몰라도 확실한 것이 한 가지 있었다. 곽우는 두 눈을 뜰 수가 없었다. 가슴속에서 치밀어 오르는 그 열화와 같은 기운은 곧바로 눈을 향해 치달아 오고 있었던 것이다.

"크으윽!"

미간이 찢어질 것 같은 고통 속에서도 그는 의식을 잃지 않으려고 애썼다. 폭풍과도 같은 기운 때문에 곽우는 양 눈을 감은 채 가만히 있을 수밖에 없었다. 하나 정말 기이한 일은 그때부터 벌어지고 있었다. 두 눈을 감고 있는데도 불구하고 모든 것이 다 보였기 때문이다.

장운은 눈을 살짝 찡그렸다. 비록 요즘 무공을 맘껏 펼칠 기회는 없었지만 그렇다고 해서 그의 무공이 어디로 사라져 버린 것은 아니었다.

날카롭게 기운을 세워 올린 그의 감각엔 지금 이 상황이 모

두 그려져 있었다. 주위에 포진해 있는 사람뿐만이 아니라 흐
르는 대기의 기운까지도 그의 감각은 느낄 수 있었다. 물론 이
것은 너무나 당연한 이야기였다.

　장운 정도의 무공을 가진 사람이라면 보이지 않는 것도 볼
수 있었다. 물론 눈으로 보는 세상이 아니었다. 주변에 흐르고
있는 대기를 통해 느끼는 것이었고, 이는 곧 내력의 힘으로 세
상을 본다는 것이었다. 즉 사람이 내뿜는 내기를 통해 그 사람
의 힘과 움직임을 가늠할 수 있었던 것이다.

　그런데 그런 그의 눈에서도 뭔가 이상한 느낌이 들고 있었
으니 장운으로선 아주 신경 쓰이는 일이었다. 그리고 그 느낌
은 지금 저 아래에서 무서운 기세로 올라오고 있는 안도에게
서 느껴지는 것이 아니었다.

　곽우. 그 주인공은 바로 곽우였다. 곽우의 몸에서 느껴지는
이 기이한 감각은 그가 아는 곽우가 아니었다. 아니, 곽우를 아
는 사람이라면 모두 낯설게 느껴질 것이다.

　그건 틀림없는 내공의 힘. 그것도 보통의 힘이 아니었다. 이
정도의 힘이라면 강호에서도 보기 힘들 정도로 강력한 내력이
었고, 틀림없이 그건 곽우가 내는 것이었다. 누군가 그 옆에서
뿜어내는 것이 아니었던 것이다.

　스스스슷! 파아아앙!

　"……!"

　잠시 생각하는 사이 어느새 눈앞엔 안도가 치달아 오르고
있었다. 안도는 삼층 누각의 언저리를 밟아 서자마자 허공으

로 빠르게 솟아오르고 있었고, 거의 이 장의 높이에 육박할 정
도로 높이 올라서고 있었다.

그와 함께 양손에 낀 호수구들이 허공에서 번쩍이고 있었
다. 목표는 굳이 보지 않아도 연오하와 호랑. 물론 당연히 그
중간엔 자신이 끼어 있었다.

"차아압!"

공중에 떠 있던 안도의 입에서 거친 기합 소리가 흘러나왔
다. 양손을 머리 위로 든 채 가득 내력을 모으고 있는 것이 이
한 방에 모든 것을 걸겠다는 듯한 표정이었다.

문득 장운의 눈에 안도의 손에 낀 호수구들이 보였다. 안도
의 호수구에서 푸르스름한 기운이 흘러나오는 것을 보니 장운
은 안도에 대한 평가를 다시 해야겠다는 생각을 절로 했다.

저 정도로 몸 안의 기를 유형화할 수 있다면 그건 더 이상
하수가 아니었다. 안도는 일류고수 이상의 힘을 가진 사람이
었고, 곽우의 무공 정도라면 쉽게 밀어낼 수 있을 정도의 고수
였던 것이다.

역시나 그는 뭔가 노리는 것이 있었다. 장운은 고개를 끄덕
이면서 이번엔 안도뿐만이 아니라 삼상귀 전체에 대한 평가를
다시 내려야겠다고 생각한 것이다.

그가 알기로 삼상귀는 그저 도적 떼일 뿐이었다. 장강도 아
니고 그 하류 지역 쪽에서 조그마한 힘을 얻은 아주 작은 수적
일 뿐이었다.

그러던 그들이 이렇게까지 된 데는 그들의 무공이 가장 큰

요인이었다. 아니, 그건 하나의 사건이라고 이야기를 해야 했다. 십여 년 전 이 장강 일대를 떠들썩하게 했던 한 서역라마에 대한 이야기였다.

장운이 기억하기로 다림살이라는 라마였다. 포탈랍궁의 승려인 다림살이 중원에서 비무행을 시작했을 때의 이야기인데, 당시 강호의 무림인들은 이러한 다림살의 행동에 대해 그리 곱지 않은 시선을 던졌다.

그렇지 않아도 독특한 서장의 무공은 중원에서도 경계의 대상이었거늘 다림살은 중원의 눈 따위는 신경도 쓰지 않는다는 듯이 행동했다. 그리고 그런 행동은 결국 파국으로 치달아 이는 강한 다림살을 강호인들이 숫자로 눌러 버리게 되는 결과를 낳았던 것이다.

물론 그냥 두어도 다림살은 패했을 터였다. 진짜 강호의 고수들은 아직 다림살에게 신경도 쓰지 않았으니 말이다. 그러나 그러기도 전에 공분을 살 정도로 다림살은 광오했다.

그렇게 다림살은 강호에서 사라졌다. 사라진 이후 다림살이 어떻게 되었는지는 모르지만 문제는 그의 무공이 사라지지 않았다는 데 있었더. 다림살의 무공 하나가 강호에 비급처럼 돌았던 것이다.

그것이 바로 유력보였다. 다림살의 무공 중 가장 중원과 다른 것이 그것이어서 강호인들이 모두 유력보를 원했고, 이후 이것 때문에 다림살의 실종 이후 더더욱 많은 피가 흘렀었다.

그런데 이 유력보를 삼상귀가 가지게 되었다. 어떻게 가지게 되었는지는 알 수가 없었으나 삼상귀로서는 기연이 따로 없었다. 이후 그들의 무공은 일취월장하게 되었다.

삼 년의 시간이 흐르고 삼상귀는 다시 강호에 나왔고, 이제 그들의 무공은 함부로 볼 수 없을 정도가 되었다. 장강의 한 지류가 아니라 장강 전체를 휘두르며 다니는 사람들이 되었던 것이다.

비록 장운은 강호에서 떠나 있었지만 그렇다고 해서 귀까지 멀어버린 것은 아니었다. 듣고 싶지 않아도 강호의 이야기는 그의 귓가에 들려왔으며, 그래서 장운은 이들을 알고 있었다.

하나 그렇다고 해서 장운이 긴장할 것은 없었다. 아무리 삼상귀가 대단하다고 해도 적어도 그의 적수는 아니었다. 특히나 이 안도는 말이다.

슛.

장운은 조용히 오른손을 앞으로 들어 올렸다. 과거 강호에서 활동할 때라면 이 빈 오른손에 한 자루의 대검이 들려 있었을 터이지만 이젠 한 집안의 집사일 뿐이었다. 당연히 그의 손엔 아무것도 들려 있지 않았다.

그저 그가 할 수 있는 일은 그 빈손에 내력을 모으는 것뿐이었다. 허공 가득 떠오른 안도는 장운이 막고 있음에도 불구하고 여전히 팔을 내려치려 하고 있었다. 마치 장운이 누구인지도 모른다는 듯이 말이다.

파아아앗!

강렬한 파공음이 들리고 안도가 가진 호수구가 장운의 머리

위에서 떨어져 내리는 순간, 장운은 오른손을 들어 올렸다. 순간 그의 손목이 빙글 돌려지며 안도의 호수구를 향하는 듯했다.

찌어어어엉!

"큭!"

안도의 입에서 답답한 신음성이 흘러나왔다. 그의 호수구는 하늘로 치솟아오르고 있었고, 당연히 그의 신형 또한 허공으로 솟구치고 있었다. 강대한 장운의 내력은 그저 병기만 날리는 것이 아니라 안도의 신형까지 같이 쳐 올렸던 것이다.

"그저 앞뒤를 모르고 날뛰는 천둥벌거숭이였나?"

스웃! 파아앙!

살짝 무릎을 굽혔다 편 순간, 장운의 신형은 허공으로 치솟아오르고 있었다. 그저 중얼거리듯이 입을 열었지만 이미 몸 안 가득 내력을 끌어올렸기에 장운의 말은 상당히 멀리 퍼져 나가고 있었다.

그는 이대로 안도를 저 멀리 쳐낼 생각을 하고 있었다. 이 정도의 무위를 지닌 자라면 죽이는 것도 귀찮은 일이었다. 굳이 상대가 안 되는 사람을 죽일 필요는 없다고 생각한 것인데, 그래서 그는 권(拳)이 아니라 장(掌)을 펴 올리고 있었다.

그저 가슴 언저리를 밀어 삼층 누각의 저 아래쪽으로 튕겨 버릴 생각이었다. 아직도 중심을 잡지 못하는 안도를 보며 장운은 손을 내밀었다. 한데 그때였다.

"…음?"

뭔가 이상한 생각이 들었는데, 안도는 기이할 정도로 중심을 잡지 못하고 있었다. 아무리 무공이 약하다 한들 이렇게 정신없이 당할 정도는 아니었던 것이다.

딱히 이것이 잘못된 것이라고는 할 수 없었지만 왠지 모를 기이한 느낌에 장운은 내밀던 손을 살짝 위로 들어 올렸다. 그리곤 그의 어깨를 잡고 뒤로 젖혔다.

찌이이익!

장운의 손에 잡힌 안도의 옷은 형편없이 찢겨져 나갔다. 이어 안도의 신형이 뒤집혀지며 장운의 눈에 안도의 얼굴이 보였다.

"……."

웃고 있었다. 분명 장운의 내력에 아파하며 괴로워하고 있어야 할 그의 얼굴이 오히려 웃고 있었다. 한쪽 입술을 살짝 위로 틀어 올린 채 그렇게 완연한 비웃음을 짓고 있었던 것이다.

장운은 순간 멍한 표정을 지을 수밖에 없었다. 마치 이건 이미 생각하고 있었던 것이라고 하는 듯한 그의 표정을 보고 있으니 그저 황당할 따름이었는데, 그 순간 장운의 눈이 날카롭게 빛났다.

우선 정면에 있는 안도. 그는 어떻게 보든지 간에 위협이 될 수 없었다. 무공도 무공이거니와 거리상 절대 위협이 될 수 없었다.

그가 아니라면 호상귀 장주운을 생각해 봐야 했지만 장주운도 그렇게 위협적인 상황이 아니었다. 그는 지금 어쨌든 제일 멀리 있기에 그가 직접적인 위협이 될 수는 없었던 것이다.

그렇다면 이건 또 하나의 새로운 위협이었다. 어딘가에 보이지 않는 무언가가 있다는 말이었고, 장운은 오른손에 힘을 주며 안도의 신형을 날렸다.

파라라락!

안도의 신형은 허공으로 솟구쳤고, 장운은 그 반동으로 갑판 위에 내려서고 있었다. 물론 그냥 내려서진 않았다.

고오오오오!

장운의 몸에서 청백색의 기운이 솟구쳐 오르고 있었다. 모든 감각을 다 일깨우기 위해 강대한 내력을 키워 올렸으니 당연한 일이었다. 그 내력의 힘에 의해 장운의 옷은 마치 회오리 바람을 맞은 듯 펄럭거리고 있었다.

조금씩 조금씩 감지하는 범위를 넓혀가던 장운은 목이 마르는 느낌을 받기 시작했다. 물론 실제로 마르는 것은 아니었다. 아주 오랜만에 느껴보는 당혹한 느낌이 목마름으로 표현되었던 것이다.

하지만 그 목마름은 왠지 모를 기분 좋은 느낌으로 다가오고 있었다. 그리고 그 기분은 장운의 몸에 바로 영향을 끼치고 있었는데, 아직 그의 발은 갑판에 닿지 않았지만 이미 그의 감각은 어디로 몸을 움직여야 할지 느낄 정도로 영민해져 있었다.

"……!"

모든 기운이 여태껏 느꼈던 그대로였는데 그중 뭔가 이상한 점은 없었다. 아니, 처음부터 그렇게 느껴졌다는 것이 옳았다. 그곳은 연오하가 있는 곳이었다.

연오하의 뒤쪽에 상당한 무위를 가진 사람이 느껴지고 있었다. 장운은 그것이 추국인 줄 알았건만 추국이 아니었다. 추국은 연오하의 앞에 있었던 것이다.

그녀의 뒤에 있는 사람들은 바로 장영해의 무사들이었다. 그런데 그들 중 유독 무위가 뛰어난 사람이 한 명 있었다. 바로 그 점이 이상하게 여겨졌던 것이다.

그러면서 장운의 뇌리에 한 사람이 스쳐 지나가고 있었다. 삼상귀 중 여기 없는 막내.

초상귀 고요음. 장운은 아차 싶은 심정이었다. 호상귀 장주운과 예상귀 안도에 눈이 팔려 고요음을 잊고 있었던 것이다.

슬쩍 내려다본 아래를 보니 이제 갑판은 지척으로 다가오고 있었다. 그야말로 일 척도 안 되는 거리였지만 장운에게 있어 그 거리는 그 어떤 거리보다도 멀게 느껴졌다. 어서 가야 하지만 마음만 앞서고 있었던 것이다.

그러던 그의 발이 드디어 갑판에 닿았다. 순간 장운은 온 힘을 다해 신형을 날렸다.

스으웃! 파아아앙!

갑판이 부서질 듯 출렁이는 듯하더니 장운의 신형은 한줄기 빛이 되어 연오하를 향했다. 정말 눈 깜짝할 사이라는 말을 실감이라도 시켜주는 듯 장운이 연오하를 향해 뻗어내는 손은 보이지도 않을 정도로 빨랐다.

놀라는 연오하의 큰 눈이 보이고 있었지만 지금은 말을 해줄 수 있는 상황이 아니었다. 흐릿하게 연오하의 뒤편에 보이는 인물을 향해 오른손을 뻗으며 장운은 빠르게 앞으로 나아갔다. 한데,

콰직!

앞서 나가 있던 장운의 오른발, 그 발밑에서 섬뜩한 소리가 들려오고 있었다. 단단한 나무로 만들어진 갑판이 두 치나 푹 들어간 것이니 소리는 당연했다. 그 발 바로 앞에 당혜 하나가 보였다.

그것은 연오하의 신발이었다. 정말 눈 깜작할 사이에 장운이 달려와 연오하의 앞에 선 것이었지만, 그뿐이었다. 더 이상 그는 앞으로 나갈 수가 없었다.

장운의 오른발 아래가 살짝 부서진 것은 장운이 스스로 자신의 몸을 멈추었기 때문이다. 나가려는 관성을 이길 정도로 발에 힘을 주었으니 부서지지 않는 것이 더 이상한 일일 터였다.

움직이지 않은 것은 그의 발뿐만이 아니었다. 그의 손 역시 움직이지 못하고 있었다. 연오하의 오른쪽 귓가 옆을 지나 그 뒤로 지나가 있었지만 결국 그가 움켜쥔 것은 형체가 없는 공기뿐이었다. 물론 그가 원하는 것은 한 치 앞에 있는 한 사람의 울대였지만 말이다.

"식은땀 좀 나는 순간이군그래. 왠지 분위기가 상당한 늙은

이 하나가 있을까 싶었더만 이 정도일 줄이야. 이제 당신 무서운 줄 알겠으니 손 좀 치우시지?"

"……."

장운은 턱 위에 골이 패일 정도로 어금니를 꽉 깨물었다. 귓가에 들려오는 이 낯선 목소리는 태어나서 처음 들어보는 것이었다.

물론 그 목소리는 여기 있는 사람 누구도 예기치 않은 일이었고, 그랬기에 모두의 시선은 그를 향하고 있었다. 연오하의 목줄기 아래에 날카로운 호수구를 대고 있는 한 사람의 모습이 눈에 들어왔던 것이다.

"초상귀, 어째서 그런 별호가 붙었는지 이제야 알겠군. 진작에 신경을 써야 했는데……."

자조적인 음성이 장운의 입에서 흘러나왔다. 그러자 주위에 있던 사람들 모두가 동작을 멈추었다. 어금니를 꽉 깨문 채 병기를 들고만 있을 뿐 더 이상의 칼부림은 없었던 것이다.

모두가 다 연오하를 보며 신경을 곤두세우고 있었다. 그리고 당연한 이야기지만 그녀의 뒤에서 호수구를 들이댄 사람을 향해서는 노골적인 적의가 흐르고 있었다.

"참, 이상한 일 하나 가르쳐 줄까?"

문득 그의 입이 열렸다. 얼굴까지 두건을 푹 눌러쓴 채 장영해의 무사로 둔갑한 그는 왼손으로 자신의 머리를 가린 두건을 잡고 있었다.

"어째서 열이면 열 다 그런 이야기를 하는지 몰라. 호홋."

스윽.

"……."

두건이 흘러내리고 사람의 정체가 드러난 순간 여기저기서 놀라는 음성이 들려왔다. 그가 아니라 그녀, 초상귀 고요음은 여인이었던 것이다.

그것도 상당히 젊은 여인이었다. 그녀는 씨익 웃으며 다시금 입을 열었다.

"이봐요, 아가씨. 난 아가씨의 생명 따윈 관심없어요. 우리의 관심은 딱 하나. 아가씨가 가진 보물을 좀 보고 싶은데?"

"……."

고요음의 목소리에 연오하는 아무런 말을 하지 못했다. 그저 입술을 꽉 깨물 뿐이었고, 그런 모습을 본 고요음은 한쪽 입술을 비틀어 올리며 입을 열었다.

"뭔가 이해를 잘못했나 본데… 어차피 우린 수적, 사람 하나 정도 죽여도 별 해될 게 없어. 그러니 어서들 움직이라고. 설마 내가 지금 이 여자에게 보물을 가져오라고 이야기하는 거겠어?"

슬머시 주위를 둘러보며 말하는 고요음의 목소리에 모두의 얼굴이 심각하게 굳어지기 시작했다. 상황은 장영해의 입장에서 본다면 최악의 결과로 흐르고 있었던 것이다.

"큭."

자신도 모르게 입에서 답답한 신음성이 흘러나오고 있었다.

마치 몸 안에서 풍차처럼 돌아가는 기운은 곽우에게 거대한
고통으로 다가오고 있었다.

그러나 무엇보다도 힘든 것은 이 두 눈이었다. 지금 그의 눈
에 보이는 세상은 이제 더 이상 그가 알던 세상이 아니었다.
거의 보이지 않는 것이나 다름없었던 것이다.

아니, 있기는 했다. 그런데 그건 사람의 형상이 아니었다.
진짜 형상이라는 말이 딱 들어맞는 그런 형태였던 것이다.

마치 어두운 밤하늘에 번개가 치면 잠시 찰나의 순간 그 빛
을 받는 쪽만 밝게 빛나듯 사람의 형상은 제대로 보이지가 않
았다. 물론 왜 이렇게 보이는지는 전혀 알 수 없었다.

이대로라면 창을 휘둘러 적을 척살하기는커녕 앞도 제대로
볼 수 없었다. 곽우는 당황했고, 그래서인지 모르지만 그 어떤
것도 제대로 할 수가 없었다.

딱 한 가지, 그 번쩍이는 형상만이 보일 뿐. 그것으로 기준
을 삼으려면 삼을 수가 있었다. 그러나 익숙지 못한 그 광경에
곽우는 그저 바라만 볼 뿐이었다.

장운의 모습은 평소 그의 모습을 보는 것처럼 느껴지고 있
었다. 그는 그렇게 빛나는 몸을 지닌 채 신형을 움직였고, 그의
신형은 어느새 저 위의 누각으로 올라가고 있었다.

정말 부드럽다는 말이 딱 들어맞는 순간이었다. 장운은 단
세 걸음 만에 위로 올라섰고, 그리고 멈추어 섰다. 물론 그 이
유는 곽우도 알 수 있었다.

흐릿하기는 했지만 그 앞에 연오하의 모습이 보였고, 그녀

의 목 어림에 차가운 무엇인가가 닿아 있는 것을 보고 있었다. 이미 그녀의 목숨은 경각에 달려 있었다.

"이익!"

곽우는 어금니를 꽉 깨물며 신형을 일으켰다. 움직이면 움직일수록 몸 안의, 그리고 미간에 느껴지는 고통은 점점 더 커졌지만 이대로 있을 수는 없었다. 곽우는 오른손의 장창을 움직이며 앞으로 나가려 했다.

스웃.

"……."

움직이려던 곽우는 흠칫 놀라며 발걸음을 멈추었다. 한순간 그의 신형이 미끄러지듯이 앞으로 나갔던 것인데 물경 반 장이 넘게 이동했던 것이다.

이유라도 알면 좋겠지만 상황은 그럴 수가 없었다. 궁금한 것이 하나둘이 아니지만 곽우는 어금니를 꽉 깨물었다. 그리고는 오른손의 장창을 가슴께로 올린 채 땅을 박찼다.

스스스스스.

비록 흐릿하게 보이지만 곽우로서는 정말 놀라운 경험이었다. 모든 사물이 뒤로 움직이고 있었다. 자신이 앞으로 나가는 것이 아니라 세상이 뒤로 물러나고 있는 듯한 느낌이 들었던 것이다.

그저 발을 한 번 떼었을 뿐이지만 그 결과는 놀랍다고 할 수밖에 없었고, 곽우는 지금 자신이 있는 곳이 육지가 아니라 물속 같은 생각이 들었다. 육지라 부르기엔 너무나 기이한 감각이니 말이다.

뭔가 몸을 타고 흐르는 끈끈한 기운들이 스스로 몸을 밀어 내고 있었다. 그렇게 곽우는 앞으로 나가고 있었고, 이어 안도의 바로 뒤까지 움직여 갔다.

기왕 이렇게 된 것, 안도를 제압하고 가고자 하는 마음도 있었지만 지금은 그럴 때가 아니었다. 곽우는 그저 그를 비껴서며 누각 위로 올라서려 했다. 그저 어깨를 살짝 틀었을 뿐이다. 한데,

시싯, 파아아앙!

물고기 한 마리가 유영하듯 곽우의 신형은 유려한 곡선을 그리며 안도의 신형을 돌아가고 있었다. 한데 이상한 것이 안도는 곽우가 움직이는데도 아무런 움직임도 없었다. 마치 이젠 곽우따윈 신경도 쓰지 않는다는 듯이 말이다.

그곳에서 곽우는 오른손을 치켜 올렸다. 연오하의 뒤편에서 그녀의 목을 부여잡고 있는 여인을 향해 그의 장창이 번뜩이고 있었다.

"용호검을 이야기하는 것인가?"

"두말하면 잔소리지요. 자, 어서 내 앞에 그 검을 내놓으실까요?"

고요음은 싱긋 웃으며 입을 열었고, 장운은 침중한 얼굴을 했다. 이 정도 상황이라면 어찌해 볼 도리가 없었다. 무조건 그녀의 말을 따라야 하는 것이다.

"용호검이 무슨 보물이라도 되는 줄 아나! 그건 그냥 거검일 뿐이야! 보물과는 거리가 먼 것이라고!"

옆에 있으면서도 그녀를 지키지 못한 추국은 붉어진 얼굴로 소리쳤다. 당장이라도 그녀의 손에선 추곤이 날아갈 듯했지만 그럴 수는 없었다. 조금만 이상한 기미가 보여도 당장 연오하의 목숨이 날아갈 판이니 말이다.

"그러니 내게 가지고 오라고. 보물이 아니라면 너희들에게도 별 소용이 없을 것 아니야?"

추국의 말에 고요음은 이죽거리고, 그러자 추국의 얼굴은 더욱더 어둡게 변했다. 고요음은 그 얼굴을 보다 슬쩍 고개를 돌렸다. 그의 사형들에게 눈을 돌린 것인데, 호상귀 장주운과 예상귀 안도를 향하고 있었다.

두 사람 모두 득의의 표정을 짓고 있었다. 그야말로 작전이 완전히 맞아떨어진 셈이니 그럴 만도 했다. 이제 남은 일이라고는 용호검을 가지고 가면 그만인 것이다.

과거 세 사람이 얻은 유력보처럼 용호검은 또 다른 세상을 보여주게 될 것이다. 쓸모없는 무공도 아니고 지금 천하에 당당히 이름을 올리는 대검문의 절학이 들어 있다는 용호검이었다. 당연히 눈독 들일 수밖에 없는 것이다.

물론 사음회의 오잔은 이 여인의 신병 또한 원하고 있었지만 그건 그들이 알 바가 아니었다.

그들이 원하는 것은 오직 용호검뿐, 이들의 목숨이 어찌 되었든 그건 그들이 신경 쓸 필요가 없었다. 아니, 그 모든 것을 다 고려한다면 삼상귀라는 이름이 아까웠다. 한데 그때였다.

"......"

고요음은 이상한 것을 보았다. 아니, 본 것인지 아닌지조차 알 수 없을 정도로 기이한 움직임이 눈에 보였던 것이다.

그저 흐릿한 느낌만이 느껴졌을 뿐이다. 마치 유령이라도 되는 듯 하얀 구름 같은 것이 안도의 앞을 스쳐 간다고 생각했다. 정말 그것 외엔 그 어떤 것도 느낄 수가 없었다. 그러나 이내 그녀의 이마에 차가운 감각을 느꼈을 땐 등줄기에 식은땀이 흐르는 것을 막을 수가 없었다.

툭.

"물러서."

묵직한 음성 하나가 들려왔다. 고요음은 자신도 모르게 오른발을 뒤로 빼내려다 이내 어금니를 꽉 깨물었다. 아직 자신이 불리한 상황은 아니었던 것이다.

"너나 이 빌어먹을 물건을 치우시지. 이 여자가 죽는 것을 보기 싫다면 말이야."

섬뜩한 기분이 등골 가득 훑고 지나갔지만 그녀는 독한 마음을 먹고 입을 열었다. 어느새 지금 그녀의 이마엔 거검 하나가 닿아 있었다. 곽우의 창끝이 닿아 있었던 것이다.

도대체 언제 이렇게 다가왔는지 모르지만 황당할 따름이었다. 분명 그의 눈앞엔 서너 걸음 뒤로 장운이 있었고 그 외엔 그 어떤 사람도 가까이 있지 않았던 것이다.

유령처럼 다가온 곽우의 신형은 정말 본 적이 없었고 느끼지도 못했다. 하지만 어쨌든 여기서 그만둘 수는 없었다. 오른손을 움직여 호수구로 연오하의 목 줄기를 파고들어 가 피를 좀 보이려 했다. 그런데,

"……!"

고요음은 두 눈을 부릅떴다. 순간 그의 오른손이 움직이지 않았던 것인데, 눈을 돌리자 믿을 수 없는 광경이 보였다. 곽우의 왼손이 어느 틈에 자신의 호수구를 움켜쥐고 있었던 것이다.

분명 조금 전에 말할 때만 해도 자신의 병기는 자유스러웠다. 그런데 한순간 이렇게 된 것이라면 눈 뜨고서도 곽우의 움직임을 보지 못했다는 뜻이다. 도무지 이해가 가지 않는 상황인 것이다.

"아직도 내 말이 무슨 뜻인지 모르나?"

콰지지직!

한순간 곽우의 왼손이 꽉 움켜쥐자 세 개의 날로 이루어진 호수구가 박살났다. 그리고 그 순간 고요음은 뒤로 한 걸음 빠르게 물러섰다. 이젠 더 이상 이곳에 있을 필요가 없었던 것이나.

"어딜! 이 빌어먹을 것이!"

쉬이이잇!

그녀는 뒤로 물러나려 했지만 추국은 그동안 꾹 눌러왔던 감정을 한꺼번에 폭발하며 오른손을 떨쳤다. 그러자 그녀의 흑추가 한줄기 뇌전이 되어 고요음을 향했다.

"홍! 고작 이 정도 무공으로!"

고요음은 코웃음을 치며 오른발에 힘을 주었다. 한순간 그녀의 오른발은 두 배 이상 부풀었고, 이내 그녀의 신형은 허공으로 크게 솟구쳤다. 그렇게 그녀는 누각에서 사라지려 했다. 한데,

스으으으.

"……!"

또다시 예의 그 귀신같은 형상이 보이고 있었다. 그리고 그 형상은 아주 잠깐 두 눈에 보였다. 날아오는 추국의 추곤 위에 오른발을 살짝 얹고 있는 형상. 작은 혹추에 비해 거대한 몸집을 지닌 사람이었고, 그건 바로 곽우였다.

그녀는 까닭없는 두려움에 몸을 움츠렸다. 그리곤 하나 남은 왼손의 호수구를 들어 가슴을 막았다. 그러자 그녀의 손에 엄청난 충격이 느껴졌다.

쩌어어엉!

"카악!"

아래에서 쳐 올라오는 엄청난 힘에 그녀는 반 장을 더 공중으로 떠올랐다. 이미 그녀의 호수구는 모두 부서져 나간 상태였고 몸속에선 상당한 이명음에 고통받고 있었다.

하지만 그녀는 이것이 끝이 아니라는 것을 잘 알고 있었다. 또다시 곽우의 공격이 시작되리라 생각했고, 그녀의 생각은 이내 맞아떨어졌다. 어느새 눈앞에 곽우의 모습이 나타났던 것이다.

곽우는 양손을 움켜쥔 채 크게 장창을 휘돌리고 있었다. 더이상 막을 수 있는 상황이 아니라는 것을 그녀는 짐작하고 있었는데, 그때였다.

"정신 차려, 사매!"

"아, 안도 사형!"

어느새 그녀의 앞에 안도가 나타나 양손을 교차하고 있었다. 그녀는 순간 안도의 어깨를 감싸 쥐었다. 그리곤 강렬한 타격이 다시금 느껴졌다.

쩌어어엉!

"큭!"

"아악!"

안도와 고요음의 입에서 다시 비명 소리가 들려왔고 두 사람의 신형은 한 덩어리가 되어 누각 아래로 떨어져 내리고 있었다. 하나 그들의 신형은 갑판 위에 떨어지지는 않았다.

터턱! 파아아앙!

호상귀 장주운이 직접 독수리가 먹이를 채듯 두 사람을 잡고 허공으로 뛰어올랐던 것이다. 상황이 좋지 않음을 파악하고 두 사제를 데리고 도주한 것이다.

그의 신형은 어느새 배를 나서서 자신들이 타고 온 작은 배에 올랐고, 그러자 주변에 있던 작은 배들이 모두 뒤로 물러서고 있었다. 어느새 혈수귀들이 모두 철수하고 있었다.

하지만 그 누구도 혈수귀에게 신경 쓰는 사람은 없었다. 사람들의 시선은 모두 누각 위로 올라가 있었고, 특히 한 사람에게 시선이 고정되어 있었다. 어느새 누각으로 내려온 곽우에게로 말이다.

"괜찮습니까, 연 소저?"

걱정스런 목소리로 곽우가 입을 열자 연오하는 살짝 웃었다. 왠지 긴장이 풀리니 눈물이 나려 했다. 솔직히 이런 일은 처음이었다.

말이 좋아 강호지 한 번도 이런 일이 일어날 것이라곤 생각하지 않았다. 자신 때문에 누군가 이렇듯 죽고 있다는 것이 이렇게 괴로운 일이라곤 생각지 못했던 것이다.

"괘, 괜찮습니다, 곽 공자."

떨리는 목소리를 진정시키며 그녀는 겨우 입을 열었다. 조금이라도 의연한 모습을 보이고 싶어 입가에 미소를 띠었는데 그 미소는 이내 굳어지고 있었다.

"곽… 공자님!"

자신의 목숨이 위험했다는 사실보다 지금 보이는 곽우의 모습이 더욱더 놀랍게 느껴지고 있었다. 아니, 놀랍다기보다는 그가 더 걱정되고 있었다.

두리번거리면서 곽우는 어딘가를 보고 있는 듯했다. 분명 그녀의 모습을 찾고 있고 있는 듯한 모습이었다.

하나 그녀는 지금 곽우의 바로 앞에 서 있었다. 곽우는 고개를 좌우로 돌리며 초점 없는 눈으로 세상을 바라볼 뿐이었다.

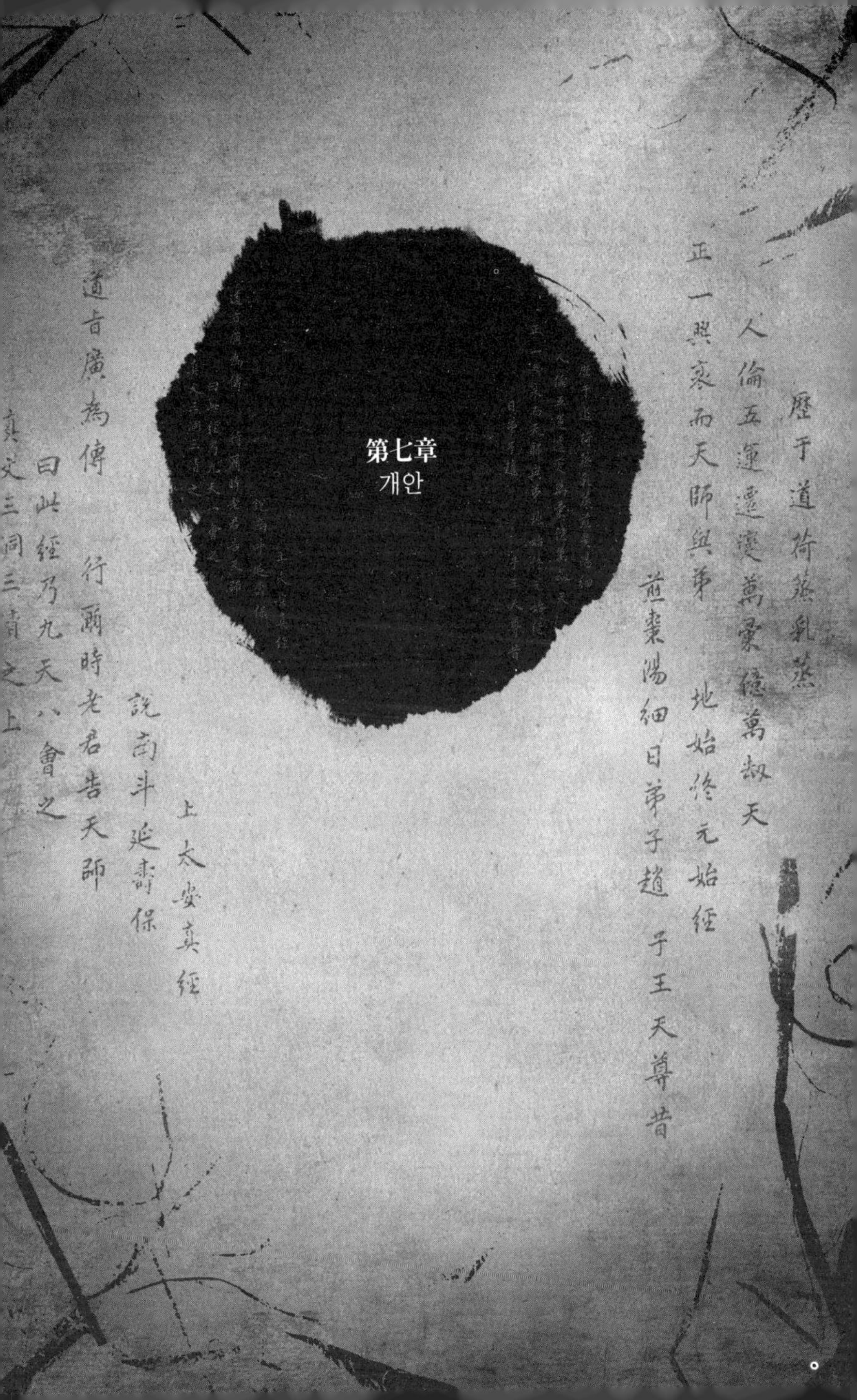
第七章
개안

1

“빌어먹을!”

콰아앙!

거칠게 의자를 집어 던지며 오잔은 씩씩거렸다. 그 서슬에 수하들은 찔끔한 표정을 지었지만 정작 그 앞에 있는 사람들은 아무런 표정이 없었다.

그의 앞에는 세 사람이 있었다. 호상귀 장주운과 예상귀 안도, 그리고 사도 무자춘. 하지만 그 어떤 누구도 오잔의 신경질을 받아줄 생각은 없는 듯 보였다.

“이봐, 너희들. 돈을 받았으면 제대로 해야 하는 것 아닌가? 삼상귀라는 이름은 그저 네놈들만의 생각인 거야? 다 늙어 죽을 날만 기다리는 장운이라는 노인이 그리도 무서워?”

오잔은 두 눈을 부라리며 툭툭 내뱉었지만 그 말에 대답하는 사람은 없었다. 안도와 장주운, 그리고 무자춘은 서로의 눈만 가끔 마주치고 있을 뿐 마치 무언의 대화를 하는 듯 보이는 독특한 광경이었다.

"그따위 무공으로 본 회의 돈만 축낼 생각이라면 당장에 꺼져! 물론 돈은 다 토해내!"

"주둥아리 닫지 않으면 너부터 죽이는 수가 있다. 우리 막내가 지금 어떤 꼴인지 알면서도 계속 입을 놀릴 거냐?"

"뭐야?"

기어이 호상귀 장주운의 입술이 열리자 오잔의 눈이 험악해졌다. 그는 바로 허리춤에 있는 도파에 손을 올렸는데, 하나 장주운이나 안도 두 사람 모두 신경조차 쓰지 않는 모습이었다.

"장운이라는 노인네 하나 못 당하냐고? 너, 눈으로 보긴 본 것이냐?"

"……"

계속되는 장주운의 말에 오잔은 눈을 찌푸렸다. 뜬금없이 무슨 말을 하려는 것인지 알 수가 없었던 것인데, 그러자 이번엔 안도가 입을 열었다.

"어차피 장운이야 이미 주의하고 있던 자다. 물론 그만이 아니라 일회창사 자인손 역시 대비하고 갔었다. 우리가 의도하던 상황대로 풀리는 것을 보지 못했나?"

이젠 짜증이 치미는지 그는 얼굴조차 돌리지 않고 입을 열었다. 오잔은 일순 무슨 말인지 몰라 인상을 벅벅 썼고, 그러자 이번엔 무자춘의 입술이 열렸다.

"곽우, 예상외의 인물은 그자였지. 나조차 놀랄 정도였으니……."

건조한 음성으로 무자춘이 입을 열었지만 그것이 얼마나 대단한 것인지 우회적으로 알 수 있는 순간이었다. 사람들이 아는 한 무자춘은 자신의 감정을 잘 드러내는 사람이 아니었다.

꽤나 먼 거리였고 더욱이 밤이기에 오잔으로서는 확실하게 볼 수가 없었지만 무자춘은 똑똑히 볼 수가 있었다. 어젯밤 무슨 일이 일어났는지 말이다.

곽우의 무공은 그조차 이해할 수 없었다. 지난번에 만났을 때 그는 놀랍긴 해도 이 정도는 아니었다. 이제 무공의 깊이를 조금 알 것 같다고 이야기할 수 있었던 것이다.

비록 그와는 적대적인 관계가 되었지만 무자춘 역시 뼛속 깊은 무골. 그랬기에 곽우를 조용히 보내주었던 것이다. 그 역시 예전에 무공을 처음 시작할 때가 있었고, 그리고 곽우처럼 자신의 한계를 뛰어넘었던 순간이 있었다.

이제 나이가 들고 시간이 흘러 그때의 기억은 완전히 잊혀졌지만 곽우를 보는 순간 다시금 생각났다. 그 점이 고마워서라도 살려 보낸 것이다. 물론 건드릴 필요 없이 경계만 하라는 봉평의 명령도 있었지만 말이다.

그런데 이제 막 제대로 된 무공에 입문했던 곽우가 한순간 놀라운 고수가 되어 있었다. 그것도 단 사 일 만에 말이다. 몇 시진 전에 보았던 곽우의 무공이라면 일파의 장문 급이라도 함부로 할 수 없을 정도로 강대한 무공이었던 것이다.

아니, 멀리 찾을 것도 없었다. 지금의 곽우라면 무자춘도 어찌할 도리가 없었다. 그저 넋 놓고 당하는 수밖에 없었던 것이다.

"아무리 막내가 여인이라고 해도 막내의 무공은 그리 녹록지 않아. 그런 막내가 단 한 번에 당했다는 것은 곽우란 놈이 보통이 아니란 소리지. 아니, 그딴 소리는 다 집어치우더라도 둘째의 팔을 봐라. 유력편공을 응용해 힘을 극대화했는데도 뼈에 금이 갈 정도다. 어딜 봐서 저게 하수로 보이나."

"뭣이?"

담담한 목소리로 입을 열었지만 장주운의 말속엔 상당한 가시가 돋아 있었다. 그의 사제들이 다친 것에 아마도 많이 화가 난 것 같은데, 이어 그는 다시금 입을 열었다.

"더 말하지 않아도 나 혼자서라도 갈 것이다. 내 사제들이 다친 이상 나 역시 가만있지 않아. 그러니 부탁인데 입 좀 다물어봐. 어떻게 해야 할지 지금 생각 중이니까."

장주운은 그 말을 마지막으로 입을 닫았다. 어색한 침묵 속에 오잔은 다시 나선다는 그의 말에 더 이상의 채근 없이 조용히 입을 닫았다. 상황이 이렇다면 좀 더 지켜봐야 했다.

"삼상귀의 이름을 걸고라도 무슨 일이든 해야겠지. 무슨 일이든."

혼자서 중얼거리던 그는 자리에서 일어나 어디론가 움직이고 있었다. 안도는 그런 장주운의 모습을 눈으로 쫓다가 장주운이 방문을 열고 사라지자 안도는 다시 시선을 돌렸다. 그러다 장주운이 앉았던 자리를 보더니 이내 그 역시 일어나 빠르게 장주운의 뒤를 쫓아 나가고 있었다.

"뭐야, 저 미친놈들은."

오잔은 잔뜩 인상을 찌푸리며 입을 열었지만 무자춘은 그 두 사람이 사라진 곳을 향해 시선을 둘 뿐이었다. 그는 왜 안도가 장주운을 따라 나갔는지 알 것 같았다.

장주운은 자신이 있던 곳에 무언가를 두고 나갔다. 그건 바로 호수구. 그가 독문병기로 삼은 것을 놔두고 갔다는 것은 시사하는 바가 컸다.

아마도 장주운은 목숨을 내던지는 승부를 걸고자 하려는 듯싶었다. 그리고 안도는 그런 장주운의 마음을 알고 따라 나간 것이다.

쏴아아아!

비록 강이지만 이런 대단한 파도를 보며 강이라 말할 수 있는 사람은 없었다. 그것이 장강이었고, 또 그것을 보며 경탄하는 것이 사람이었다. 아직은 새벽의 여명이 터오지 않아 완연하게 보이진 않지만 곧 햇살이 떠오르면 그 장관은 더욱더 가슴속 깊이 아로새겨질 것이다.

수많은 세월 동안 장강을 오르내리며 그는 단 한 번도 감탄하지 않은 적이 없었지만 오늘은 예외였다. 이 멋진 광경들이 전혀 눈에 들어오지도, 귀에 들리지도 않았던 것이다.

자인손의 머릿속엔 지금 단 한 가지 생각뿐이었다. 곽우. 그의 상태만이 관심의 전부였다. 하지만 곽우를 위해 그가 해줄 수 있는 것은 단 하나도 없었기에 이렇게 밖으로 나온 것이었다. 계속 그 자리에 있었다면 자인손은 스스로를 원망하게 될 것만 같았던 것이다.

곽우는 지금 선실에 누워 있었다. 삼상귀의 습격이 있고나서 약 두 시진 정도 흘렀을까? 모두들 지금 피해를 복구하느라 정신이 없었다.

장영해의 무사들은 그들 나름대로 전열을 재정비했고 선원들은 배의 상태를 점검했다. 자인손은 그들의 수장으로 나서서 이들을 독려해야 했지만 지금의 상황에선 어떤 것도 손댈 수 없었다.

머릿속은 온통 곽우에 대한 생각밖에 할 수 없었던 것이다. 그렇게 보이지도 않는 강물에 시선을 던질 때였다.

"후, 여기 있었나?"

한줄기 늙수그레한 목소리가 들려오자 자인손은 시선을 돌렸다. 그곳엔 언제 왔는지 장운이 조용히 서 있었는데 자인손은 습관처럼 얼굴에 미소를 띤 채 장운을 맞이했다.

"마음이 도통 정리가 되질 않는군요. 아무리 생각해도 이해할 수가 없는 일이 일어나고 있으니……."

"음."

자인손의 말에 장운은 그저 침음성을 흘릴 뿐이었다. 이해할 수 없다는 것은 그 역시 마찬가지였다. 눈으로 보고서도 믿어지지 않는 일이니 말이다.

물론 가장 믿을 수 없는 것은 곽우의 무위였다. 그들이 본 곽우의 무위는 정말 무섭도록 대단한 것이었다. 그저 지나가는 말로 대단하다고 이야기하면서 엄지손가락 하나 달랑 치켜드는 그 정도의 무공이 아니었던 것이다.

내력으로 따져도 장운보다 강한 힘이었다. 자인손과 장운은 곽우가 어떤 내공도 익히지 않은 것을 잘 알고 있었으니 참으로 믿기 힘든 이야기였다. 하나 분명 곽우는 내력도 있었다.

게다가 그 내력의 운용도 믿기 힘들었다. 만일 그저 기연처럼 내력이 생긴 것이라 친다면 힘은 있으되 운용할 시간이 없었을 터이다. 그런데 곽우는 너무도 자연스럽게 그 힘을 운용했다.

장운의 눈에도 겨우 곽우의 움직임이 보일 정도였다. 뭔가 흐릿하다는 느낌만이 곽우의 움직임에선 느껴졌고, 그것으로 인해 연오하는 위험에서 벗어날 수 있었다.

흡사 모든 것이 신기루이고 꿈처럼 느껴지지만 그것이 꿈이 아님을 두 사람은 너무도 잘 알고 있었다. 진정 놀라운 일이 오늘 일어난 것이다.

"혹 우아가 혼자서 내력을 익히고 있었던 것은 아닌지 생각됩니다만, 우아의 성격을 보면 절대 그럴 아이는 아닙니다. 그러니 제가 이렇게 이해하기 힘든 것이지요."

자인손은 쓸쓸한 표정을 지은 채 입을 열었고, 장운은 고개를 끄덕였다. 그의 말처럼 곽우는 스승을 기만할 사람이 아니

었다. 비록 그를 본 지 얼마 안 되지만 충분히 그의 성정을 알
수 있었다.

또한 설사 그러한 무공을 익히고 있다고 해도 몰래 익힌 무
공은 그 정도로 위력을 낼 수가 없었다. 제대로 익혀도 될까
말까 한 힘을 곽우는 보여주었던 것이다.

"그렇지. 하나 짐작할 수는 있겠지. 사실 난 그 점 때문에 더
힘들군."

"예?"

장운의 목소리에 자인손은 눈을 살짝 좁혔다. 뭘 짐작하고
있다는 것인지 모르지만 왠지 장운은 무언가를 알고 있는 눈
치를 보여주고 있었다. 장운은 잠시 생각을 하는 듯하다가 이
내 입을 열기 시작했다.

"하아, 선풍선법. 모든 것은 그것에서부터 연원을 찾을 수가
있겠지. 아마도 곽우는 그 때문에 저리 되었을 것이야."

"선풍선법? 아니, 그저 신법이 사람을 상하게 할 수도 있다
는 말입니까? 혹 그럼……."

장운의 말에 자인손은 한 가지 경우를 가정하고 있었다. 사
실 선풍선법은 무공이라고 하기도 힘든 것이었고 그냥 신법에
지나지 않았다. 그런데 그 신법이 문제가 되었다 하는 것은 한
가지 경우를 말했다.

"주화입마라도 되었다는 말입니까?"

굳은 안색으로 자인손은 장운에게 입을 열었지만 그는 고개
를 살짝 좌우로 젓고 있었다. 비록 그리 확실한 의사 표현은

아닐지라도 그것만으로 족했다. 분명 주화입마는 아니라는 뜻
이니 말이다.

"주화입마라기보다는… 선풍선법 그 자체가 문제일 터. 선
풍선법은 그냥 보법이라 보기 힘드니까."

"…조금 더 쉽게 말씀해 주시겠습니까?"

자인손의 말은 점점 낮아지고 있었다. 아무래도 곽우의 상
세를 설명하는 데 있어 가장 정확한 판단을 내릴 수 있는 사람
이 장운 같았다. 선풍선법은 바로 그를 위시한 대검문의 삼장
로가 만들어낸 것이니 말이다.

"후, 어디서부터 이야기를 해야 할지……."

장운은 잠시 호흡을 고르기 시작했다. 아무래도 이야기가
길어질 듯싶었던 것이다.

"후우!"

절로 한숨이 나오고 있었다. 그저 몸을 일으켜 상체를 세운
것뿐인데 온몸의 근육이 아우성이었다.

물론 참지 못할 정도는 아니었다. 아주 심한 연공을 하고 난
후의 느낌이랄까? 그 정도의 느낌일 뿐 진짜 죽을 정도는 아니
었던 것이다.

그러나 문제는 다른 곳에 있었다. 바로 그의 눈이 더 문제였
던 것이다.

"좀 어떠세요?"

곽우는 귓가에 들려오는 목소리에 눈을 돌렸지만 그의 눈에

보이는 것은 아무것도 없었다. 아니, 안 보이는 것이 당연하리라. 그의 눈엔 무언가 칭칭 감겨져 있었으니 말이다.

"아, 이 눈에 감긴 거 빼고는 별일 없는 듯합니다만. 하하!"

농담 같지도 않은 말을 하며 곽우는 손을 들었다. 눈에 씌운 것을 풀어내려 했지만 그것뿐이었다. 누군가의 손길이 먼저 느껴지고 있었다.

"아니, 잠시만요, 곽 소협. 제가 해드리지요."

"……."

연오하의 목소리였다. 곽우는 뭔가 이상한 생각이 들었지만 그렇다고 거절하기도 뭐해서 일단 그냥 있었다. 연오하는 곽우의 눈에 감긴 천을 풀기 위해 조심스럽게 손을 놀리기 시작했다.

왠지 곽우는 기분이 이상해지는 것을 느꼈다. 뭔가 기이하면서도 전율이 흐르는 듯한 느낌이 들었다. 아주 어색하면서도 싫지 않은 그런 느낌 말이다.

별 이상한 상황에서 느끼는 감정이라 스스로 생각해도 황당하지만 감정에 솔직하자면 분명 그는 그렇게 느끼고 있었다. 아니, 아무리 생각해도 민망해지기에 아예 이런 감정 자체를 잊으려 노력하는 순간이었다.

스륵.

눈앞에서 무언가가 벗겨져 나가며 시원해지자 곽우는 살짝 눈을 떴다. 아무래도 안대로 쓴 천 안에 뭔가를 집어넣었던 듯 연오하는 그 뭔가를 같이 풀어내기 위해 손을 댄 것 같았다.

뭐, 다른 뜻은 없었던 것이다.

왠지 살짝 섭섭해지는 마음을 느끼며 곽우는 정면을 바라보았다. 흐릿하기는 해도 그곳엔 염려스러운 눈으로 자신을 바라보는 한 여인이 있었다. 물론 그녀는 연오하였다.

시간이 조금 지나 곽우의 눈에 그녀의 모습이 제대로 보이자 곽우는 웃었다. 조금 눈이 침침해진 것 빼고는 별다른 것이 없었던 것이다.

시력이 조금 나빠진 것이라고나 할까? 살짝 불편하기는 하지만 이 정도라면 사는 데 별 어려움은 없을 것 같이 느껴졌고, 곽우는 아무도 모르게 작은 한숨을 쉬었다. 실은 그의 눈에 관해서는 그도 걱정하고 있었던 것이다.

그는 분명히 기억하고 있었다. 그의 눈이 이상하게 되었던 것을 말이다. 기이한 형상으로 사람들이 보였던 때를 말이다.

그때 곽우는 연오하의 모습이 보이지 않음을 느꼈다. 무공을 하는 다른 사람들은 하얀빛과 함께 보였지만 그렇지 않은 사람들은 보이지 않았다. 그런데 지금은 그런 현상이 보이지 않았던 것이다.

"괜찮은 거냐, 곽우?"

"그래요. 진짜 괜찮아요?"

옆에서 두 줄기 음성이 들려오자 곽우는 씨익 웃으며 고개를 돌렸다. 뭐, 보지 않아도 목소리의 주인공은 그의 친구인 오진영과 추국이라는 것을 잘 알고 있었다. 이어 그들의 모습을 본 곽우의 얼굴에서 웃음이 사라졌다.

“…….”

같았다. 그들의 모습에서 하얀빛의 기운이 보이고 있었던 것이다. 아니, 보인다고 말하기도 힘든 상황이었다.

꿈인지 생시인지 모를 상황에 곽우는 눈을 꽉 감았다. 그런데 눈을 감아도 그의 눈엔 두 사람의 모습이 보였다. 이젠 모습 자체에 옅은 빛의 음영이 덧씌워진 것 같은 모습이었던 것이다.

“왜… 그러냐, 곽우?”

뭔가 좀 이상하다고 여겼는지 오진영이 다시금 물어오자 곽우는 그제야 정신을 차렸다. 왠지 지금은 더 이상 말을 해선 안 될 것 같은 분위기였기에 곽우는 다시금 시원한 웃음을 머금으며 입을 열었다.

“아니… 아니다. 잠시 딴생각을 좀 했어.”

“오호, 혹시 내 생각 했어요?”

마침 옆에서 연호랑의 목소리가 들려오자 자연스럽게 사람들의 신경은 연호랑에게 옮겨가고 있었다. 곽우는 그의 머리를 살짝 쓰다듬어 주며 자리에서 일어섰다.

“후우, 그냥 선실에만 있었더니 답답하군요. 강바람이라도 쏘여야 할 것 같습니다. 하하.”

털털거리며 그는 자리에서 일어섰고, 바로 선실 문을 향해 움직였다. 그러자 뒤에서 한 사람의 목소리가 들려왔다.

“저와 같이 가시지요. 마침 저도 멀미가 나는지 조금 어지럽군요.”

"…아, 그러십니까?"

연오하였다. 그녀는 자리에서 일어나 외투를 챙긴 후 바로 곽우의 뒤를 따랐고, 그러자 그 옆에 있던 연호랑도 일어서 그 뒤를 따르려 했다. 하나 호랑은 두 사람의 뒤를 따를 수가 없었다.

"호랑은 나랑 같이 있자. 그렇게 나가다가 고뿔이라도 걸리면 어쩌려고 그래?"

"에이, 무슨 고뿔이야! 이렇게 팔팔한데!"

나가지 말라는 추국의 말에 호랑은 방방 뛰었지만 이내 그는 추국의 품에 감겨 헤어날 수가 없었고 추국은 씨익 웃으며 신형을 돌렸다. 곽우와 연오하 두 사람을 같이 있게 하려는 심산인 것이다.

"하하, 고뿔 걸리지요, 연 소협. 그러지 말고 오늘은 우리와 같이 있는 게 어때? 수하들이 재정비할 동안 이 장강에 떠도는 전설을 이야기해 드리지요."

"전설… 이요?"

전설이란 말에 연호랑은 눈빛을 빛내며 오진영의 곁에 달라붙었고, 오진영은 쓴웃음을 지었다. 아무래도 오늘은 없는 전설이라도 지어낼 판이었다.

곽우는 그저 웃으며 신형을 돌릴 뿐이었다. 그의 모습은 여느 때와 같았지만 연오하는 왠지 다른 모습을 느끼고 있었다. 그의 미소는 언젠가 보았던 그 싱싱한 미소가 아니었다. 어딘가 처연한 모습을 담고 있었던 것이다.

그리고 그것이 지금 연오하가 곽우의 뒤를 따라가고 있는 이유였다.

　"선풍선법은 신법이지만 독특한 목적을 위해 만들어진 신법이네. 그건 바로 대검문을 위한 신법. 자네도 알다시피 대검문은 그야말로 대검이 독문병기인 문파. 그곳의 신법은 자연스럽게 대검을 활용하는 방법에 대해 집중되었지. 그리고 그 와중에 많은 사람의 도움을 받게 되었음은 불문가지네."
　"그 점은 저도 잘 알고 있습니다. 형님께서 어느 정도 이야기를 해주셨지요."
　장운의 목소리에 자인손은 고개를 끄덕이며 대답했다. 장운이 무슨 말을 하려는지 잘 알고 있었다. 선풍선법의 탄생에 대한 이야기는 이미 그의 형인 장운산이 이야기해 주었던 것이다.
　신법이라는 것 때문에 사람들은 선풍선법을 보법에서 조금 벗어난 것으로 알고 있었다. 게다가 막대한 내공을 바탕으로 하여 신묘하다고 생각들을 하는지 모르지만 그건 틀렸다.
　선풍선법은 그야말로 원운동을 기본 원리로 삼고 있었다. 몸 안의 한 점을 중심축으로 원심력을 이용해서 상대를 격살하는 원리였다. 물론 아주 기본적인 이론이지만 이렇게 합리적인 이해를 요구했던 것이다.
　하나의 원운동이 아니라 두 개 이상의 원 움직임도 가능한 것이 바로 이 선풍선법이었다. 처음엔 별로 어렵지 않은 듯하다가 이내 힘들어지는 것도 선풍선법의 묘미였다.

　물론 원심력을 이용한 보법이나 무공은 세상에 상당히 많았다. 하나 무거운 검을 가장 효과적으로 쓸 수 있는 가장 기본적인 원리는 역시 원심력이었고, 대검문의 사람이었던 장운을 비롯한 삼장로는 너무나 기뻐했다. 당시 대검문은 상당한 침체기를 맞이하고 있었는지라 그 어떤 때보다도 새로운 무공이 필요했었던 것이다.

　"그렇겠지. 자운산 그 친구는 그 당시에도 우리와 같이 이 선풍선법을 연구했으니. 아니, 반 이상은 자운산 그 친구의 힘이라 해도 과언이 아니야. 진정으로 연구하려 했고 또 그 누구보다도 더 많은 기력을 소진했으니."

　옛일이 생각나는지 장운은 잠시 밤하늘에 눈을 돌리고 있었다. 어두운 밤하늘에 무에 볼 것이 있겠냐마는 장운이 보는 것은 환영과도 같은 것이었다. 아주 오래전에 있었던 일이 환영처럼 떠오르고 있었던 것이다.

　"그렇지요. 형님께서는 결국 선풍선법은 하나의 움직임이라 하셨습니다. 초식의 문제이며 내력과는 별개의 문제라 하셨지요. 한데 장 대협께서는 왜 선풍선법이 문제라 하시는지 이 자 모는 이해할 수가 없습니다."

　"하나의 움직임이라……."

　자인손의 말이 끝나자 장운은 작게 되뇌었다. 틀린 말은 아니었다. 하나 그 의미가 일반적인 것이 아니었다. 자인손이 말하는 움직임은 몸의 움직임을 이야기하는 것이었다.

"물론 움직임이 맞지. 하나 그 움직임은 사람의 움직임만을 말하는 것이 아닐세. 우리가 세상에 조화라고 부르는 것, 그것의 움직임을 말하는 것이기도 하지."

"조화의… 움직임?"

조금은 생소한 단어에 자인손은 눈을 동그랗게 떴다. 설마 하니 이런 이야기를 듣게 될 줄은 몰랐는데, 그러나 그가 놀라는 것은 이후에도 계속되어야만 했다.

"세상의 조화, 즉 힘의 조화를 이야기하는 것일세. 물론 그것은 비단 대검문의 무공에 국한된 것만은 아니지. 세상의 모든 무공, 소림이나 무당의 무공 역시 세상의 조화를 이야기하니까."

자인손은 그의 말을 들으면서도 조금 이상한 생각이 들고 있었다. 소림이나 무당이 말하는 조화라면 태극에 관한 이야기였고, 또 소림이 말하는 조화라면 언제나 움직이지 않는 부동심 같은 것을 이야기하는 것이었다.

그러나 그 어떤 것도 지금 대검문과는 연관이 없어 보였다. 하지만 장운의 이야기는 계속 그곳에 초점이 맞추어지고 있었다.

"선풍선법은 그저 신법이 아니지. 만일 그것이 신법만이라면 우리가 신경 쓸 이유가 없었지. 그건 선법 자체가 하나의 내력이기에 그런 것이라네. 선법을 행하는 것 자체가 내력의 연공이 되는 셈이지."

"……."

황당한 이야기였다. 대관절 이게 무슨 말인지 이해할 수가 없었는데, 장운은 그런 자인손의 모습을 보며 다시 입을 열었다.

"조화라는 말을 말 그대로 실천한 것이네. 선법이 강해질수록 사람도 강해진다. 사람이 하는 무공일진대 어째서 신법과 보법, 내력과 초식 따위로 나누겠는가. 그 모든 것을 다 조화롭게 발전시킬 것을 만들어내려 했던 것이지."

"……."

"쉽게 이야기하자면 선풍선법은 하단전이 아니라 중단전을 사용해야 하지. 대검이 가진 무게를 가장 잘 이용하려면 당연히 중단전을 움직여야 하는 바, 시전자는 자신도 모르게 중단전을 키우는 결과를 가져오게 되네. 곽우의 무공은 그렇게 볼 수 있겠지. 자신도 모르게 내력을 키운다는 것은 그런 의미일세."

"……."

자인손은 멍한 기분이 들고 있었다. 설마하니 이런 이야기를 듣게 될 줄은 정말 몰랐는데 중단전을 사용한다는 말 자체를 그는 이해할 수가 없었던 것이다.

중단전은 그냥 쉽게 말할 성질이 아니었다. 하단전이야 많은 사람들이 수련하는 것이지만 중단전 자체는 아무도 수련하는 사람이 없었기에 그건 너무나 당연한 일이었다.

하단전이 축기(築氣)를 하는 곳이라는 것은 누구나가 다 아는 것이었다. 아울러 상단전은 흡기를 위주로 하는 역할을 하

는 곳이었고, 중단전은 이 두 개의 단전을 연결하는 통기의 역
할을 하는 곳이었다.

이렇듯 중단전이 통기를 한다는 것은 무공을 배우는 사람이
면 누구나 다 아는 것이었고, 그 외 사람들이 또 하나 잘 아는
것이 있었다. 그건 바로 중단전은 통기의 역할만을 하기에 축
기가 불가능하다는 것이었다.

바로 이런 이유 때문에 훌륭한 무공임에도 불구하고 대검문
에서 사용하지 않았던 것이다. 물론 이러한 이야기는 세상에
알려지지 않았다.

대신 대검문에선 지금 다른 무공을 수련하고 있었다. 원형
의 움직임을 원리로 한 것은 같았지만 운용에선 상당히 다른
양상을 보이고 있었는데, 물론 그 보법은 그야말로 보법일 뿐
이었고 역시 삼장로가 만들어 보급했다.

이후 삼장로는 강호에서 모습을 감추었고, 사람들은 그렇게
그들을 잊어갔다. 자인손도 지금에서야 오랜만에 삼장로의 셋
째인 장운을 보는 것이니 말이다.

“중단전에서 축기를 가능하게 한단 말입니까? 그게 말이나
됩니까? 하면 지금 우아의 중단전엔 상당한 기운이 쌓여 있다
는 뜻인데, 그렇다면 왜 진맥을 해도 나오질 않습니까?”

하지만 그의 설명에도 불구하고 자인손은 도무지 이해가 가
질 않는다는 듯 입을 열었고, 장운은 조용히 고개를 끄덕였다.
그건 당연한 이야기였다.

“그렇지. 만일 하단전처럼 힘을 축기할 수 있는 곳이 있었다

면 한 번의 진맥으로도 알 수 있을 것일세. 하나 아쉽게도 중단전의 축기는 그 형태부터가 다르다네."

스윽.

장운은 한 손으로 배의 외부 난간을 잡으며 한 걸음 강가로 가까이 움직였다. 이제 조금 있으면 새벽이 터오를 듯 보였는데, 그래서 그런지 세상은 그야말로 암흑 천지였다.

"어디에 맺히게 되는지 아무도 모르는 일일세. 발일 수도 있고 손일 수도 있지. 아니, 머리가 될 수도 있고 때론 엉뚱하게 임독이맥을 돌아다닐 수도 있지. 그래서 진맥을 해도 알 수가 없는 것일세."

"그런 말도 안 되는……."

장운의 말에 자인손은 입만 벌릴 뿐이었다. 그렇다면 그건 내력도 아니었다. 어디에 쌓여 있는지도 모르는 내력이라면 없는 것이나 다름없었던 것이다.

쉽게 말해 쌓아놓기만 할 뿐 그 내력을 쓸 수는 없다는 것이다. 자신이 원하는 곳에 내력을 가두어놓고 있지도 못한다면 그걸 꺼내 사용할 도리 역시 없는 것이었다.

있는지 없는지도 모를 힘 따위는 아무 소용이 없는 법. 자인손은 그 점을 이야기하고 있었다. 누구라도 당연하게 생각할 일이었다.

결론지어 말하자면 곽우는 지금 중단전을 이용하여 축기를 행했다는 것이고, 이번에 그 기를 사용했다는 것인데 믿어야 할지 아니면 무시해야 할지 판단이 서지 않는 순간이었다.

그런데 어떻게 생각하든지 간에 장운의 말을 잘 들어보면 한 가지는 확실했다. 곽우가 고수가 된 것이라 볼 수 있었던 것이다. 세상 그 누구도 쉽게 볼 수 없는 대단한 고수가 된 것이다.

"하면 지금 우아가 기연이라도 만났다고 생각하는 것이 옳은 일입니까? 저는 도저히 판단이 서지 않습니다."

분명 그렇게 생각이 되기는 하지만 왠지 장운의 판단은 조금은 머뭇거리게 하는 것이 있었다. 물론 그건 곽우가 마지막에 보여주었던 그 모습 때문이었다. 눈이 잘 안 보이는 듯한 모습 말이다.

"기연… 이라면 기연이라 할 수 있겠지만 아닐 수도 있지. 내 두 사형을 보자면 말일세."

"……."

점점 모호해지는 말을 하는 장운에게 자인손은 미간을 찌푸렸다. 이 정도라면 뭔가 결론이 나올 만도 한데 장운은 계속 빙빙 돌려 이야기하고 있었던 것이다. 게다가 그의 두 사형이라니…….

"듣기 싫은 말이지만 형님들을 일컬어 다른 이름으로 부르기도 하지. 난 그 이름을… 일어났느냐?"

"……!"

뭔가 더 이야기하려던 장운은 황급히 입을 닫았고, 자인손은 인기척에 신형을 돌렸다. 그러자 그곳에 일남일녀가 나타났다.

곽우와 연오하였다. 언제부터 그곳에 있었는지 모르지만 아무래도 이 이야기를 들은 것이 아닌가 하는 생각이 들었다. 두 사람 다 웃고는 있지만 그 웃음이 그리 밝아 보이지 않으니 말이다.

"언제부터 거기 있었더냐?"

"본의 아니게 좀 듣게 되었습니다, 부당주님."

역시나 곽우는 특유의 선한 웃음을 보여주며 대답했고, 그 웃음에 자인손은 절로 가슴이 시원해지는 것을 느꼈다. 확실히 언제 봐도 저 미소는 사람의 기분을 좋게 만들어 주고 있었다.

"하나 많이는 아니니 염려하지 마십시오. 제가 중단전을 사용할 수 있다는 것만 들렸습니다. 솔직히 제 이야기이지만 저조차 믿기지 않습니다. 중단전이라……."

곽우는 자신의 이야기인데도 마치 남의 이야기를 하듯 말했고, 그러자 장운은 쓴웃음을 지었다. 역시 이 한 장면으로도 곽우의 성격을 알 수 있게 하는 대목이었다.

가식이라 부른다면 그렇게 부를 수도 있었다. 분명 곽우는 자신의 상태에 대해 염려하고 있었다. 그러나 왠지 모르지만 완곡한 표현으로 이를 나타낼 뿐 한 번도 걱정스런 얼굴을 하지 않았다.

그러고 보니 사도 무자춘을 상대할 때도 그랬다. 곽우는 걱정이나 불안한 감정 따윈 전혀 보이지 않고 있었다. 참으로 무던한 성격인 듯싶었다.

　　그러나 그것은 선천적인 것도 있겠지만 곽우는 싫은 표현을 잘 못하는 성격인 듯했다. 어쩌면 불속으로 짚을 지고 뛰어들라 해도 불만없이 뛰어들 그런 성격으로 보였다.

　　물론 이 모든 것은 장운의 추측이었다. 사람의 마음이야 함부로 읽을 수 없다는 것은 누구나가 다 인정하는 바이기에 틀릴 수도 있었다. 그러나 한 가지 확실한 것은 있었다.

　　적어도 곽우는 다른 사람에게 해를 입힐 사람은 아니었다. 그렇게 생각하기엔 저 멋진 미소가 마음에 걸리고 있었다.

　　"허허, 자네도 어느 정도 생각하고 있을 것이라 느끼고 있네만… 일단 그 정도만 나도 알고 있으이. 더 이상의 자세한 것은 나 역시 알 수 없는 것. 오늘은 이 정도만 해두는 것이 좋을 듯하구나."

　　장운은 왠지 서둘러 말을 맺고 있었다. 곽우 역시 생각해 봐야 알 수 없는 일에 매달리고 싶지 않은 듯 고개를 끄덕이며 신형을 돌렸다. 세 사람의 신형은 곧 갑판에서 사라져 갔고 남은 것은 자인손뿐이었다.

　　자인손은 바로 떠날 수가 없었다. 생각 같아서는 장운에게 달려가 다시금 물어보고 싶었지만 마음속 한쪽에서 떠오르는 이 불길한 예감 때문에 그럴 수가 없었다.

　　그저 마지막으로 장운이 했던 말만 계속 떠오르고 있었는데 분명 장운은 이야기했다. 듣기 싫은 말이지만 사형들을 부르는 말이 있다고 말이다. 그리고 자인손은 그 말이 무엇인지 알고 있었다.

광협(狂俠). 사람들은 장운의 두 사형에게 그런 호칭을 사용했다. 그 광이란 글자가 내내 마음에 걸리는 자인손이었다.

2

"물동량은 어찌 되어가나?"

"물동량은 오히려 더 늘었습니다. 이상하게도 본 해의 병력이 많이 없다고 이야기합니다만, 사람들은 개의치 않는다며 본 해의 수송을 원합니다. 이걸 어찌 해석해야 할지……."

봉해당주 양화련은 황당하다는 듯 입을 열었다. 아니, 솔직히 황당했다. 세상 사람들의 생각은 정말 이해하려고 해도 쉽게 이해할 수가 없었던 것이다.

솔직히 양화련의 나이도 그리 적은 편이 아니었다. 게다가 경험도 상당한 편인데도 불구하고 요즘 보이는 세태는 그녀도 이해하기 힘든 것이었다.

"헛헛, 사람들의 반응이 이상한가? 하긴 이상하기도 하지. 병력이 없어 안전한 운송을 보장하지 못한다고 해도 막무가내로 맡긴다라……."

오각은 양화련의 생각을 이해한다는 듯 고개를 끄덕이며 입을 열었다. 그녀와 오각은 지금 집무실에서 호롱불을 켜 놓은 채 이야기하고 있었는데 아직 동이 트려면 조금 더 시간이 남아 있었다.

어젯밤 늦게부터 양화련과 오각은 앞으로의 대책을 논하고 있는 와중이었다. 오각은 그의 아들과 같이 보낸 무사들의 생각에 이것저것 생각하는 와중이었고, 양화련은 모두가 떠난 장영해를 돌보기 위해 이 생각 저 생각 중이었다. 서로가 툭툭 던지며 입을 열었고, 또 아무 생각 없이 서로 간의 의견을 받았는데 그건 오각과 양화련만이 가능한 독특한 대화법이었다.

딱 서로 필요한 이야기만 하는 것. 듣지 않는 듯하면서도 서로가 다 듣는 것이었다. 그리고 그 생각들은 한두 시진이 흐르면 가장 중요한 것부터 다시 토의가 되는 그런 식이었다.

사소한 것이라도 뭔가를 놓치는 것 자체가 싫은 것이었다. 두 사람 다 완벽을 기하는 기이한 습성이 있었고, 그것이 이러한 괴이한 회의를 탄생시켰다. 그리고 지금은 그 회의의 끝이 보이고 있었다.

"후우, 분명 그렇게 이야기하고 있습니다. 어느 정도는 몰라도 지금 우리가 받은 양만큼은 아니지요. 다만 그 기간을 늘려 잡은 것이 다행이라 생각될 정도입니다. 아무래도 장강을 거슬러 올라간 소주께서 제대로 하고 계신 듯합니다."

"그 녀석이 아니라 자인손 그 친구가 해낸 것이겠지. 아직 천둥벌거숭이 같은 놈이라 도무지 걱정이 가시지를 않는군. 다행히 자인손과 곽우가 있으니 조금 안심이지."

고개를 저으며 입을 열고 있었지만 오각의 얼굴엔 절로 미소가 지어지고 있었다. 스스로 생각해도 대견한 아들이기는 했다. 아직 세상에 맞설 나이도 아닌데 이렇듯 세상에 영향을 끼치고 있으니 말이다.

사람들이 이렇듯 장영해에 자신들의 물건 운송을 맡기는 이
유는 단 하나, 지금 장강을 거슬러 올라가는 자인손 일행 때문
이었다.

상황을 확실히는 모르지만 지금 자인손이 탄 배는 아주 잘
움직이고 있었다. 사실 그가 생각하는 것보다 훨씬 더 빠른 속
력으로 장강을 올라가고 있었던 것이다.

상당한 방해가 있을 것으로 생각했으나 아무래도 그렇지가
않은 듯했다. 하나 확실한 것은 아직 알 수 없었다. 사람을 통
해 자세한 사정을 좀 알아보러 보냈는데 아직 답신이 오지 않
은 것이다.

실은 두 사람 다 그 답신을 기다리고 있는 중이었다. 괜히
이 이야기 저 이야기를 하지만 결국 그 이유 때문이었는데, 이
윽고 두 사람이 기다리던 답신이 도착했다.

"해주님, 서신입니다."

"오, 왔는가! 들여보내라."

반가운 목소리로 그는 입을 열었고, 그러자 한 사람이 와 오
각에게 서신을 건네었다. 오각은 손을 뻗어 서신을 받아 들어
펼쳤다.

"음."

작은 헛기침 소리와 함께 오각은 서신을 읽기 시작했다. 그
건 배에 있는 사람들이 쓴 것이 아니라 오각이 보낸 또 다른 사
람들이 보낸 것이었다. 즉 관찰하던 사람들이 쓴 것이라 상당
히 객관적인 사실이 쓰여 있었던 것이다.

한데 서신을 읽은 오각의 얼굴이 시시각각으로 변하고 있었다. 서신이 온 것만으로도 즐거워하던 표정이 지금은 전혀 다른 얼굴을 하고 있었던 것이다.

"좋지 않습니까?"

오각의 표정을 보며 양화련은 입을 열었지만 오각의 얼굴을 보면 어떤 내용이 쓰여져 있을지 알 수 있었다. 그러나 확실히 알고 싶었기에 입을 연 것인데 오각은 잠시 생각을 정리하는 듯하더니 이내 입을 열었다.

"삼상귀를 맞아 싸웠다고 쓰여 있군그래. 사도 무자춘 이후에 삼상귀라……."

"삼상귀라면 상당히 까다로운 놈들인데 잘 대처한 모양이군요. 자운산 부당주가 많이 신경 쓴 모양입니다."

고개를 끄덕이며 양화련이 입을 열었다. 비록 그녀는 무공을 익히진 않았지만 삼상귀의 무공이 어느 정도라는 것쯤은 알고 있었다. 봉화당의 업무 중에는 첩보에 관련된 것도 있었고 양화련은 그 업무를 누구보다도 더 중요하게 여기고 있었던 것이다.

당연히 그녀의 머릿속엔 삼상귀라는 자들의 신상명세가 들어가 있어 말을 듣는 순간 삼상귀의 모든 것이 다 떠올랐다. 지금 배에 탄 사람들의 면면을 생각했을 때 상당히 까다로울 것이라는 그녀의 추측은 틀린 것이 아니었던 것이다.

하지만 그녀의 예측은 결과적으로 틀린 것이었다. 까다로운 것은 맞지만 그들을 맞아 상대한 사람은 자인손이 아니었으니 말이다.

"까다로운 것은 맞지만 자인손 부당주가 한 것은 아니군그
래. 곽우가 그들 셋을 모두 패퇴시켰다고 하는데……."

"곽우가요? 그것이 정말입니까?"

양화련은 도저히 믿을 수 없다는 듯 두 눈을 부릅떴으나 사
실 그건 오각이 하고 싶은 이야기였다. 물론 이 글을 써 보낸
수하들이 거짓을 고할 리는 없었다. 그러나 믿기가 너무도 힘
든 이야기였던 것이다.

물론 곽우의 무공이 그리 녹록지 않음은 오각과 양화련 두
사람 다 잘 알고 있었다. 사실 이곳 장영해에 소속되어 있는
것이 과분하다고 여겨지는 자운산의 직계제자니 말이다.

그러나 인정을 받는 것은 곽우가 아니라 자운산이었고, 곽
우의 무공은 아직까지 완전치 않았다. 곽우가 내력이 없다는
것은 오각 역시 잘 알고 있었던 것이다.

어쩌면 진검 승부를 펼친다면 그의 아들인 오진영이 이길지
도 모르는 상황이었다. 그런데 삼상귀는 오진영이 상대할 수
있을 만한 상대들이 아니었던 것이다.

모르긴 해도 자인손 정도는 되어야 이들 셋을 상대할 수 있
었다. 말이 좋아 수적이지 그들의 무공은 수적 이상이니 말이
다.

"대체 그 배 안에서 무슨 일이 벌어진 것인지 정말 궁금하군
요. 어째서 지금 제 귓가에 곽우의 이름이 들리는 것인
지……."

양화련은 고개를 좌우로 흔들며 입을 열었고, 오각은 전적으로 그 말에 동감했다. 그 배 안에서 지금 아무도 모를 일들이 벌어지고 있었던 것이다.

"자네 말이 맞네. 대체 그 배에서 어떠한 일들이 벌어지는지 궁금하기 짝이 없군. 하나 그보다는 이제 걱정이 되는군."

"……."

오각의 말에 양화련은 눈을 살짝 치켜떴다. 물론 걱정이야 되겠지만 이 정도면 상당히 선전하고 있는 일행이었다. 그의 아들인 오진영의 안위가 걱정된다면 모를까 곽우까지 갑자기 고수가 된 마당에 그리 염려될 것은 없다고 판단되었던 것이다.

그러나 그녀는 이내 자신의 생각을 바꾸어야만 했다. 이어서 들린 오각의 말 때문이었다.

"흑련이 나섰군그래. 아직까지 그냥 조용히 지켜보는 수준이지만 이미 움직임을 보인 모양일세. 흑련이라……."

"벌써 나섰단 말입니까?"

양화련은 어금니를 꽉 깨물며 신음성과 같은 소리를 흘려내었다. 흑련이라면 이야기가 달라졌다. 삼상귀 따위완 전혀 다른 상황이 펼쳐지게 되는 것이다.

물론 양화련 역시 흑련이 나서는 것을 예측하지 못한 것은 아니었다. 이유야 어찌 되었든 흑련은 사음회를 돕는 상황이었고, 언젠가는 그들을 도와 자인손 일행을 압박할 것으로 생각되었다.

그러나 그 시기가 문제였다. 적어도 자인손 일행이 그 역할을 마친 후의 일로 예측했다. 즉 중경에 이들 모두를 내려놓고 나서야 나설 것으로 생각했던 것이다.

빨라도 너무 빠른 상황이었다. 이런 상황이라면 예측이라는 것이 불필요한 상황인데 임무는 필패로 끝나게 될 터였다. 저들 흑련이 배를 친다면 이길 도리가 없었던 것이다.

"흑련에서… 누가 나섰는지 알 수 있겠습니까?"

혹시나 하고 마지막 희망을 가진 채 그녀는 다시금 입을 열었다. 흑련은 흑도의 연합 조직. 솔직히 그들 중엔 별로 신경 쓰지 않아도 될 자들이 있었다. 그러나 들려오는 오각의 목소리는 그런 그녀의 바람을 무참히 밟아버리고 있었다.

"맞는지 모르지만… 흑련당주 고주완이라 써 있군그래."

"…한빙마도!"

그녀는 외마디 비명과 같은 소리를 지르고야 말았다. 이젠 끝이었다. 한빙마도 고주완이란 인물은 그저 그런 사람이 아니었던 것이다.

두렵다는 이야기가 절로 나오는 인물이었다. 한 자루의 묵도(嘿刀)를 가지고 세상을 오시했던 인물. 그가 흑도에 들어간 것 자체가 이해가 안 갈 정도로 강한 무인이었던 것이다.

"해주님, 이대로는 안 될 것 같습니다. 조금이라도 해원들을 위해 병력을 보내야 하지 않겠습니까? 이대로라면 결과는 너무나 뻔합니다."

거의 부르짖는 듯한 그녀의 음성이 허공에 울리자 오각의 얼굴은 침중하게 굳었다. 확실히 맞는 이야기였다. 이대로 그냥 보고 있기엔 닥쳐오는 위험이 너무도 컸던 것이다.

하나 그럼에도 불구하고 함부로 결정할 수 없었던 것은 그들만이 장영해의 전부가 아니었기 때문이다. 이곳 상해에 있는 장영해의 식솔들이야말로 그가 챙겨야 할 사람들인 것이다.

"해주님께 알립니다. 용해당주님께서 서신을 보내셨습니다."

"음?"

갑작스런 목소리에 오각은 고개를 돌렸다 그곳엔 한 사내가 서 있었는데 바로 얼마 전에 오각의 손에 서신을 쥐어준 사내였다. 그리고 그 사내의 손엔 다시 서신 하나가 들려 있었다.

한데 이번 서신은 그냥 종이가 아닌 듯했다. 봉투 가운데가 불룩해 보인 것이 뭔가 있는 듯했다. 오각은 그 서신을 받아 들더니 이내 양손으로 펼쳤다.

딸그랑.

"……."

오각의 눈이 살짝 커졌다. 봉투를 풀자마자 바닥에 떨어진 것은 작은 동전이었다. 한데 흔히 볼 수 있는 구리가 아니라 번쩍이는 금으로 된 것이었다.

"금해전(金海錢)?"

두 눈을 동그랗게 뜬 채 양화련은 말했다. 그건 그녀도 잘 아는 것으로 장영해에서 주는 금해전이란 것이었다. 순금으로 만들어져 있으며, 장영해에서는 이 금해전이 바로 그 사람의 신분을 나타내는 것이었다.

일반 무사들은 동해전, 조금 높은 자들은 은해전을 가지고 있었다. 금해전은 세 사람밖에 없는 것으로 오각과 양화련, 그리고 자운산 이렇게 셋만 가지고 있었던 것이다.

"이게 무슨……."

"훗, 드디어 세상에 나서려 하는 것인가?"

"예?"

알 수 없는 오각의 목소리에 양화련은 눈을 동그랗게 떴지만 오각은 그저 웃을 뿐이었다. 그는 금해전을 주워 들며 만지작거리더니 이내 양화련에게 향해 입을 열었다.

"양 당주, 아무래도 봉문에 준하는 경계령을 내려야 할 것 같네. 이제부터 모든 상황은 나와 상의해서 처리하도록 하게. 아울러 모든 활동 역시 중지하도록 하고. 물론 이 모든 것은 자운산이 돌아올 때까지네."

"……."

걱정은커녕 그저 남의 이야기를 하듯 말하는 오각을 보며 양화련은 생각이 혼란스러워졌다. 말이 좋아 활동 중지지 그럼 장영해의 살림은 엉망이 될 것이다.

아니, 당장 자운산이 없다면 장영해를 지킬 힘조차 없는 것이 현실이었다. 그런데도 무엇이 그리 즐거운지 알 수가 없었는데, 이어 들린 오각의 목소리에 양화련은 그저 멍한 기분이 들었다.

"이것 참, 오랜만에 장강을 보겠구먼. 아무래도 몸 좀 움직여야겠는데… 끙차!"

"…해주님?"

오각은 일어서 몸을 풀고 있었다. 물론 몸 푸는 것이야 별로 이상할 것이 없었지만 문제는 그 앞에 한 말이었다. 오랜만에 장강을 본다는 말이었다.

그가 장강을 본다는 것은 단 한 가지를 의미했다. 오래전 장영해를 세울 때처럼 장강에 나서 장영해를 위해 싸운다는 뜻이었다. 즉 자운산의 역할을 그가 한다는 것이다.

"뭐 달라질 것은 없네, 봉해당주. 오래전 나는 용해당주와 한 가지 약속을 했지. 딱 한 번 그가 이곳에 상관없이 세상에 나설 수 있는 기회를 주겠다고 말이야. 이유는 몰라도 그는 그것을 원했고, 난 들어줄 수밖에 없었어. 당시 신창(神槍)이라 불리던 자운산을 거느리게 되었는데 무슨 부탁이든 못 들어주겠나?"

"……."

"이 금해전은 그 약속을 위해 만든 것일세. 그는 그 한 번을 제외하고는 언제나 이 금해전을 차고 있겠다고 말일세. 그리고 지금까지 충실히 그 약속을 지켰지. 이젠 내가 지켜야 할 때일세. 그것뿐이야. 헛헛."

여유롭게 웃으며 오각은 신형을 돌렸다. 어느새 동은 터 오르고 있었고 이젠 이곳에 있을 이유가 없었던 것이다. 하나 그가 가고 있는 곳은 저소가 아니었나. 그 반대쪽에 마련된 연무

장 쪽으로 향하고 있었다.

"흐음."

양화련은 잠시 사라져 가는 그의 뒷모습을 바라보았다. 언제나 오각과 자운산이 어떤 관계인지 궁금했는데 이제야 그 일각을 보는 것 같아 아주 흥미로운 눈을 하고 있었다.

하나 뭐가 어찌 되었던 간에 그녀가 할 일은 명확했다. 아니, 달라진 것이 없었다. 오각이야 해주에서 용해당주로 바뀐 것이지만 그녀는 여전히 봉해당을 맡으면 되는 것이다.

"밖에 누구 있느냐?"

"예, 봉해당주님. 하명하십시오."

그녀의 목소리에 누군가 입을 열자 그녀는 고개를 끄덕였다. 조금 피곤하긴 했지만 할 일은 하고 쉬어야 했던 것이다.

"봉해당의 다섯 전주를 모두 당으로 들라 해라. 긴급히 점검할 것이 있다 전하고."

"알겠습니다, 당주님."

사내의 목소리는 사라졌고, 양화련은 고개를 끄덕이며 자리에서 일어섰다. 그녀가 할 것은 확실했다. 우선 가장 큰 주적의 움직임을 봐야 했다. 지금은 수왕궁이라 이름을 바꾼 흑선단 놈들의 움직임을 파악해야만 하는 것이었다.

"흠… 언제 이렇게 계절이 바뀌었나. 꽤나 따가운데……."

길게 드리워지는 말간 햇살을 향해 그녀는 미간을 살짝 찌푸렸다. 아마도 당분간은 이런 햇살을 보기 힘들 터이다. 아니, 이런 햇살을 볼 여유가 없다고 하는 것이 옳은 판단이었다.

그만큼 바쁘게 될 테니 말이다.

그 때문인지 몰라도 양화련은 움직이지 않고 있었다. 꽤나 오랫동안 말이다.

곽우는 손을 들어 올렸다. 오른손을 슬며시 들어 올린 채 손등을 지그시 바라보고 있었다.

"……."

역시나 흐릿한 형상이었다. 해가 뜨고 밝은 아침이 되자 곽우의 눈은 조금 나아지기는 했다. 형상도 그렇고 색 역시 충분히 구분할 수 있을 정도가 되었다.

하나 그렇다고 해서 그의 눈이 정상적으로 돌아온 것은 아니었다. 이전에 비한다면 정말 걱정될 정도로 흐릿한 형상이 보이고 있었다. 사람의 형체마저도 흐릿하게 보이는 그러한 상황이 펼쳐지고 있었던 것이다.

쉽게 말해서 곽우는 지금 약 일 척 거리 정도밖에 안 되는 손을 보면서도 흐릿하게 보일 정도로 시력을 많이 잃은 상태였다. 아니, 잃은 건지 어쩐 건지조차 알 수가 없었다.

쫘악.

곽우는 두 눈을 질끈 감은 채 오른손을 꽉 쥐었다. 평소보다 훨씬 강한 힘이 느껴지고 있었다. 아니, 훨씬 강하다는 것으로는 표현이 부족했다. 이전에 비해 세 배 혹은 네 배 이상의 힘이 느껴지고 있었으니 말이다.

딱히 호흡을 하거나 힘을 일으키는 방법이 필요한 것이 아니었다. 그저 자연스럽게 힘을 일으키면 그 일어나는 힘이 보통 수준이 넘게 되었다. 다만 온몸이 저릿저릿한 감각이 들기는 했어도 힘이 나타내는 위력에 비한다면 충분히 참을 만한 것이었다.

"중단전이라……."

곽우는 조용히 중얼거렸다. 어제 새벽, 장운이 한 이야기를 우연히 듣게 되었을 때 단 하나만이 이해되고 있었다. 자신이 중단전을 사용한다는 사실. 그것만이 유일하게 그가 이해할 수 있는 부분이었다.

명치 부근이 뜨거워지는 느낌은 이미 아주 잘 알고 있는 바이니 말이다. 실제로 어떻게 그리 되었는지는 아무도 모르지만 일단 한 가지 정도는 풀린 것 같아 나름대로 마음이 가벼운 상태이긴 했다. 백 근의 무게라면 고작 한 푼 정도의 의구심이 풀린 것뿐이지만 말이다.

"뭐가 그리 심각하냐, 또?"

문득 들려오는 소리에 곽우는 신형을 돌렸다. 슬며시 고개를 돌린 그의 눈에 친구 오진영의 모습이 보였다. 씨익 웃으며 손에 뭔가를 들고 오는 중이었는데 김이 모락모락 올라오는 만두 하나와 작은 병 하나였다.

"심각씩이나……. 그런 넌 보니 잘 잔 얼굴이구먼."

"뭐, 내 성격이 낙천적이라는 것은 세상이 다 아는 이야기지. 일단 먹으면서 하자. 오늘 하루도 힘들 것 같으니."

오진영은 양손을 내밀며 입을 열었고, 곽우는 잠시 한편에 장창을 내려놓으며 그가 내민 만두와 병을 집어 들었다. 그리곤 잠시 아무런 행동도 하지 못한 채 가만히 있었다.

"…왜 그래?"

오진영은 갑자기 허수아비처럼 굳어버린 곽우를 향해 입을 열었지만 곽우는 아무런 말을 할 수가 없었다. 문득 그가 오진영을 본 순간 오진영의 몸에 일렁이는 하얀 기운을 보았기 때문이다.

역시나 그 하얀 기운은 내력의 움직임이었다. 오진영의 내력이 그리 강하지 않았고, 또 그나마 오진영이 내력을 키워 올리지 않아 아주 미약했지만 곽우는 별 어려움 없이 볼 수 있었다.

그저 간단하게 손을 뻗어 만두를 내민 것인데 단전에서부터 시작된 하얀 기운은 순식간에 몸 전체로 퍼져 나갔고, 특히 어깨를 통과하면서부터는 하얀색이 조금 더 짙어지고 있었다.

그 흰 기운은 손끝까지 순식간에 뻗어 나왔고, 손끝에 닿는 순간이 오진영이 만두를 내밀어 멈춘 순간이었다. 이후 그 기운은 오진영의 손가락 안으로 사라졌는데 곽우는 잠시 그 모양을 바라보다 이내 입을 열었다.

"아니… 아니다. 잠시 다른 생각을 좀 했어."

"…뭐야. 얼른 먹기나 해."

곽우는 이내 만두를 받아 들었고, 작은 병도 같이 받아 들었다. 무심코 병마개를 여니 청량한 기운이 그득 뻗쳐오르고 있었다.

"화차(花茶)인가? 향이 정말 진하군."

"몸에 좋은 거라니 마시자고. 연 낭자가 준 것인데 한 모금 해보니 꽤나 좋더라고."

곽우의 말에 대답한 오진영은 바로 자신의 호리병을 열어 화차를 입에 부어 넣고 있었다. 곽우는 잠시 그 모양을 멍하니 바라보았다. 물을 마시는 그 작은 동작 속에서도 내력의 움직임은 여전히 계속되고 있었다.

물론 물이 움직이는 것은 알 수가 없지만 몸 안에서 기운이 흐르는 것으로 보아 물이 흐르는 것도 짐작할 수 있을 정도였다. 곽우는 이것이 좋은 일인지 아니면 나쁜 일인지 감을 잡지 못하는 가운데 오진영의 목소리가 들려왔다.

"아직 몸이 좋지 않으면 들어가라. 왠지 너 이상하다."

오진영은 힐끗 곽우를 바라보았고, 멍하니 자신을 바라보는 그를 향해 입을 열었다. 그제야 곽우는 고개를 돌렸고, 이어 만두를 한입 베어 물었다.

한입 베어 물면서 그는 자신의 팔을 살폈다. 혹시 자신의 몸에서도 오진영처럼 보이는가 해서였는데 이상하게도 자신의 팔에선 보이지 않고 있었다.

"어느 정도 이야기는 들었다. 곽우… 중단전을 사용하게 되었다고?"

"……."

문득 들려오는 소리에 곽우는 만두를 씹던 동작을 멈추었다. 하나 그것도 잠시, 이내 다시 씹으며 간단하게 대답했다.

“응.”

　어찌 보면 무심하다고 할 수 있을 정도로 간단한 대답이었지만 오진영은 별로 개의치 않았다. 어릴 때부터 봐온 곽우라면 이런 대답이 정답이었다.

　애당초 군더더기가 있는 말을 하는 사람이 아니었다. 특히나 모르는 사실을 접하면 더욱더 말이 없어지는 것이 곽우였다. 사람이 좀 밝을 뿐 허세나 허풍 같은 것과는 정말 담쌓고 지내는 사람인 것이다.

　“좋은 건지… 아니면 안 좋은 건지 이야기해 줄 수 있나?”

　곽우만큼 오진영은 아무렇지도 않게 입을 열었다. 하지만 그 내용은 그리 가벼운 것이 아니었는데, 곽우로서는 정말 난감한 질문이었다. 아직 어떤 것이 좋은 것인지조차 알 수 없는 상황이니 말이다.

　“솔직히 모르겠다, 진영. 잘된 것 같기도 하고 또 한편으로는 불안하기도 하고. 지금 심정이 그래.”

　그야말로 솔직한 곽우의 심정이었다. 누구에게도 말하기 힘든 이야기지만 친구 앞이라 이야기할 수 있었다. 이 이야기는 사부는커녕 무공도 못하는 연오하 앞에서도 하기 힘든 이야기였다.

　“결국 아무것도 모르겠다는 이야기구나. 그것참.”

　“그래. 그게 정답이네.”

　곽우의 목소리에 오진영은 고개를 좌우로 흔들었다. 상황이 이렇다면 무공이 늘었으니 축하한다고 말하기도 힘들었다. 옆에서 지켜보는 오진영조차 지금 곽우에게 무슨 일이 일어나고 있음을 느낄 수 있으니 말이다.

"만두… 다 먹었냐?"

"응?"

뜬금없이 들려오는 오진영의 목소리에 곽우는 고개를 돌렸다. 그러자 오진영은 씨익 웃어 보이더니 어느새 자리에서 일어나 곽우에게서 멀어지고 있었다.

거리는 약 반 장 정도. 그 정도의 거리를 벌린 후 그는 검파에 손을 올리며 입을 열었다.

"이도저도 아니라면 한번 해보면 아는 거지. 하다 보면 좋은 일 안 생기겠냐?"

스웃.

어느새 오른손을 빠르게 쳐 올리며 오진영이 입을 열자 곽우는 신형을 일으켜 세우는 것과 동시에 오른손을 들어 올렸다. 순간적으로 그의 장창이 오진영을 향했고, 한순간 두 사람의 병기가 부딪쳤다.

카랑!

물론 서로가 내력을 키워 올린 것은 아니었기에 그리 강한 울림은 없었다. 그러나 오진영은 두 눈을 부릅떴다. 곽우의 장창이 어느새 그의 검극을 누르고 있었던 것이다.

오진영의 검은 세검에 가까울 정도로 검면이 좁았다. 그건 선상에서 많은 전투를 치르는 장영해의 특성상 그리된 것인데, 단단하고 무거워 거치적거리는 것보단 이렇듯 순간순간

휘면서 공기를 가르는 것이 훨씬 운용하기가 편했던 것이다.

당연히 그의 검은 빨랐고 일반적인 검사보다도 그는 더욱더 빨리 손을 쓸 자신이 있었다. 상황이 이렇다 보니 그의 검이 그리는 궤적을 눈으로 보기란 거의 불가능에 가깝다고 생각했던 것이다.

그런데 지금 곽우는 정확히 그의 검을 막아내고 있었다. 그것도 저 둔탁한 장창 끝으로 자신의 검끝을 누르고 있는 것이다. 진정 보면서도 황당한 일이 아닐 수가 없었다.

"밥 먹다 말고 뭐 하는 거야? 장난이라면 좀 지나친데?"

곽우는 아무렇지도 않다는 듯 입을 열었지만 문득 오진영의 가슴속엔 무언가 확 치밀어 오르는 것이 있었다. 어금니를 꽉 깨문 그의 가슴에 일렁이는 것은 다름 아닌 호승심이었다.

이 배에 탈 때까지만 해도 곽우의 무공은 그리 강한 편이 아니었다. 그런데 지금 곽우와 그는 무공 차이가 너무도 현격하게 나 있는 것이다.

물론 그렇다고 해서 이 감정이 질투라는 것은 아니었다. 아니, 있을 수가 없는 일이었다. 곽우가 기연 아닌 기연을 만났다면 이를 축복해 주어야 하는 것이 그가 해야 하는 일이었고 그 역시 그렇게 생각하고 있었다.

하나 그전에 곽우의 힘을 확인해 보고 싶은 것이 그의 솔직한 심정이었다. 대관절 어떤 것이 곽우와 이렇듯 큰 차이를 벌리도록 만들었는지 말이다.

"후우우!"

파아앙!

슬며시 오른손을 휘돌리며 오진영은 내력을 끌어올렸고, 삽시간에 그의 몸에선 강대한 기운이 흘러나오고 있었다. 솔직히 어렸을 때부터 해주인 오각의 지도를 받은 그의 내력은 나이에 비해 상당한 수준이었다.

하나 단 한 번도 곽우와의 수련 중엔 이러한 내력을 끌어올린 적이 없었는데, 그건 곽우를 위한 배려였다. 그간 알고 있던 곽우는 내력이 전혀 없었으니 말이다.

물론 그에겐 누구나 놀랄 만한 엄청난 신력(神力)이 있었다. 하나 적어도 오진영의 내력은 그 힘을 넘어서고 있었기에 진검이 아닌 가영대련을 많이 해왔던 것이다. 물론 이젠 그럴 필요가 없었지만 말이다.

"대단하구나, 진영. 그간 날 봐줬던 것이더냐?"

곽우 역시 오진영의 내력을 느꼈는지 대번에 입을 열었고, 오진영은 아무런 말 없이 그저 빙긋 웃을 뿐이었다. 곽우는 한쪽 손에 들고 있던 화차가 담긴 병을 바닥에 내려놓으며 다시 말했다.

"이젠 내가 보고 싶구나. 진영, 네 진짜 실력을. 한번 해보자."

곽우는 조용히 입을 열면서 내력을 끌어올렸다. 아니, 그저 중단전에 힘을 집중하는 듯한 느낌만 주었을 뿐이다. 그러자 기이하게도 그의 중단전에 바람 같은 기운들이 모여들었다.

스스스스스스.

마치 가을 하늘 아래 낙엽들이 바람에 휘감기듯 그러한 기운이 곽우의 몸에 느껴지고 있었다. 얼마 전에 느꼈던 그 강대한 기운은 아니지만 이전에 비한다면 굉장한 내력이 모여들고 있었다.

서로 간에 팽팽한 긴장감이 흐르는 가운데 먼저 움직인 것은 오진영이었다. 그는 몸을 가볍게 허공으로 띄운 채 그대로 오른손을 휘두르고 있었다. 마치 춤이라도 추듯 가벼운 동작이었다.

하나 그 동작에 실린 힘은 그리 가벼운 것이 아님을 곽우는 잘 알고 있었다. 그의 무공은 파랑검(波浪劍)이라 불리는 무공이었는데 이는 현 해주인 오각의 독문무공이었다.

파랑검은 가볍게 시작해서 점점 강대해지는 것이 특징이었다. 장강의 도도한 물결을 바라보듯 그렇게 시작되는 것을 곽우로서는 아주 잘 알고 있었기에 그는 슬쩍 오른손을 휘두르며 가볍게 첫 공격을 흘려보냈다.

키리링.

"……!"

그저 가볍게 휘두른 것이지만 곽우는 속으로 깜짝 놀랐다. 이 검에 실린 힘은 그의 오른손이 살짝 밀릴 정도로 강대했다. 처음부터 내력을 싣고 있었던 것이다.

그러나 오진영의 검은 이제부터 시작이었다. 그는 손목을 빠르게 틀더니 오른발을 크게 앞으로 내민 채 곽우에게 달려왔다.

카라라랑! 파아아앙!

곽우의 장창을 튕겨내며 바로 공격해 오자 곽우는 왼발을 뒤로 길게 빼며 상황을 살폈다. 사실 지금 오진영의 모든 공격은 다 간파하고 있었다.

곽우의 눈에 오진영의 몸에서 나온 내력이 너무도 잘 보이고 있었다. 그 내력들이 뭉치는 곳을 보면 다음에 오진영이 무엇을 하려는지 알 수 있었다. 또한 검에 어리는 기운 역시 오진영의 의도가 어디에 있는지 알려주고 있었다.

곽우가 그의 검극을 막아낸 것도 이러한 이유에서였다. 그렇지 않았다면 오진영의 검로를 막아낼 리가 없었는데, 곽우는 허리를 뒤로 크게 젖히며 오른손을 휘둘렀다.

쉬이이잉!

간발의 차이로 오진영의 검이 곽우의 상체를 휩쓸자 오진영은 얼굴을 굳혔다. 마치 곽우는 그의 검로를 알고 있다는 듯 피한 것이니 말이다.

게다가 곽우는 이 상황에서 공격으로 전환하고 있었다. 그의 장창이 오진영의 오른발 부근을 노리자 오진영은 검로를 틀며 빠르게 곽우의 장창을 막아내었다.

쩌어엉!

두 사람 사이에 강렬한 소음이 터져 나오고 오진영은 다시 검을 가슴께로 치커들고 있었다. 빠르게 치고 나가지 않는 한 다시 선공을 잡기란 요원했다. 물론 이미 곽우는 공격을 해오고 있었고 말이다.

쉬이이잉!

튕겨낸 장창을 잡아채 궤적을 바꾼 것이 아니라 허리를 확 틀며 바로 공격을 해온 곽우를 보며 오진영은 낯빛을 굳혔다. 이건 자신의 공격이 훤히 읽힌다는 뜻이니 말이다.

대관절 어떻게 이런 일이 가능한지 모르지만 오진영은 어금니를 꽉 깨물었다. 그리고는 한순간 손목을 비틀며 휘황찬란한 광채를 허공에 뿜어내기 시작했다.

좌라라라랑! 카카카칵!

곽우의 장창과 오진영의 장검이 어우러지자 강렬한 기운이 허공으로 뿜어지고 있었다. 오진영의 검은 좌우로 끊임없이 비틀리면서 연속적인 공격을 가하고 있으니 곽우로서도 끊임 없이 공수를 받을 수밖에 없었다.

오진영의 검이 비틀리며 곽우의 장창을 밀어낼수록 곽우는 더더욱 강한 힘으로 밀어내고 있었다. 중병기의 묘용을 제대로 살리는 것인데 오진영은 그에 맞서서 내력으로 버티는 중이었다.

파랑검은 시간이 지나고 초식이 늘수록 점점 그 위력이 배가되는 것이 특징이기에 오진영은 미친 듯이 검을 휘둘렀다. 이는 몸 안의 내력을 검을 통해 뿌려내는 일반적인 무공과는 달리 파랑검은 점점 중첩되도록 검 안에 담아놓는 것을 추구하니 말이다.

물론 현재 오진영의 무공을 볼 때 검 안에 내력을 담아놓는다는 것은 거의 불가능에 가까웠다. 그 정도의 제대로 된 위력을 보여주려면 최소한 오각 정도의 내력을 가지고 있어야 가능한 것이지만, 그렇다고 해서 오진영의 내력이 전혀 효과가 없는 것은 아니었다.

쿠쿠쿠!

분명 검에 힘은 중첩되고 있었고, 곽우의 가슴을 향해 노도처럼 밀려들어 오고 있었다. 그 위력이 오각 정도는 아니겠지만 자인손이라 해도 쉽게 볼 수 없을 정도는 되었던 것이다.

곽우는 오진영의 왼 어깨를 향해 장창을 뻗었다. 지금 오진영의 몸에 서리는 하얀 기운을 쫓아보면 왼 어깨 즈음에서부터 시작되려 하고 있었기에 곽우는 그 처음부터 막아내려 했던 것이다.

하나 이는 오진영이 바라던 바였다. 오진영은 날아오는 곽우의 장창을 향해 그대로 내리그었고, 그 검에 실려 있던 기운은 모조리 장창에 밀려들어 가기 시작했다. 오진영은 어금니를 꽉 쥔 채 더욱더 밀어붙이기 시작했다.

이대로 가기만 한다면 자신의 승리라 믿어 의심치 않았다. 워낙 빠르고 강맹한 한 수이기에 연속기라 불릴 정도니 말이다. 이 한 수로 승부가 났다고 해도 과언이 아닐 것이다. 한데,

쩌러러렁!

"……!"

오진영의 눈이 커졌다. 자신의 검이 뒤로 한껏 밀려나는 것이 육안으로 보일 정도로 밀리고 있었다. 곽우의 장창에서 갑

자기 강대한 힘이 밀려왔던 것이다.

하나 그것보다 더 문제는 곽우의 손목이었다. 어느 틈에 비스듬히 장창을 휘돌리며 오진영의 힘을 모두 튕겨낸 왼손이 빠르게 움직이는 것이 보였다. 장창의 아랫 부분을 빠르게 밀어내자 창은 오른손을 축으로 회전하여 마치 풍차처럼 휘돌고 있었다.

까라라랑!

오진영의 장검이 완전히 뒤로 휘어질 정도로 강대한 힘이었다. 오진영은 앞으로 나가며 오른발을 축으로 신형을 돌렸다.

쉬이이잇!

귓가에 곽우의 장창이 스쳐 지나가는 소리가 들린다고 생각하는 순간 곽우의 신형은 이미 그의 눈에 보이지 않고 있었다. 스치듯 지나간 곽우의 신형은 어느새 그의 등 뒤로 돌아가 있었던 것이다.

하나 곽우는 다시 공세를 취하진 않고 있었다. 공세는커녕 오진영의 등에 자신의 등을 붙인 채 가만히 서 있기만 할 뿐이었다. 분명 좀 전의 상황을 생각한다면 곽우가 멈춘 것이 이해가 안 갈 정도로 좋은 상황이었다.

"무슨 일이냐, 곽우?"

뭔가 이상함을 느끼고 오진영이 입을 열지만 곽우는 그저 조용히 있을 뿐이었다. 그렇게 일각이나 흘렀을까? 이윽고 곽우의 입술이 열렸다.

"아무래도 다음에 해야 할 것 같구나, 진영. 손님들이 많이

오셨어.”

“…….”

곽우의 목소리에 오진영은 재빠르게 고개를 돌려 주위를 둘러보았지만 보이는 것이라고는 푸른 물결뿐이었다. 물론 그 너머에는 희뿌연 안개뿐이고 말이다.

혹시나 하는 마음에 오진영은 내력을 끌어올린 채 주위의 환경에 귀를 기울였지만 역시나 들리는 것은 아무것도 없었다. 하나 곽우의 말을 무시할 수는 없었다. 지금의 한 수만 봐도 자신보다는 고수라는 것이 증명되었으니 말이다.

“정말이냐, 곽우?”

“그래, 사실이다. 사람들을 깨우는 것이 좋을 것 같다.”

“…알았다. 그리하도록 하지. 전원 경계 태세!”

뭐가 어떻게 되는지 알 수 없었지만 일단 오진영은 내력을 실어 소리쳤고, 그의 소리에 조용했던 아침은 한순간에 깨어나고 있었다. 오진영은 소리치자마자 바로 삼층 누각을 내려가기 시작했다. 이 정도의 외침이면 모두에게 전해졌을 테니 말이다.

“…….”

곽우는 여전히 누각 위에서 주위를 둘러보고 있있다. 느낄 수는 없었지만 그의 눈엔 분명히 보이고 있었다. 저 멀리 안개 속에서 느껴지는 하얀 점들. 그건 곧 상당한 수의 사람들이 자신들을 기다리고 있다는 뜻인 것이다.

키릭!

자신의 장창을 살짝 흔들며 곽우는 세상을 바라보았다. 새벽의 여명 속에서 보여지는 이 하얀 점들을 보며 그의 마음 한 구석이 흔들리고 있었다. 왠지 자신의 모습이 보고 싶어졌던 것이다.

틱.

한 걸음 옆으로 걸어가자 그곳에 흐르는 강물이 보였다. 이지러지는 강물의 수면 위로 한 사내가 보이고 있었다. 언제나처럼 장창을 들고 싸울 준비를 하는 사람이 말이다.

수없이 봐온 광경이었다. 때로는 피에 흠뻑 젖기도 했고 또 때론 아무도 다치지 않아 웃으면서 즐겼던 기억이 났다. 어떠한 모습도 다 자신이었다. 곽우라는 이름을 가진 사람이었던 것이다.

그런데 오늘은 달랐다. 세상을 바라보는 그의 눈에 비추어지는 사람들, 그들은 여태껏 봐온 세상이 아니었다. 너무도 낯선 세상이었던 것이다.

그리고 그 세상을 바라볼 수 있는 곽우 자신의 모습 역시 너무나도 낯선 모습이었다. 그러나 이 위기를 헤쳐 나가는데 그 모습이 필요하다면 곽우는 얼마든지 이 모습으로 살 수 있었다.

설사 두 눈이 보이지 않게 되더라도 말이다.

『무사 곽우』2권에 계속…

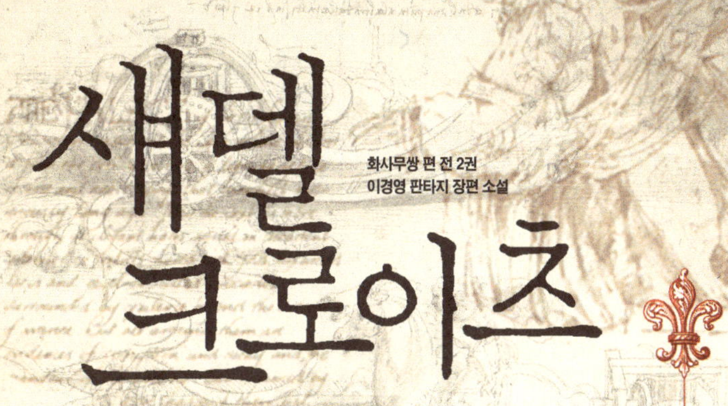

섀델 크로이츠

화사무쌍 편 전 2권
이경영 판타지 장편 소설

『가즈나이트』의 명성과 신화를 넘어설
이경영의 판타지의 새로운 상상력!

자신만의 독특한 세계관을 창조한 작가
이경영의 새로운 도전과 신선한 충격.

바란투로스의 특수부대 섀델 크로이츠의 리더 파렌 콘스탄.
야만족을 돕는 안개술사를 물리치기 위해 아시엔 대륙에서 온
불을 뿜는 요괴 소녀 카샤.
너무나 다른 두 사람이 운명의 길에서 만나다.
친구란 이름으로 시작된 모험, 그 앞에 놓인 난관과 운명의 끈은
어떻게 될 것인지……

"질투가 날 만도 하지.
요괴가 산신령을 엄마로 두는 건 흔한 일이 아니거든.
괜찮다, 파렌. 본좌가 아는 요괴들 전부 본좌를 질투하고 부러워하니까."
소녀는 손에 잔뜩 받은 빗물을 훌쩍 마셨다.
파렌은 그 순수함에 웃음을 흘렸다.
그는 지금까지 자신이 봤던 그녀의 기이한 행동들을 어렴풋이나마 이해할 수 있을 것 같았다.
그렇게 친구가 된 둘은 그 길로 긴 여행을 떠나게 된다.

본문 중에-

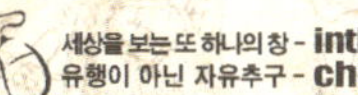
세상을 보는 또 하나의 창 - inthebook.net
유행이 아닌 자유추구 - chungeoram.net

Book Publishing CHUNGEORAM

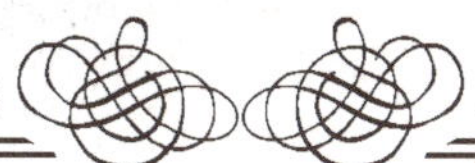

**공부하는 감각의 차이가 자녀의 미래를 결정한다.
이 시대가 필요로 하는 명품 인재 만들기!**

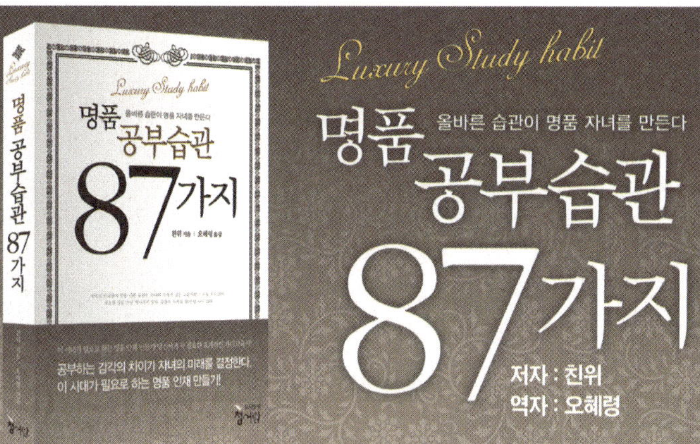

 **똑소리 나는 부모의 똑소리 나는 자녀 교육법!**

어린 시절의 습관은 평생을 결정한다.
제대로 바로잡지 못한 나쁜 습관은 자녀의 미래에 검은 그림자를 드리울 수도 있다.
대부분의 부모들은 아이의 잘못된 습관을 발견하면 언성을 높이는 경향이 있다.
하지만 그것이 문제 해결의 방법이 아님을 당신은 이미 알고 있을 것이다.
지금 당신은 적절한 대안을 찾지 못해 힘겨워 하고 있지는 않은가.
내 아이가 명품 인생으로 살아가길 희망하는 부모라면 이 책에 귀를 기울여 보자.

내 아이가 세상의 중심에 우뚝 설 수 있게 하는 방법!

이 책은 잘못된 공부습관과 대인관계 형성 등의 문제 등을
87가지 이야기를 통해 알아보고 그에 걸맞는 올바른 해결책을 제시해주고 있다.
이 한 권의 책을 통해 똑소리 나는 부모가 되어보자.
그리고 내 아이가 최고의 명품으로 거듭날 수 있도록 노력해보자.
이 책은 분명 당신에게 꼭 맞는 효과적인 자녀교육서가 될 것이다.

Book Publishing CHUNGEORAM

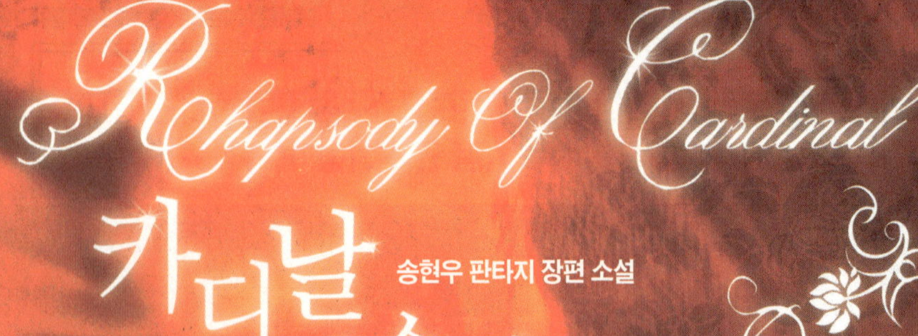

Rhapsody Of Cardinal

카디날 랩소디

송현우 판타지 장편 소설

놀라운 경험(the enormous experience)!

He created a completely new world.
It is a place who have never known and where never been able to imagine.
This splendid world will introduce the enormous experience for the
person only who reads.
그 누구에게도 알려진 것이 없으며 상상조차 할 수 없었던 새로운 세계를
작가는 완벽하게 창조해내었다.
이 멋진 세계는 독자들만이 체험할 수 있는 놀라운 경험으로 인도할 것이다.

판타지는 허구다? 아니다. 판타지는 일상이다.
우리의 삶은 연속된 판타지의 연장선상에 놓여 있고,
상상은 우리의 일상을 더욱 살찌운다.
『카디날 랩소디(Rhapsody of Cardinal)』를 경험하는 독자들은
더욱 풍부한 일상 속에서 새로운 삶을 경험할 것이다.
멋진 만남! 흥미로운 경험! 이것이 『카디날 랩소디』가 가진 장점이며,
작가 송현우가 독자들에게 바라는 꿈이다.

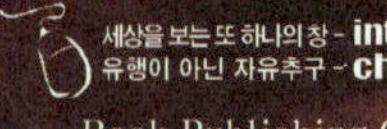
세상을 보는 또 하나의 창 - inthebook.net
유행이 아닌 자유추구 - chungeoram.net

Book Publishing CHUNGEORAM